À BEIRA DA ETERNIDADE

À BEIRA DA ETERNIDADE

MELISSA E. HURST

Tradução de
Glenda D'Oliveira

1ª edição

— Galera —
RIO DE JANEIRO
2019

CIP-BRASIL. CATALOGAÇÃO NA PUBLICAÇÃO
SINDICATO NACIONAL DOS EDITORES DE LIVROS, RJ

Hurst, Melissa E.
H943b   À beira da eternidade / Melissa E. Hurst; tradução Glenda D'Oliveira. – 1ª ed. – Rio de Janeiro: Galera Record, 2019.
il.

Tradução de: The edge of forever
ISBN 978-85-01-11403-7

1. Ficção infantojuvenil americana. I. D'oliveira, Glenda. II. Título.

17-46833

CDD: 028.5
CDU: 087.5

Título original:
THE EDGE OF FOREVER

Copyright © 2015 Melissa Hurst

Todos os direitos reservados. Proibida a reprodução, no todo ou em parte, através de quaisquer meios. Os direitos morais do autor foram assegurados.

Texto revisado segundo o novo Acordo Ortográfico da Língua Portuguesa.

Direitos exclusivos de publicação em língua portuguesa somente para o Brasil adquiridos pela
EDITORA RECORD LTDA.
Rua Argentina, 171 – Rio de Janeiro, RJ – 20921-380 – Tel.: (21) 2585-2000, que se reserva a propriedade literária desta tradução.

Impresso no Brasil

ISBN 978-85-01-11403-7

Seja um leitor preferencial Record.
Cadastre-se no site www.record.com.br
e receba informações sobre nossos
lançamentos e nossas promoções.

Atendimento e venda direta ao leitor:
sac@record.com.br

1

BRIDGER
11 DE MARÇO, 2146

Os cadetes ao meu redor estão surtados. A maioria espia a decadência da Velha Denver, que se estende abaixo de nós pelas janelas. As vozes animadas perfuram meu crânio. Queria que ficassem quietos, mas não posso culpá-los. É a primeira viagem no tempo que minha turma faz para fora de nosso século. Vamos gravar um assassinato presidencial.

Mas estou entorpecido. Exatamente como estive ao longo do último mês.

Minha namorada, Vika, está sentada ao meu lado. Os olhos azul-claros ficam anuviados de preocupação quando pergunta:

— Tudo bem com você?

— Tudo, por que não estaria? — A mentira faz com que uma pontada de culpa me atravesse.

— Bem, você não falou nada desde que saímos da Academia.

Ela está certa. Baixei os esquemas da missão no meu DataLink, assim que embarcamos na nave, e fingi estudá-los. Devia saber que ela perceberia que tem algo de errado comigo. Mesmo que estejamos juntos há apenas seis meses, ela é capaz de me ler como se eu transmitisse meus sentimentos em um daqueles telões Jumbotron o tempo todo.

Ajeito uma mecha de cabelos louros que se enrosca em sua bochecha.

— Estou bem — afirmo, forçando um sorriso.

— Tem certeza?

Antes que eu possa responder, uma voz diz em tom alto:

— Atenção, cadetes. — Todas as conversas cessam. O professor Cayhill está parado no meio do corredor. Veste o mesmo uniforme preto e cinza que todos usamos. Juro que sempre tenho um sobressalto ao ouvi-lo. Cayhill é um homem de aparência insignificante, mas sua voz é muito grave. — Por favor, acomodem-se. Vamos chegar às ruínas do Prédio do Antigo Capitólio em exatamente dois minutos.

Depois que Cayhill se senta, alguns cadetes voltam a cochichar entre si. Mesmo que agora esteja mais silencioso, uma empolgação ainda domina a nave.

— Nem consigo acreditar que realmente estamos aqui. — Os olhos de Vika estão arregalados enquanto fita a janela por cima de meu ombro. — Vamos mesmo fazer isso.

Repentinamente sou tomado pela culpa. Fui um imbecil com ela a manhã inteira. Queria poder envolvê-la em meus braços, enterrar meu rosto em seu pescoço. Queria sentir o aroma de cerejas que está impregnado nela. Vika é a única pessoa a quem posso sempre recorrer quando sinto que estou sufocando de tristeza. É a única pessoa que faz com que eu me sinta vivo.

Mas não posso fazer isso agora. Não em uma viagem no tempo.

Em vez disso, entrelaço meus dedos com os dela e aperto.

— Fico feliz por terem nos colocado como parceiros desta vez. Não acho que conseguiria fazer isso sem você.

Foi difícil me arrastar para fora da cama esta manhã. Difícil me vestir e fazer todos os preparativos para uma viagem no tempo. Vika me chamou pelo comm-set, nosso sistema de comunicação, na primeira hora da manhã para garantir que eu não desistisse. Fiquei irritado com ela. Mas Vika fez o certo. Já perdi duas viagens nas últimas duas semanas. Não posso perder mais. Não se quiser passar para o próximo nível na Academia.

Ela força um sorriso. O rosto está corado, fazendo com que as poucas sardas salpicadas pelo nariz se destaquem.

— Sabe, acho que vou amar você até o dia em que morrer. Talvez até depois.

Não sei por quê, mas um arrepio percorre meu corpo. Provavelmente porque ela disse que me ama. Não falamos sobre isso ainda. E não sei o que dizer.

— É, sei como é.

Que resposta idiota.

A nave começa a descer. Olho de relance para as ruínas do Prédio do Antigo Capitólio. Vi hologramas dele da época em que ainda estava intacto, com granito branco e um domo de topo dourado. Outra baixa da Segunda Guerra Civil.

A porta externa se abre deslizando com um sibilo, mas o professor Cayhill ergue a mão antes que qualquer um comece a se mover.

— Desembarquem de forma ordenada e se apresentem diretamente a seus líderes de equipe.

Depois da saída dos líderes, os cadetes começam a desembarcar em fila. Vika puxa minha mão, e nos juntamos a eles. Ao deixarmos a nave, um vento gelado sopra, chicoteando a vegetação e as árvores que se espalham pela Antiga Denver como câncer. Pisco ao sentir o frio cortante enquanto espero a animação de um salto iminente faiscar.

Mas ela nunca vem.

— Minha equipe para cá — chama o professor March. Ele está encostado na parte traseira da nave, perto das letras em preto que dizem ACADEMIA DE VIAGENS NO TEMPO E PESQUISA.

Os cadetes que já tinham desembarcado se dispersam para encontrar os líderes designados. Não há muitos de nós — dezoito no total, divididos em três grupos.

O professor March limpa a garganta e bate no relógio antiquado que usa. A pulseira de ouro brilha contra a pele morena.

— O tempo está passando, e temos uma missão a realizar. — Nós nos apressamos para nos juntarmos ao grupinho que se aglomera ao redor dele. Quando chegamos, ele continua: — Agora que estão todos reunidos, alguém tem alguma pergunta? — Ficamos em silêncio. — OK, aqui estão os comm-sets. Vocês conhecem o procedimento.

Ele pega uma caixa preta ao seu lado e abre a tampa. Dentro dela estão os pequenos fones de ouvido de comunicação que usamos em nossas viagens. Pego um e o ajusto na cabeça. Em seguida me certifico de que as peças para os ouvidos e para a boca estão no lugar antes de girar as lentes para a frente. Levo mais alguns segundos inserindo um código em meu DataLink para sincronizá-lo com o comm-set. Nem mesmo os procedimentos ajudam a me acalmar, tampouco fazem com que anseie pelo salto iminente.

Agora a Academia pode oficialmente testemunhar tudo o que vejo e ouço. Ou poderão, assim que ativarmos o comm-set depois do salto.

Lá na Academia, uma banca do DAT, o Departamento de Assuntos Temporais, vai avaliar tudo o que registrarmos hoje. Os cadetes com as melhores filmagens avançarão primeiro ao próximo nível de treinamento. Cerro os dentes e forço minha concentração. Não posso estragar tudo hoje. Não se quiser que o DAT me encaminhe para a divisão militar de pesquisa.

— OK, vamos nessa — anuncia o professor quando todos estão prontos. Então ele olha para mim. — Espere, Bridger, quero falar com você em particular.

Fecho os olhos por um segundo. Estava torcendo para que ele não fizesse algo desse tipo. Mas, é, eu já deveria saber.

Meus colegas de equipe lançam olhares curiosos em minha direção. Vika agarra minha mão e a aperta com força. O professor March olha sério para todos até que saem para a colina a nossa frente. É lá que estão as ruínas do Prédio do Antigo Capitólio. Quando todos estão longe o bastante para não conseguirem mais nos ouvir, ele pergunta:

— Como você está?

— Estou bem, senhor.

— Tem certeza disso? Você parece um pouco distraído.

— Não consegui dormir direito esta noite. — Não é a mais completa verdade, mas talvez seja o suficiente para que ele me deixe em paz.

Ele expira com impaciência.

— Bridger, o que vou fazer com você?

Fico quieto. Meu pai costumava dizer que às vezes a melhor resposta é manter a boca fechada. Não tenho tanta certeza de como isso vai funcionar com o professor. Ele me conhece desde que nasci. Era o melhor amigo de papai desde o tempo da Academia.

— Sei que as coisas não têm sido fáceis, mas preciso saber que posso confiar em você. Não há espaço para erros em uma viagem no tempo.

— Estou bem. Mesmo. — Forço-me a encará-lo. Obrigo as mãos a permanecerem firmes.

— Se não estiver pronto, por favor, me diga. Ninguém na Academia vai julgá-lo por isso.

— Preciso fazer isso — afirmo antes que ele possa continuar. — Por favor. Papai não ia querer que eu ficasse parado sem fazer nada. — Sinto a garganta apertada.

Todo o medo, minha incapacidade de ir para as outras viagens no tempo, a forma desconcentrada com que venho me comportando... É tudo por uma única razão. Esta é minha primeira viagem no tempo desde que papai morreu, no mês passado.

O professor me encara pelo que parece uma eternidade. Depois corre a mão pelos cabelos arrepiados.

— Posso respeitar isso. Mas me diga se achar que não vai conseguir completar a tarefa. OK?

— Sim, senhor. Obrigado.

Agradecido por não termos de continuar a conversa, subo a colina com ele e atravessamos a muralha desmoronada das ruínas. Todos os cadetes estão lá dentro, junto com os outros dois professores. Ninguém diz uma palavra. Os únicos sons vêm do vento que assovia por entre as rachaduras e de nossos pés esmagando pedaços quebrados de mármore. Encontramos nossa equipe e vou para junto de Vika. Ela me lança um olhar inquisitivo. Consigo apenas lhe dar outro sorriso falso.

O professor Cayhill limpa a garganta.

— Atenção, cadetes. Gostaria de dar uma palavrinha antes de partirmos.

Contenho um grunhido. Aqui vamos nós. Cayhill adora seus discursos pomposos. Faz isso em todas as missões. Por alguma razão, sente a necessidade de se gabar da posição de chefe do departamento para nossa turma. Faço um agradecimento silencioso a quem quer que tenha me designado para a equipe do professor March.

— Esta é uma ocasião importante, a primeira viagem da turma para fora deste século. Assim, espero que levem a responsabilidade a sério. O assassinato da presidente Foster foi um dos eventos que levaram à Segunda Guerra Civil. Enquanto estiverem realizando suas tarefas hoje, reflitam sobre os sacrifícios feitos, o derramamento de sangue e o trabalho duro envolvido na reconstrução de nosso país. Lembrem-se, vocês são espectadores, nada mais. Não importa o que testemunhem hoje, não façam nada para intervir. A linha do tempo é sagrada.

É, como se já não tivessem martelado isso em nossos cérebros um milhão de vezes.

O professor March olha bruscamente em minha direção e franze a testa. Eu me pergunto por um instante se ele é capaz de ler meus pensamentos de alguma forma e depois desvio o olhar, me sentindo um idiota. Ele é apenas um Manipulador do Tempo. Ninguém tem mais de um Talento.

Concluído o discurso, flagro o professor March suspirando e verificando o relógio. A atitude me faz abrir um sorriso. Então não sou o único que está cansado de ouvir Cayhill.

Nós nos separamos e seguimos nossos líderes de equipe até as coordenadas de partida acertadas. O professor March não vai muito longe, levando-nos a uma parede parcialmente de pé.

— OK, pessoal, verifiquem as coordenadas. Vamos fazer o salto para o dia 4 de julho de 2076. O horário será nove horas em ponto.

Levanto o braço direito e ativo a interface em meu Cronoband prateado. Uma pequena tela holográfica paira sobre ele e olho rapidamente as informações, certificando-me de que a hora e a data já foram programadas. São os técnicos na Academia que fazem isso, mas sempre verificamos. Imagine a encrenca se não formos parar no tempo planejado.

— Lembrem-se, essa é a maior aglomeração de pessoas para a qual vocês já saltaram — adverte o professor March quando todos terminam. — Sem dúvida serão empurrados, então é fundamental que permaneçam com seus parceiros o tempo inteiro. Se testemunharem qualquer atividade suspeita por parte de Manipuladores do Tempo desconhecidos, me alertem. Entendido?

Assentimos.

— Ótimo. Vamos lá. Ativar mantos.

Aperto o botãozinho dourado em minha gola, junto com todos os demais cadetes. Um leve brilho envolve nossos corpos. A maior parte das pessoas pensaria que desaparecemos, ou talvez vejam uma ondulação no ar como a causada por uma chama. Os comm-sets nos permitem ver qualquer um que esteja encoberto.

— Fixem data e hora em suas mentes.

Visualizo os números na cabeça como um calendário.

— Acionem os Cronobands quando eu mandar.

Meus dedos flutuam sobre o botão de ativação e estremecem de leve. Obrigo-me a respirar fundo, sabendo o que vem a seguir. O coração começa a acelerar.

A voz do professor March ressoa clara e forte.

— Três, dois, um. Acionar.

Aperto o botão.

Sou instantaneamente engolido pelo Vácuo. É como se estivesse em um quarto escuro como breu, envolto em silêncio. Aperto os olhos e prendo a respiração. Meu peito se comprime e os pulmões contraem. Quero desesperadamente respirar, mas não há ar. Quero tocar em algo — qualquer coisa —, mas não posso. Não dá para sentir nada quando se está transitando no tempo. É como se eu estivesse só. Como se fosse a única pessoa no universo.

Quando parece que meus pulmões estão prestes a explodir, saio em 2076. Pisco e espero um tempo para voltar a focar. O passado é brilhante e vivo. O ruído inunda meus sentidos. As cores rodopiam. E o cheiro... A poeira e a decadência de momentos atrás são substituídas por algo almiscarado. Isso me faz lembrar os livros antigos que vi uma vez no museu da Academia. Fico perfeitamente imóvel, me forçando a respirar devagar.

Meus colegas estão paralisados, como de costume. Não sei exatamente por que ficamos tão quietos depois de um salto. Não é como se as pessoas no passado pudessem nos ouvir. Além de nos manterem escondidos, nossos mantos mascaram quaisquer sons que façamos. Bem, coisas como falar e tossir. Não há nada que possamos fazer a respeito dos passos ou choques com objetos. Algo que aprendi depressa quando não estava prestando atenção e bati numa porta de vidro em uma viagem anterior. Assustei uma mulher que estava por perto.

— É a última chance que vocês têm de fazer qualquer pergunta — avisa o professor March. Ele faz uma pausa para olhar para cada um de nós. Quando ninguém responde, continua: — Ótimo, uma equipe preparada...

— Não dá mancada — completamos.

Ele ri.

— Exatamente. OK, se não têm pergunta nenhuma, vamos em frente.

Ao nos distanciarmos da agora intacta parede e atravessarmos o salão de piso de mármore lustroso, não consigo deixar de examinar o lugar. É tão diferente de nosso tempo. Retratos sofisticados se alinham nas paredes. Tenho que inclinar a cabeça para cima para conseguir enxergar o topo do domo se avultando sobre nós. Havia hologramas de tudo nos esquemas da missão, mas eles não podem substituir a experiência de estar aqui pessoalmente. É fantástico. Algumas pessoas conversam em tom animado. Fico surpreso de vê-las ali. Imaginei que estariam todas lá fora.

Um de meus colegas de equipe, Zed, solta um assovio baixo ao passarmos por duas mulheres.

— Caramba. Bem que eu gostaria de observar *aquelas duas* por um tempinho.

Vika lança um olhar fulminante em sua direção.

— Sério, Zed? Não devia estar olhando para elas desse jeito.

— Por que não? Não é como se pudessem me ouvir. E provavelmente ficariam lisonjeadas se pudessem.

— Não importa que não possam ouvir seus comentários imbecis — replica ela, revirando os olhos. — É grosseria. Além disso, nem toda mulher te acha irresistível.

— Não acha? — pergunta Zed, fingindo aflição. Ele passa as mãos pálidas pelos cabelos negros. — Acho que devo me esforçar mais, então.

Outro colega, Elijah, solta um riso de deboche.

— Cara, se elas conseguissem ver sua bunda magrela, iam morrer de rir. Agora, se me vissem, aí seria outra história. — Ele flexiona os músculos para provar seu argumento e sorri. Os dentes brilham em contraste com a pele escura. Posso estar rindo com Zed e Elijah, mas fico surpreso ao notar o quanto estou irritado. Zed sempre faz comentários desse tipo. Mas as pessoas aqui (e todas as outras que ainda vamos ver) estão mortas. Fantasmas. Cantar fantasmas é muito errado.

Mas o que posso dizer? São meus melhores amigos.

— Acalmem-se, cadetes. Concentrem-se na missão — adverte o professor March com uma carranca.

Lá fora, a paisagem está transformada. Os prédios em ruínas estão intactos. Faixas e bandeiras em vermelho, branco e azul estão suspensas em todas as estruturas. A área inteira está lotada de gente. Uma voz masculina cantando o antigo hino nacional ressoa nos alto-falantes. Minha boca se abre em admiração, mas rapidamente a fecho. Não há necessidade de agir como um novato deslumbrado, ainda que este seja o maior evento que já nos permitiram gravar. Vi os antigos registros de notícias deste período. Mas não me prepararam para isso. Para realmente estar aqui.

Tento não engasgar quando entramos no meio da multidão. Não sei o que as pessoas do passado tinham. Há sempre esse mesmo odor estranho e rançoso impregnado nelas. Quanto mais nos aproximamos do palco montado em frente ao prédio do antigo Centro Cívico, mais temos que forçar caminho entre os fantasmas.

— Estamos quase lá — anuncia o professor March.

À frente, consigo divisar Cayhill e sua equipe subindo os degraus que levam ao palco. Eles poderão gravar a morte da presidente Foster bem de perto. A equipe de Cayhill sempre pega as melhores tarefas.

Nós ficamos com a missão de gravar do meio dos espectadores.

O DAT diz que tomadas da multidão são importantes. Dão aos consumidores de nossa época a "sensação autêntica" de estarem no passado. Se a filmagem gravada hoje for boa o bastante, os técnicos do DAT vão juntar tudo para criar uma experiência mais impressionante para os participantes da Rede História Viva. Ou para aqueles que entrarem em um Jogo de Simulação. Tudo o que precisarão fazer é se sentar e usar um par de Lentes Virtuais. E assim poderão fingir que estão aqui. Sem todo esse trabalho.

— Hora de formarem as duplas e assumirem suas posições — avisa o professor March quando chegamos ao ponto em que vamos nos separar. — E não se esqueçam de ativar os comm-sets quando chegarem lá.

Zed passa por mim e olha para Vika, abafando o riso.

— É bom os dois pombinhos se comportarem, hein?

Ele se junta ao parceiro e os dois se misturam à multidão. Elijah e o colega fazem o mesmo.

— Algum problema? — pergunta o professor March.

— Não, senhor — respondo.

Vika apenas lhe dá um sorriso forçado.

— Excelente. Acho que vou observar vocês dois primeiro, estou com a sensação de que vão precisar de mim em outro lugar logo, logo. — Ele lança um olhar entediado na direção de Zed.

Os dedos de Vika se entrelaçam aos meus, e ela me leva para longe. Quando estamos suficientemente distantes do professor March, sussurra:

— Tem certeza de que está tudo bem?

Faço que sim com a cabeça rapidamente.

— Já disse que sim.

— OK, mas lembre que estou aqui para apoiar você. Sempre. — Ela aperta minha mão de forma reconfortante.

Respondo com outro aperto antes de nos separarmos e ativarmos nossos sistemas de comunicação. Começo a sondar a área à procura de outros Manipuladores do Tempo. A princípio, nada chama a atenção, mas então uma luz pisca no canto de minhas lentes. O contorno de um corpo reluz em branco. Isso indica um Manipulador encoberto a distância. Uma vez que as frequências são alteradas de poucos em poucos meses, nossos comm-sets perdem a capacidade de penetrar os mantos.

— Tenho um Desconhecido à minha esquerda, a aproximadamente 20 metros de distância — aviso, lendo as informações que surgem no rodapé das lentes.

— Nenhum por aqui — responde Vika.

Continuo a escanear a área, mas ainda me pergunto a respeito do Desconhecido. Fico imaginando de que ano ele ou ela vem. Cruzamos com eles ocasionalmente em nossas viagens. O DAT raramente sobrepõe visitas a um mesmo tempo. Isso não quer dizer que alguém de nosso futuro não possa estar aqui. Quase desejo poder conversar com o Desconhecido, mas é proibido. Poderia contaminar qualquer que seja o ponto na linha do tempo de que eles vêm.

— Vamos começar a fase dois — diz Vika depois de um minuto.

— Tenha cuidado — respondo no mesmo minuto que um homem esbarra em mim. É um pouco enervante estar aqui. Há tanta gente ao redor.

Seguimos cada um para um canto e observamos o público enquanto nossos comm-sets gravam. A animação no ar é contagiante. O vazio dentro de mim não parece tão oco agora.

O cantor para, e um homem corpulento de terno preto atravessa rapidamente o palco. O silêncio se instala enquanto a multidão aguarda o evento principal.

— Senhoras e senhores, sua atenção, por favor. Gostaria de apresentar a presidente Kathleen Foster.

Aplausos frenéticos irrompem quando uma mulher ruiva e esguia de vestido azul-marinho surge do Centro Cívico e sobe ao palco. Ela acena com as mãos e exibe um sorriso brilhante. É fácil ver que o país a amava. Imagino por um instante o que teria acontecido se ela não morresse naquele dia. Como as coisas seriam diferentes em meu tempo.

A voz de Vika se materializa em meu ouvido:

— Vou chegar um pouco mais perto do palco.

— Não vá muito longe — peço. Sair de nossos parâmetros fará com que pontos sejam subtraídos de nossa nota.

— Só quero conseguir imagens melhores. Você sabe que gosto de viver no limite — diz ela, abrindo um sorriso para mim.

O professor March entra na linha:

— Preciso verificar como estão os outros. Mantenham as posições e cuidem um do outro. Estão indo muito bem até agora.

Ele abre caminho entre a multidão e vai em direção a Zed.

Volto a atenção ao palco. A voz da presidente Foster é quase hipnótica. É, definitivamente poderia confiar nela se vivesse nesta época. Olho rapidamente para a tela de informações no DataLink.

São 9h17.

A presidente estará morta em menos de cinco minutos.

Meu estômago se contrai. Não sei por que me sinto assim. Ela é um fantasma. Já está morta. Todas essas pessoas estão.

Como meu pai.

Um conhecido nó aparece em minha garganta. Tento desfazê-lo outra vez.

— Já pegou alguma imagem da parte de trás da multidão? — pergunta Vika.

Não. Estive ocupado demais observando a mulher que está para morrer. Viro-me e gravo o mar de rostos ansiosos, bebendo cada reluzente palavra de encorajamento da presidente. Em seguida me volto para o palco.

Vislumbro outro Desconhecido a cerca de 10 metros de onde estou. Pergunto-me se é o mesmo de antes. Mas então o manto balança, revelando um homem de estatura e porte médios, como eu. Os cabelos castanhos são mais claros que os meus. Ele veste um macacão cinza.

Sinto como se meu coração tivesse parado.

— Pai — sussurro. Não, não pode ser ele. Pisco algumas vezes, esperando não ver nada além de um punhado de pessoas mortas. Mas ele continua lá, me encarando. Depois se vira e passa por uma brecha na multidão.

— Não! — grito, disparando atrás dele. — Pai, espera!

— O que você está fazendo? — pergunta Vika. — Não pode sair daí!

Eu a ignoro. Tenho que alcançar papai. Tenho que encontrá-lo antes que o perca novamente.

Uma pequena parte de mim sabe que estou sabotando minha nota, mas não me importo. Abro caminho à força por entre as pessoas e me concentro na cabeça de meu pai. Ele para de repente e se vira.

Chego a um metro e meio dele quando ele fala algo.

— O quê? — grito.

— Salve a Alora, filho.

Em seguida, desaparece.

Meus olhos o procuram em todas as direções. Aonde ele foi? Saltou de volta para seu tempo, qualquer que seja? Por que estava aqui? E quem é Alora?

Minha respiração sai entrecortada. Giro o corpo, buscando por meu pai. Ele tem que estar aqui em algum lugar.

Tem que estar.

Um estouro ecoa, seguido de outro. O discurso da presidente para. Viro ao mesmo tempo em que ela desmorona no chão. Gritos despedaçam o silêncio atordoado.

O caos se alastra enquanto as pessoas tentam fugir, o que é praticamente impossível.

Lembro que Vika está sozinha.

Um arrepio se espalha por minha pele ao procurá-la na multidão. Não a vejo.

— Vika, onde você está? — grito.

Ela não responde.

Parece que passo uma eternidade abrindo caminho entre as pessoas que tentam fugir da área do palco. Olho lá para cima. Fantasmas cercam Foster. Alguns cadetes de Cayhill se espremem ao redor deles, fazendo filmagens em close da mulher.

Mas há algo mais acontecendo perto do palco. Sigo para lá, a náusea se espalhando dentro de mim. Algumas pessoas apontam para o chão. Uma mulher se move para o lado, e finalmente vejo o que aconteceu.

Vika está caída no chão, inerte.

— Não. *Não.* — Forço minha entrada, a mente acelerada. Por que fui deixá-la se aproximar do palco? Devia tê-la impedido. Todos que estavam mais próximos da presidente ficariam ainda mais desesperados para fugir depois dos disparos.

Então percebo outra coisa. Os fantasmas olhavam para ela. O manto havia sido desativado.

Continuo seguindo, mas antes de conseguir alcançá-la, noto uma cintilação pairando sobre ela.

Um Desconhecido.

Um pavor gélido atravessa meu corpo.

Quando a alcanço, o Manipulador do Tempo encoberto já se foi. Ajoelho e puxo o corpo pisoteado para perto. Sequer me importo que alguns fantasmas ainda a estejam encarando.

— Vika! Você está me ouvindo? Acorda!

O professor March surge.

— O que aconteceu, Bridger?

Penso na aparição de papai. Na mensagem que me passou. Aconteceu de verdade? Ou imaginei a cena toda?

— Não sei — respondo, olhando para Vika. O comm-set está quebrado a seu lado. Sangue escorre do nariz. O rosto está arranhado. E ela está tão imóvel.

O professor March me olha com seriedade enquanto procura o pulso. Meu coração está prestes a explodir. Por favor, faça com que esteja bem. Por favor.

Os olhos do professor se arregalam. Ele aperta o botão de comunicação geral em seu comm-set e grita:

— Salto de emergência! Repito, salto de emergência!

2

ALORA
8 DE ABRIL, 2013

O barulho constante que domina o refeitório desaparece quando uma imagem se forma em minha mente — a de um homem com as mãos manchadas de sangue e duas mulheres. Uma de cabelo louro vários tons mais claros que o meu e outra de mechas tão escuras quanto o céu da meia-noite. Sinto meu peito se apertar. Sonhei com eles ontem à noite, assim como sonho há anos. O homem é meu pai, e a única razão pela qual sei disso são as fotografias que tia Grace tem dele. Pergunto-me se uma das mulheres é minha mãe. Não tenho ideia. Tia Grace não tem fotos dela.

É, eu sei que é esquisito, mas moro com minha tia desde pequena. Tenho algumas lembranças nebulosas de antes disso, mas não muitas. Vislumbres em que apareço correndo em uma área arborizada. O cheiro de lavanda de quando mamãe me colocava na cama à noite. Pequenos detalhes que não me dizem coisa alguma.

E tenho certeza de que costumava morar em uma cidade grande. Às vezes vejo essas imagens de prédios altos que parecem tocar o céu, como se eu estivesse no meio deles, olhando para cima. Agora esta cidade do interior é meu lar, incluindo todas as pessoas de mente fechada que a habitam. Qualquer um que não se enquadre na ideia que elas têm do que é normal é considerado estranho demais para se conviver.

Sorte a minha.

— Terra para Alora. Está me ouvindo?

Alguém agita a mão na frente do meu rosto. Pisco várias vezes antes de virá-lo para minha melhor amiga, Sela.

— Desculpa. O que você disse?

As duas garotas sentadas a nossa frente, as novas amigas de Sela, dão uma gargalhada aguda que me faz querer esfaquear os ouvidos. Ou esfaqueá-las.

— Tudo bem? Você está meio estranha.

Por um instante, penso em lhe contar sobre o sonho, mas mudo de ideia. Não há razão para isso, não consigo me lembrar de detalhe algum.

— Tudo bem. Não consegui dormir direito ontem.

É algo próximo o suficiente da verdade. Nas noites em que sonho com meu pai e as mulheres misteriosas, sempre acordo com uma sensação de medo. Claro, dormir depois disso é impossível.

— Certo — responde Sela de forma arrastada. Ela coloca uma garfada da salada na boca antes de continuar. — Enfim, perguntei a você se queria ensaiar com a gente hoje à tarde. Jess e Miranda decidiram fazer o teste para a equipe também, então achei que podíamos trabalhar juntas nas acrobacias e tal.

— É, Laura, vai ser legal — diz a menina da esquerda, Miranda.

— É Alora — respondo, entredentes.

— Ah, certo. Desculpa. — Pelo tom, posso dizer que nem se importa. Não entendo o que Sela vê em Jess e Miranda. São tão profundas quanto uma poça de lama. Tudo o que fazem é falar mal de todos ao redor, dos garotos que gostam e de roupas. Além disso, tentam combinar o que vestem o tempo inteiro. Como agora. Estão as duas de calça capri justa e blusa ciganinha, fora que ambas pintaram uma mecha de cabelo de azul na semana passada. Sério. Mas a mãe de Sela foi mexendo os pauzinhos até entrar para um clube de mulheres local uns meses atrás, e no dia seguinte fiquei sabendo que Sela tinha duas novas melhores amigas.

Respiro fundo e me aproximo de Sela.

— Não sei. Preciso mesmo estudar. A tia Grace vai me matar se eu me der mal em outra prova. E talvez tenha que dar uma força lá na pousada depois da escola. — Olho para o livro de história ignorado em meu colo, me sentindo culpada. Tia Grace me disse que não precisava de ajuda esta tarde. Não aguardamos nenhum hóspede.

Quando olho para Sela, ela tem aquela expressão que me lembra um pai impaciente lidando com uma criança irritante.

— Você disse que vinha.

— Eu sei, mas não sou boa nesse tipo de coisa.

— Como você sabe? Nunca tentou.

Jess revira os olhos e suspira dramaticamente.

— Ah, qual é, Sela, você está parecendo mãe dela.

Mordo o lábio. O comentário machuca, pois não tenho ideia de como minha mãe reagiria nessa situação.

— Ela sabe o que eu quis dizer. E você não falou que sua tia não se importava de você fazer o teste?

— É, mas ela quer que eu continue tirando notas boas também. — É a verdade. Tia Grace não estava certa a respeito do teste para o time, mas Sela não parou de pedir até que ela dissesse que poderia ser algo bom para mim. Talvez possa convencê-la a dizer a Sela que mudou de ideia. Ou algo diferente. Como o fato de que estou quase reprovada em história.

Tirei nota ruim nas duas últimas provas, e a tia ameaçou me colocar de castigo se não conseguisse ao menos um C na próxima. Ela diz que nunca fui tão mal quando estudava em casa, o que não é exatamente verdade. Não sei o que há de errado. Estou tirando boas notas em todas as outras matérias, mas quando se trata de história, não importa o quanto estude, aprendo muito pouco.

Sela passa a mão pelo cabelo castanho-avermelhado, prendendo-o atrás da orelha.

— Bom, acho que devia vir com a gente. Você sabe que quer.

Quero lhe dizer que não é verdade, mas fico calada. Ela vem me perturbando sem parar há semanas para fazer parte da equipe com ela. Sua mãe fica discursando a respeito de quantas novas amigas fará se conseguir entrar no time — como foi o caso da Sra. Perkins quando estava no ensino médio. Não importa que eu tenha sido a única pessoa que se aproximou de Sela quando sua família se mudou para cá em novembro.

— Bom, foi divertido ficar para conversar e tal, mas temos que correr — diz Jess. Ela troca um olhar com Miranda, e as duas se levantam.

— É, vou vomitar se ficar aqui mais um minuto. Esse lugar fede — diz Miranda, passando a mão no cabelo perfeitamente liso. — Você vem, Sela?

Ela parece dividida. Finalmente, responde:

— Vão vocês na frente. A gente se encontra daqui a pouco.

Depois de terem saído, me volto para Sela:

— Você não precisava me esperar.

— Sei disso, mas eu quero. Você parece mesmo um pouco distraída.

— Uau, obrigada, mas se queria mesmo ir com suas amigas, podia ter ido. — Mexo na salada, sem vontade de comer mais. Daria tudo por um cheeseburger com batata frita agora, mas Sela anda nessa onda de comida saudável há alguns meses, para perder mais nove quilos. Ela me convenceu a tentar seu estilo de vida saudável, já que eu me sentia tão para baixo ultimamente.

— Elas podiam ser suas amigas também, se você desse uma chance.

— Eu tentei. Elas não gostam de mim.

— Não é verdade.

— Mesmo? Elas me convidam para fazer alguma coisa? Me mandam mensagem? Não. — Odeio que pareça estar me lamentando, mas é verdade. Simplesmente não entendo como Sela não percebe.

Ela começa a falar algo, mas então inclina a cabeça para o lado e olha para além de mim. Sorrindo, coloca os cotovelos sobre a mesa, entrelaça os dedos e apoia o queixo nas mãos. Em seguida, volta a me fitar.

— Então... — fala ela daquele jeito arrastado. — Qual é o lance com o Trevor?

— Do que você está falando?

— Ele estava totalmente olhando para você agora mesmo.

Balanço a cabeça. É impossível. Trevor Monroe jamais me olharia. Ele e a irmã maligna, Kate, me odeiam porque a mãe deles odeia tia Grace. Lembro como espalharam mentiras a meu respeito quando comecei a frequentar a escola este ano. Inventando que eu era alguma pobre coitada que tia Grace abrigara anos atrás, e que ela sequer era minha tia de verdade.

— Não. O inferno vai congelar antes disso acontecer.

Sela se recosta na cadeira, sorrindo.

— Não, minha querida, ele estava mesmo olhando para você.

— Sem chance — retruco, olhando para meus jeans gastos e para a camiseta rosa simples. — E, mesmo que estivesse, não tem nada sexy aqui.

— Está brincando? Não entendo por que os caras daqui não estão brigando por sua causa.

Deixo escapar algo que tia Grace chamaria de um bufo de deboche indigno de uma dama.

— Brigando por minha causa? Essa é boa.

Ela bufa e cruza os braços.

— Bom, deviam. Claro que nunca iam prestar atenção em mim.

Desconfortável, me remexo na cadeira. Fico muito incomodada quando Sela se coloca para baixo. Ela se esforçou para perder peso desde que chegou, mas é difícil para ela perceber a mudança por não ser um palito como Jess e Miranda.

— Bom, se Trevor estava mesmo olhando para cá, é provavelmente porque está tentando imaginar alguma outra besteira para dizer sobre mim.

— Ah, vamos. — Ela faz uma pausa para pensar, mordendo o lábio como costuma fazer quando não sabe o que dizer. — Você é uma garota incrível. Acho que devia falar com ele.

— Ah, não. Não vou chegar nem perto dali. Além do mais, a Naomi ia enlouquecer se achasse que estou a fim dele.

— Ouvi que eles estão na zona de separação de novo. — Ela ergue as sobrancelhas para mim, esperando uma resposta positiva.

— Vamos parar com esse assunto, OK?

— Você precisa viver um pouco. Parar de se preocupar o tempo inteiro.

Quisera eu. Sela não sabe de tudo. Claro, sabe o quanto odeio essa cidade imbecil. As outras coisas, não. Não sabe o quanto preciso de uma bolsa para entrar na faculdade. Como tia Grace está sempre preocupada com o que fará para pagar as contas. Como sequer consigo me recordar de como eram meus pais. Essas são coisas que ninguém sabe, e estou tão cansada de guardar tudo para mim. De repente, sinto como se o refeitório estivesse encolhendo e eu não conseguisse puxar ar o suficiente.

— Hum, esqueci uma coisa no armário — consigo dizer. Pego a mochila e a bandeja e me levanto com tanta rapidez que minha cadeira quase cai para trás.

— Tá tudo bem? Parece que você está passando mal. — A expressão de Sela se contrai em preocupação.

— Tá, sim. A gente se vê na aula.

Ao passar pela mesa de Trevor, ouço risadas. Arrisco uma olhada e me fixo em uns garotos me encarando, inclusive Trevor. O calor brota em meu rosto, e abaixo a cabeça rapidamente. Sempre fico com um tom de rosa irritante quando estou envergonhada.

É neste momento que dou um esbarrão em Naomi Burton — a namorada de Trevor. A bandeja da garota voa direto para o chão com um estrondo, chamando a atenção de todos no refeitório.

Já podem me matar.

Ela se vira e começa a rosnar para mim.

— Sua babaca idiota!

— Ei, Alora, precisa voltar para o jardim de infância para aprender como bandejas funcionam? — pergunta alguém. Olho para cima. É claro que é Kate, sentada com as amigas a poucos centímetros de mim.

Se achei que estava vermelha antes, agora devo estar escarlate. Gargalhadas retumbam em meus ouvidos. Balbucio um pedido de desculpas e tento ajudar Naomi a limpar tudo. Os restos de sua salada estão espalhados por todo o piso, e um pedaço ficou preso na parte da frente da minha camiseta. Tento limpar, horrorizada ao ver que ficou manchada de molho.

— Apenas saia — diz Naomi, jogando os últimos pedacinhos de alface de volta na bandeja.

Antes que possa me desculpar novamente, olho para seu rosto e paro. Está coberto de manchas, e os olhos, vidrados, como se tivesse chorado. Percebendo que seria uma boa ideia sair dali logo, rapidamente jogo meu lixo fora e me apresso em deixar o refeitório.

Não paro até estar do lado de fora. O ar está tão denso quanto sopa quente, mas não me importo. Inspiro fundo. O cheiro de grama recém-cortada irrita meu nariz e me faz espirrar repetidamente. Ainda assim, é melhor do que lá dentro. Não posso crer que dei um esbarrão em Naomi. Só posso imaginar o que vão dizer quando entrar para a próxima aula. Vão me chamar de Alora Desajeitada ou algo igualmente idiota. Será o começo do ano letivo todo de novo. O trabalho que tive tentando me enturmar destruído em segundos.

Olho o celular. A aula começa daqui a dez minutos. Deus, queria poder ficar mais tempo aqui fora. Ou, melhor ainda, queria simplesmente poder ir embora.

Passo por alguns alunos enquanto sigo para minha árvore favorita no gramado da frente e me sento na lateral que dá para a rua. Gosto daquele lugar — faz com que me sinta invisível. O tronco arranha minhas costas, então me inclino para a frente e apoio os cotovelos nas pernas.

Tento esquecer tudo, mas aquela prova ainda assombra minha mente. Deveria estudar um pouco mais, mas simplesmente não quero. Em vez disso, tiro o caderno de desenho da mochila e volto ao último esboço. É de meu pai, ainda incompleto. Estou orgulhosa de como está ficando, mas ainda preciso trabalhar mais nele.

Comecei a desenhar quando tinha oito ou nove anos. Eram bons rascunhos. Então tia Grace me deixou fazer algumas aulas de arte, na época em que ainda podia bancar esses luxos, e meus desenhos ficaram bem melhores. Trabalho por alguns minutos antes de o calor drenar o restinho de energia que tenho. Deixo o caderno de lado e bocejo.

Escola idiota. Mais três horas até eu ser liberada. Queria poder ir embora agora e tirar um cochilo. Seria divino.

Encostando a cabeça na árvore, fecho os olhos e me concentro no canto suave dos pássaros que fazem serenatas para mim, nas vozes carregadas pela brisa suave. Visualizo minha cama, ouço-a chamar meu nome. É, queria estar lá agora. Queria que este dia acabasse.

Seria tão bom.

— Alora! Em que buraco você se meteu?

Meus olhos se abrem de repente e me sento num pulo ao ver tia Grace parada a meu lado. Meu olhar vaga loucamente entre seu rosto preocupado e meu quarto.

Meu quarto!

A luz do sol da tarde entra pela janela, lançando sombras pelas paredes de cor lilás. Inspiro o aroma de lavanda do purificador de ar que tia Grace deixa aqui. Meus dedos agarram o edredom da cama. É real. Realmente estou no meu quarto.

Mas como foi que cheguei?

3

BRIDGER
11 DE MARÇO, 2146

Assim que o salto se completa, tiro as lentes. O sol está brilhando forte demais. O professor March grita no comm-set:

— Preciso de uma equipe médica já!

Passo as mãos pelo rosto de Vika.

— Anda, Vik — sussurro. — Acorda, por favor.

Não fossem os arranhões e o sangue escorrendo de seu nariz, ela poderia estar dormindo. Lá no fundo, sei que não é o caso. Vika não está se movendo. Nem respirando.

O professor Cayhill e alguns outros cadetes se juntam ao nosso redor. Suas vozes me atingem como um maremoto. Eu as bloqueio. Tudo o que vejo é Vika, que não responde. Tudo por minha causa.

Sinto como se eu estivesse morrendo.

Alguém tenta me afastar, mas puxo os braços. Não vão me obrigar a deixá-la.

— Bridger, controle-se! — esbraveja o professor March. Seu rosto emerge bem rente ao meu, tão perto que posso ver o medo em seus olhos. — Preciso que se afaste. Os médicos chegaram.

Três paramédicos surgem a nosso lado. Manipuladores do Espaço. Cambaleio de pé e recuo. Eles se aproximam e se ajoelham ao lado de Vika, tentando estabilizá-la até que uma nave médica chegue. Não deve demorar. Elas são equipadas para voar bem mais rápido do que as naves comuns. Só queria que uma delas já estivesse aqui.

Elijah e Zed estão entre os cadetes do outro lado de Vika. Elijah tenta escapar do grupo. O professor Diaz o impede antes que dê dois passos. É melhor assim, provavelmente. Não quero falar com ninguém agora. Tudo o que quero é que Vika acorde. Preciso que Vika acorde.

O professor Cayhill avança, o rosto vermelho.

— Que bosta aconteceu lá, Creed?

Não sei o que dizer. Jamais cometi qualquer erro em uma missão. Nunca. Sempre segui exatamente o que os professores instruíam. *Todas as vezes.*

Exceto hoje. E Vika está pagando o preço.

— Você sabe o que fez? — pergunta Cayhill, apontando o dedo para mim. — Agora tenho que voltar e apagar a memória de todos aqueles fantasmas graças a você!

As palavras são como facas dilacerando minha alma. Olho para o chão. Cayhill tem razão. É tudo culpa minha.

— Acalme-se. Os cadetes não precisam vê-lo assim — diz o professor March.

— Como vou me acalmar? Nunca aconteceu uma coisa dessas antes. E onde você estava, Telfair? Como pôde deixar isso acontecer?

Enquanto o professor March continua falando com o babaca em voz baixa, uma sensação familiar demais começa a crescer em meu peito. Uma sensação de peso. A sensação de não ser capaz de respirar. Distancio-me dos professores, arrancando o comm-set e correndo as mãos pelos cabelos. Congelo quando meus olhos se voltam para Vika. Os médicos ainda tentam fazê-la reviver. É a visão de suas pernas estendidas abaixo deles que me leva além do limite. Uma delas está dobrada em um ângulo estranho.

Não consigo lidar com isso. Tenho que sair daqui.

Agora.

Meus pés se movem como se fossem controlados por outra pessoa. Tenho que me afastar.

— Bridger, volta aqui — grita o professor March.

Eu o ignoro e continuo a correr.

Passos ecoam atrás de mim. A parte de meu cérebro que ainda é capaz de pensar racionalmente grita para que eu pare. Eu ignoro. Não posso ficar. Não com todos me encarando, tentando entender o que fiz para arruinar a missão inteira.

Pela primeira vez, estou feliz pelo fato de papai estar morto e não poder ver o que fiz.

Pensar nele faz com que eu pare. Ele é a razão pela qual deixei meu posto. Quase havia me esquecido. Tenho que contar a alguém.

Viro-me no instante em que o professor March me alcança, o olhar raivoso.

— Não sei o que está passando por essa sua cabeça, mas você vai me contar exatamente o que foi que aconteceu lá.

Atrás dele, o professor Diaz conduz os alunos de volta para a nave da Academia. Por um segundo, desejo poder estar com eles, e não enredado nesta confusão.

— Anda, Bridger, o que aconteceu? E nem pense em mentir para mim. — Ele cruza os braços como se não fosse aceitar qualquer resposta.

Isso me magoa. Jamais menti para ele ou para qualquer um dos professores. Se quiser ser o melhor da turma, não posso fazer isso. E ele sabe disso.

Mas e se não acreditarem em mim? Antes que eu possa me controlar, revelo tudo. A expressão que atravessa o rosto do professor March seria quase cômica se a situação fosse diferente. Quando termino de falar, ele está balançando a cabeça.

— Então você acha que é mentira? — indago, sentindo o calor ruborizar meu rosto. — É a verdade. Eu juro. O papai estava lá. Ele me disse para salvar alguma menina chamada Alora. Se não acredita em mim, assista à gravação. Ou, melhor ainda, volte lá e veja você mesmo.

Não sei por que lhe sugiro isso. O DAT tem que aprovar todos os saltos emergenciais para investigação de um evento. O professor March não poderia simplesmente saltar porque quer. Seria contra a lei. Da mesma forma como é ilegal que os Manipuladores do Tempo saltem ao passado para testemunhar qualquer coisinha.

O professor passa a mão pela cabeça.

— Não duvido que *pense* que viu seu pai.

— Eu vi. Ele falou comigo. — Meu punho dói com a força com que o esfrego. Forço as mãos a se separarem.

Ainda que papai estivesse encoberto quando surgiu, nossos comm-sets são capazes de detectar a emissão de calor. Tenho provas.

— Não é simples assim, Bridger. — Ele inspira e continua: — Olha, não quero que diga nada sobre ter visto Leithan por enquanto. — A primeira coisa que me ocorre é que isso é loucura, mas ele ergue a mão. — Não, me escute. Tem coisas que não posso lhe contar sobre o trabalho do seu pai, mas preciso que confie em mim.

— Mas...

— É sério, Bridger. Não diga nada por enquanto. É o que seu pai teria pedido. Estamos entendidos?

Não tenho certeza de que é verdade, mas sei que papai sempre me disse para confiar no professor March. Sempre. Então concordo.

Um sorriso de alívio atravessa seu rosto.

— Ótimo. Agora, tem mais uma coisa.

— O quê, senhor?

— Você não vai gostar. — Ele leva a mão a meu ombro, mas, em seguida, a direciona com rapidez ao pescoço. Sinto uma picada aguda. — Mandaram que eu o sedasse.

Quero correr outra vez, mas o sedativo já está fluindo pelo meu corpo. Minhas pernas ficam bambas. O professor March me segura quando caio contra seu peito.

— Confie em mim — sussurra enquanto a escuridão engole o mundo. — Prometi ao Leithan que ia cuidar de você. Vai ficar tudo bem.

— Sr. Creed, consegue me ouvir?

Pisco algumas vezes e tento focar no homem a meu lado. Cabelo escuro, pele lisa demais, dentes perfeitos, todo vestido de branco. Definitivamente um médico.

— Preciso que fique quieto, OK? — O tom é amigável, mas os olhos são frios. Eu me sinto a menor forma de micróbio sob seu olhar. Minha boca está seca como um deserto, então faço que sim com a cabeça e tento me sentar. O médico pousa a mão em meu peito. — Ainda não. Estou fazendo um último exame.

Meus olhos correm meu corpo. Visto apenas minha cueca preta, nada mais. Há adesivos medicinais prateados grudados em meus braços, pernas e peito. Examino o resto da sala. É tudo muito brilhante.

Paredes e piso brancos reluzentes. Luzes brilhantes. Nada me é estranho, até porque temos de fazer um check-up após todas as viagens no tempo.

Estou de volta à Academia.

Então quem é esse sujeito? Nunca o vi antes.

Lembranças da viagem enchem minha mente como se eu tivesse entrado em um Jogo de Simulação. Só que isto é real. Deixo escapar um grunhido. É um pesadelo que se torna realidade. Minha namorada foi seriamente ferida, e não sei como ela está. Além disso, vi meu falecido pai. E o professor March não quer que eu conte nada a ninguém. Mas preciso de respostas. Agora.

Antes que possa perguntar ao médico o que está acontecendo, ele começa a puxar os adesivos. Todos picam minha pele ao serem retirados.

Limpo a garganta.

— Sabe me dizer o que está acontecendo com Vika Fairbanks?

Ele arranca o último adesivo com mais violência ainda.

— Não tenho permissão para discutir qualquer assunto.

Que diabos? Os médicos costumam ser cheios de pergunta. Querem todos os detalhes das viagens no tempo. Uma chegou até a confessar ter inveja porque não pode viajar como nós. Disse que não tinha tido a sorte de herdar um dos Genes do Talento — aqueles que permitem que algumas pessoas viajem no tempo, viajem a qualquer lugar com apenas um pensamento, ou leiam mentes.

Ergo o tronco e abaixo as pernas para a lateral da mesa de exame. Minha visão gira por causa do movimento rápido. Fecho os olhos até a sala parar de balançar.

— Tenha cuidado — adverte o médico. — Dei uma dose de Apaziguante a você enquanto estava sedado.

Acho que deveria estar grato. Com tudo o que aconteceu hoje, estaria surtado sem o remédio.

— Obrigado. Então, já posso ir?

— Não. O chanceler Tyson está a caminho para ver você.

Meu queixo cai.

— Por quê?

Ainda que o chanceler Doran Tyson seja o chefe da Academia, raramente o vemos no campus. Ele está sempre em cerimônias públicas que promovem a Academia. Banquetes monumentais dados uma vez ao mês quando novos Jogos de Simulação são lançados, ou quando outra Viagem Virtual está prestes a ser carregada para a Rede História Viva. Papai dizia que o chanceler Tyson adora irritar Puristas se gabando dos efeitos positivos da viagem no tempo para nossa economia. Mas lidar com assuntos cotidianos é algo que geralmente delega a seus assistentes ou professores.

A menos que algo ruim esteja para acontecer.

Os olhos do médico parecem endurecer ainda mais.

— Disse que não tenho permissão para discutir.

— Certo — digo, irritado. Que babaca. Não iria matá-lo me dizer algo mais.

É então que me ocorre que as coisas com Vika podem não estar indo bem. Ela não estava respirando da última vez em que a vi. Não, não pode ser isso.

Não pode.

O médico digita algo em seu DataPad e inclina a cabeça em direção a uma mesinha próxima à parede.

— Pode se vestir.

Ele deixa a sala sem olhar para mim novamente. Pulo da mesa e desdobro o uniforme. Cheira vagamente a suor e ao perfume favorito de Vika. Inspiro o aroma de cereja, sentindo-me nauseado. Não consigo tirar da cabeça a imagem de seu corpo caído no concreto rachado. Quero vê-la sorrindo e gargalhando. Viva. Não pode estar morta. Talvez ela esteja em estado crítico e o chanceler Tyson queira me informar pessoalmente por conta da morte de papai no mês passado. Espero que esse seja mesmo o pior cenário.

Depois de vestido, me aproximo da porta, mas ela não se abre automaticamente como deveria quando chego a trinta centímetros do sensor. Definitivamente nada bom.

Não há nada que eu possa fazer. Estou trancado aqui. Não estou com o DataLink, portanto não posso falar com ninguém nem pesquisar qualquer informação sobre a viagem no DataFeed. Por outro lado, não haveria coisa alguma lá. O chanceler Tyson já teria cuidado disso. Jamais se veem notícias negativas sobre a Academia.

Já tinha dado provavelmente cem voltas ao redor do cômodo quando o chanceler entra. Está vestido com o habitual uniforme preto da Academia. O professor March está com ele. Sinto uma estranha mistura de ressentimento e alívio. Estou zangado por ele ter me sedado daquela maneira. Mas feliz por estar aqui para amortecer o que o chanceler tem a dizer.

A última vez em que falei com o chanceler foi no funeral de papai. Ele apertou minha mão com firmeza e disse para que não hesitasse em pedir caso precisasse de qualquer coisa.

Estou hesitando agora.

Seu rosto é como uma tempestade de raiva e pesar. Está parado diante de mim, as mãos nos quadris, me fitando. Novamente, sinto-me a mais baixa das formas de vida no planeta.

— Sr. Creed, temos algumas perguntas a fazer.

A porta volta a se abrir, e um homem grisalho de uniforme militar azul-marinho entra. Pisco e olho para o professor March, tentando não transparecer surpresa. É o general Thomas Anderson, chefe da divisão militar do Departamento de Assuntos Temporais. Era o superior de meu pai. É também o idiota que se recusou a nos dizer como ele realmente morreu, pois sua última missão era confidencial.

O general Anderson aperta as mãos do chanceler Tyson e do professor March. Quero ignorá-lo quando estende a mão para mim. Entretanto, posso ouvir a voz do meu pai me dizendo para crescer.

— Bridger, filho, já faz muito tempo que não o vejo.

Trinco os dentes quando ele diz *filho*.

— Não vou mantê-lo aqui muito tempo. Preciso apenas que responda a algumas perguntas, depois estará liberado.

Sério? Achei que fosse o chanceler Tyson quem estivesse à frente da Academia.

O general Anderson coloca uma das mãos na frente da boca e tosse antes de dizer:

— Então, chegou a mim a informação de que você acha que viu Leithan enquanto estava na sua viagem no tempo. Está correto?

Meus olhos recaem sobre o professor March. Seu rosto é inexpressivo. Não terei ajuda. Devo falar a verdade ou mentir, como o professor March queria? E me pergunto por que mesmo estão me interrogando. Com certeza já enviaram uma equipe de investigação de volta para observar os acontecimentos. Já deveriam saber que papai estava lá.

— Bridger — interrompe o chanceler. — Ouvimos o que disse na sua gravação. Você viu mesmo seu pai ou *achou* que o viu?

— Por que estão me perguntando isso? Já não foram investigar? — indago.

O chanceler Tyson e o general Anderson trocam um olhar estranho entre si. Franzo a testa, me perguntando o que está acontecendo.

O general responde:

— Mandamos uma equipe, mas não perceberam qualquer indício de que seu pai esteve por lá.

Abro a boca e rapidamente a fecho. Isso não pode estar certo. Sei o que vi. Meu pai estava lá. *Estava.*

Será? E se eu tiver apenas imaginado tudo? Querem saber o que *achei* ter visto. Se sou louco ou não. É por isso que o professor March me pediu para negar que o vi. Está preocupado com minha carreira. A Academia não pode aceitar um Manipulador do Tempo pirado. Ainda assim, odeio mentir.

— É compreensível que tenha imaginado vê-lo. Afinal, você o perdeu recentemente. — A voz do general é suave e tranquilizadora. Exatamente como soava quando se recusou a dar quaisquer respostas depois da morte de papai.

Pergunto-me o que está fazendo aqui. Que importância tem para ele se vi papai na viagem? Terá algo a ver com a missão confidencial em que ele estava? Tenho que descobrir.

— Meu pai foi mandado para o assassinato da presidente Foster em sua última missão?

Os lábios do general se comprimem em uma linha fina.

— Não posso divulgar a natureza da última missão de Leithan, mas posso assegurar a você que ele nunca saltou para o assassinato da presidente Foster ao longo de seu período de formação ou carreira.

Não sei o que está havendo, mas não acredito nele. Ainda assim, não quero que pensem que sou louco.

— Talvez o senhor esteja certo. Talvez tenha apenas achado que o vi. Estava muito cheio lá.

O general Anderson sorri.

— Foi o que pensei. E você pode nos contar a sua versão dos eventos que se desenrolaram lá?

Quero perguntar por que simplesmente não questiona à equipe que voltou para testemunhar tudo, mas não o faço. Em vez disso, relato rapidamente como deixei meu posto e como descobri que Vika estava ferida.

O chanceler Tyson pergunta:

— Há algo mais que queira acrescentar?

— Não, senhor.

— OK, é tudo de que preciso — afirma o general Anderson. Ele aperta as mãos do chanceler e do professor outra vez. — Foi bom ver os senhores, embora preferisse que não tivesse sido nestas circunstâncias.

Depois de sair, o chanceler Tyson me lança um longo e severo olhar.

— Há algo mais que precisamos conversar antes de liberá-lo.

Começo a esfregar o punho. Isso não é bom. Balanço a cabeça e recuo.

— É a Vika, não é?

— Receio que sim. Queria ser eu a informá-lo de que a situação da Srta. Fairbanks é grave. A equipe médica está fazendo tudo o que pode por ela, mas ela está em coma e as chances de voltar à consciência são pequenas.

Não. Isso não pode estar acontecendo. Não com a Vika feliz, risonha, sempre-presente-quando-preciso. Ela tem que acordar. *Tem* que.

— Não entendo. Como isso foi acontecer? Vocês não podem fazer mais nada por ela?

O chanceler Tyson balança a cabeça e diz:

— Bridger, ela foi atropelada por centenas de fantasmas. Os ferimentos são muito graves.

— Isso... Isso é tudo culpa minha — engasgo.

O professor March está repentinamente a meu lado.

— Bridger, não é culpa sua. Ela deixou o posto por conta própria e não estava tentando segui-lo. Parecia estar tentando obter uma visão melhor da presidente.

Ouço o que ele diz, mas não ajuda. Se não tivesse seguido papai — se é que era *mesmo* papai —, poderia ter me certificado de que Vika não chegasse perto demais daquela droga de palco. Ela estaria bem.

Queria poder mudar as coisas. Antes de conseguir parar, vomito:

— Vamos voltar. A gente pode evitar que tudo isso aconteça. Não passou muito tempo ainda.

— Não. — A voz do chanceler retumba. — Você, melhor do que ninguém, deveria saber disso.

Minhas mãos tremem, então as cerro em punhos nas laterais do corpo. Ele tem razão. É a primeira regra da viagem no tempo. A linha do tempo é sagrada. Nada pode ser alterado, jamais. Depois que papai morreu, quis voltar e salvá-lo também. Exatamente da mesma forma como muitas pessoas quiseram fazer para salvar seus entes queridos antes de mim. A questão foi uma enorme fonte de conflito alguns anos antes da virada do século, quando descobriram que a manipulação genética resultara no surgimento de pessoas que podiam viajar ao passado.

Foi então que criaram o Departamento de Assuntos Temporais. Regras foram estabelecidas, e a ordem, imposta. Todas as viagens de emergência ao passado recente têm de ser realizadas por uma equipe especial do DAT, que apenas observa os acontecimentos. O que já passou tem que permanecer igual, ou o mundo em que vivemos hoje poderia ser destruído.

Isso não alivia em nada a dor, no entanto. Ela dilacera meu peito, uma punhalada após a outra. O professor March disse que não era minha culpa, mas não sinto que seja assim. Devia ter sido eu no lugar dela.

Minha voz soa vazia ao perguntar:

— Posso vê-la?

— Sinto muito. Apenas os familiares próximos podem visitá-la — diz o chanceler Tyson, e depois limpa a garganta. — E tem mais uma coisa.

O professor March faz uma cara feia para o chanceler.

— O senhor precisa sentenciá-lo agora?

Sentenciar? Que sentença? Olho de um para o outro. É como um sonho ruim, como se não estivesse de fato aqui.

— Preciso — afirma o chanceler. — Bridger, sinto muito, mas por ter violado ordens, deixado seu posto e por sua parceira ter sido seriamente ferida, tenho que suspendê-lo da Academia enquanto aguardamos uma investigação completa.

4

ALORA
8 DE ABRIL, 2013

— **B**om, vai me responder ou vai ficar só olhando para o quarto? — pergunta tia Grace. As mãos estão apoiadas nos quadris, e a expressão preocupada de momentos antes se transformou em uma que grita que estou encrencada.

Fecho os olhos. A última coisa de que me lembro é estar sentada sob a árvore na escola. Não me lembro de ter ido às aulas da tarde, nem de ter feito a prova de história. Sequer me recordo da volta para casa com Sela. Uma sensação de náusea revira meu estômago.

— Nem pense em mentir, mocinha. Consigo praticamente ouvir as desculpas que quer dar voando aí dentro da sua cabeça.

O que posso dizer? *Então, tia, o engraçado é que nem me lembro de como vim parar aqui.* Isso vai dar supercerto. Olho para o relógio na mesa de cabeceira. Diz que são 16h17 em números verde neon. Deus, perdi quase quatro horas.

Tia Grace passa as mãos pelos cabelos castanho-claros, tentando fazer as mechas arrepiadas voltarem aos cachos macios.

— Quase tive um ataque do coração quando Sela ligou perguntando como você estava.

— O quê? Por que ela fez isso? — pergunto, ainda que não saiba ao certo se quero a resposta. Aposto que fiz papel de idiota completa.

— Não se faça de boba, Alora. Juro, não consigo acreditar que você, entre todas as pessoas, faltou aula.

Espere, matei aula? É pior do que pensava. Cubro o rosto com as mãos.

— Sabe pelo que você me fez passar nesta última hora? Vou te dizer. Por um inferno. Primeiro recebo a ligação da Sela, e ela diz que você estava agindo toda estranha no almoço. Pensou que você estivesse doente e que tinha me pedido para buscá-la mais cedo. Depois, a escola liga e diz que você sequer se importou em aparecer para as aulas da tarde. Está na detenção amanhã, aliás.

Ah, está ficando melhor a cada minuto.

— Quase fiquei doida tentando descobrir onde estava. Procurei você por todos os cantos! — exclama, gesticulando para o cômodo. — Estava quase ligando para a polícia para relatar seu desaparecimento.

É, estou morta. A tia Grace está vindo para cima de mim com força dramática total.

— Então, o que tem a dizer em sua defesa? — Termina, cruzando os braços e batendo o pé.

Um silêncio mais alto que qualquer gritaria paira entre nós. Não posso acreditar que fiz algo assim. Eu não sou de matar aula. Demorei muito para convencer tia Grace a me deixar ir para a escola pública este ano.

Sou salva de ter que responder por uma buzina estridente soando. Tia Grace olha pela janela.

— Ah, merda.

Não pode ser bom. Tia Grace nunca xinga a menos que esteja realmente zangada. Corro para seu lado. Estacionado no círculo de entrada em frente a pousada, está um Cadillac branco reluzente. Tento não xingar também.

É a mãe de Trevor e Kate Monroe, Celeste. Acontece que ela é também cunhada de tia Grace. Seu marido é presidente de um dos bancos na cidade, por isso ela acha que está acima de quase todos, especialmente de nós. Vem perturbando tia Grace para vender a casa para ela desde que Darrel, marido de tia Grace e irmão de Celeste, faleceu, há 11 anos. Ela acha uma desgraça que Darrel e tia Grace tenham transformado o lar ancestral da família Evans em uma pousada e a quer de volta. Muito. Tia Grace diz que o inferno vai congelar antes que ela venda a casa para Celeste.

Ela se vira, pregando os olhos azul-claros em mim.

— Não terminamos ainda.

Sigo-a ao sair do quarto. Não é bom ficar por perto quando ela está com esse humor, mas tampouco quero que enfrente Celeste sozinha. Ela sabe como deixar minha tia se sentindo um lixo. Sei bem como é. Sempre que tem a chance, Kate faz o mesmo comigo na escola. Fecho os olhos, lembrando o comentário mesquinho no refeitório.

A campainha toca quando estamos na metade dos degraus. As costas da tia Grace se endireitam, como se estivesse pronta para entrar em uma batalha feroz. Espero que não seja tão grave. Quem sabe? Talvez agora Celeste tenha vindo para fazer um acordo de paz. Talvez tenha decidido ser mais gentil com a viúva do irmão.

Mais fácil porcos voarem.

Ao pé da escada, tia Grace, nervosa, mexe nas flores sobre a antiga mesa do saguão e ajeita o espelho pendurado sobre ela, depois alisa os cabelos.

— Estou bem assim?

Dou-lhe um sorriso tranquilizador.

— Sim, sempre está.

Tia Grace assente e abre a porta.

— Olá, Celeste — cumprimenta em tom de voz alto demais. — O que a traz aqui hoje?

Celeste lhe dá um sorriso condescendente.

— Ora, Grace, tentei ligar várias vezes, mas você não atendeu. — Celeste passa pela cunhada como se fosse a dona do lugar, o perfume floral empesteando a área. Kate a segue. De repente, descer com tia Grace não parece ter sido uma boa ideia. Puxo a camiseta para baixo, desejando que não estivesse tão amarrotada. O visual de mãe e filha parece ter saído de uma revista de moda. Celeste usa um vestido vermelho de arrasar, e os cabelos escuros estão presos em um penteado de estilo complexo. Kate usa uma calça jeans capri, que abraça cada curva do corpo, e uma blusa dourada que teria provavelmente ficado terrível em qualquer outra pessoa. Nela, claro, fica perfeita.

Celeste olha ao redor e caminha lentamente em direção à sala de jantar, que fica logo depois do saguão. Os saltos fazem ruídos na madeira quando ultrapassa o tapete persa.

— Enfim, Kate e eu estávamos resolvendo alguns assuntos, e pensei que podia dar uma passada rápida por aqui. Não a vejo há algumas semanas, não é?

— Não, acho que não — responde tia Grace. Ela abre o sorriso falso que normalmente reserva a hóspedes extremamente irritantes. — Como vão vocês?

— Ah, ocupadas como sempre. Rob e eu acabamos de voltar das Bahamas semana passada. Ele me levou para meu aniversário. E Trevor e Kate estão ótimos.

Ao ouvir seu nome, Kate tira os olhos do celular e nos dá um sorriso discreto. Que falsa. Em seguida faz contato visual comigo. Pela expressão, sei que acaba de notar minha presença no cômodo. Um sorrisinho malicioso substitui o outro.

— Alora, onde você estava hoje à tarde? Não a vi na aula de história.

Uma quentura se espalha por meu rosto.

— Não... estava me sentindo muito bem.

Será que tenho sempre que falar como uma retardada?

— Mesmo? — pergunta. — Fiquei sabendo que tinha matado aula.

Celeste engasga.

— Ai, meu Deus. É verdade?

Maravilha. Primeiro, derrubo a bandeja de Naomi de suas mãos na frente de todo o refeitório, e agora Kate me humilha na frente da mãe. Provavelmente acha que tia Grace não sabe e quer me deixar encrencada. Tento pensar em alguma resposta brilhante, algo para ilustrar sua imaturidade, mas meu cérebro não coopera.

— Alora não estava se sentindo bem. — A voz da tia Grace é como uma navalha ao fitar Celeste. Olho embasbacada para ela, feliz e mortificada ao mesmo tempo. Poderia agradecer por ter me defendido, no entanto, também poderia morrer porque minha tia *teve* que intervir a meu favor. Posso imaginar o que Kate está pensando. *Olha só a Alora, dependendo da tia para inventar desculpas por ela. Que patético.*

— Certo, não estava se sentindo bem — repete Celeste, dando de ombros. — Agora, se ela matou aula, espero que você a castigue.

É um comportamento inadequado, não concorda? Claro que Kate jamais faria uma coisa dessas.

Tia Grace está imóvel como uma estátua. Inspira e expira devagar algumas vezes antes de dizer:

— Claro que não. Kate jamais *pensaria* em fazer uma coisa dessas.

As duas mulheres se apunhalam com os olhos, sem jamais abandonar os sorrisos. É como uma competição para ver quem vai matar a outra primeiro com falsa amabilidade.

Finalmente, Celeste olha para o elegante relógio de pulso prateado e solta um suspiro pesaroso.

— Meu Deus, o tempo passou voando. Kate tem que estar no treino de acrobacias até as seis. Vou ficar tão feliz quando consertarem o carro dela e eu não tiver mais que dar uma de motorista. — O olhar de Celeste se desvia de tia Grace para mim. — Você já arranjou algo para a Alora dirigir?

— Não. Ainda.

Quero me desfazer no chão. Ela sabe que fiz 16 anos há dois meses. E tenho certeza de que sabe que tia Grace não tinha dinheiro sobrando para comprar um carro só para mim.

— Ah, que pena. Quem sabe você não consegue arrumar alguma coisinha para ela daqui a pouco? Bem, Kate, está pronta?

Kate revira os olhos.

— Estou, mamãe. Estou pronta desde que cheguei.

Celeste segue para a porta da frente, mas para ao levar a mão à maçaneta.

— Antes que me esqueça — diz, se virando para encarar tia Grace outra vez. — Já reconsiderou a ideia de vender a casa? Rob recebeu um bônus enorme no trabalho, então posso acrescentar mais mil na minha última oferta.

E lá está: a verdadeira razão para a suposta visita. Que nojo.

— Não, Celeste. Já lhe disse que eu e Darrel demos duro demais para erguer esta pousada e não tenho intenção nenhuma de desistir dela. — Tia Grace sequer finge simpatia agora. As palavras são gélidas.

— Tem certeza disso? Fiquei sabendo que os negócios andam devagar há um tempo.

Não posso acreditar no sangue-frio. As palavras parecem fazer tia Grace desabar. Tenho vontade de estapear Celeste, mas minha tia jamais me deixaria fazê-lo.

— As coisas vão bem, Celeste. Não preciso do seu dinheiro.

— Ah, não acho que seja bem assim. Você vai acabar mudando de ideia. — Ela abre a porta e deixa Kate sair primeiro. — A gente volta a se falar logo.

— Não se eu puder evitar — resmunga a tia. Assim que a porta se fecha, ela desmorona no pé da escada. — Sei que digo isso toda vez que ela vem aqui, mas não consigo entender como ela e Darrel compartilhavam genes.

Sento-me a seu lado e massageio suas costas. Ao menos esta visita foi melhor do que a última. Lembro como Celeste passou o tempo inteiro reclamando sobre o fato de que a casa deveria pertencer a ela. Tia Grace acha que Celeste é bipolar ou algo assim.

De qualquer modo, ela está determinada a conseguir a casa de volta. Pelo que tia Grace me contou, a avó de Celeste e Darrel foi a última dona do lugar antes de deixar a casa e o terreno como herança para Darrel. Celeste ficou seriamente irritada pela avó não ter lhe deixado coisa alguma, mas tia Grace diz que é porque ela nunca a visitava a menos que quisesse algo. Quando Darrel morreu de câncer, Celeste pensou que tia Grace lhe entregaria a casa por já estar na família há gerações. Ela se recusou.

Mas e se Celeste estiver certa? O dinheiro já está curto por aqui há alguns anos, mas tia Grace nunca mencionou que a situação estivesse tão ruim a ponto de ter que vender o imóvel.

Tenho medo de perguntar, mas tenho que saber a verdade.

— As coisas estão tão ruins quanto Celeste diz?

Tia Grace não me olha. Encara o saguão sem se mover por alguns segundos, depois faz que sim com a cabeça.

— É, as coisas não estão boas.

Meu estômago se retorce mais do que um pretzel.

— Você vai vender a pousada?

— Não sei. Não quero, mas se os negócios não melhorarem logo, terei que fazer alguma coisa. Não interessa ao banco se não consigo hóspedes. Tenho que pagar, ou vão executar a propriedade.

Embora Darrel tenha herdado a casa, não havia muito dinheiro no imóvel. Tiveram que pegar um empréstimo a fim de cobrir o custo das reformas da pousada, e tia Grace está pagando até hoje.

Não consigo pensar em nada brilhante para dizer, por isso atenho-me a:

— Mas que grande bosta.

— É — concorda tia Grace, esfregando a testa. — Grande mesmo.

Começo a me levantar, mas ela pousa a mão em minha perna.

— Espera um minuto aí, mocinha. Não esqueci aquela sua gracinha de mais cedo.

Maravilha. Estava torcendo para que tivesse.

— OK — respondo com a voz arrastada. — O que você vai fazer comigo?

Ela franze a testa.

— Tem alguma coisa errada. Não entendo por que você mataria aula. E você já me telefonou antes quando não estava se sentindo bem. Por que fazer isso agora?

A verdade chega a minha boca, tentando forçar sua saída, mas a engulo outra vez. Se lhe contar o que aconteceu de fato — que não lembro como cheguei em casa —, tia Grace vai provavelmente querer me arrastar até um médico. O que significa vários exames e contas que não pode bancar. Não posso fazer isso. Não quando provavelmente não é nada. Não tenho dormido bem esses dias, afinal.

Por isso, minto.

— Não sei. Eu só não estava me sentindo bem mesmo, aí vim embora.

5

BRIDGER
11 DE MARÇO, 2146

É culpa minha. Tudo culpa minha.

Essas palavras martelam meu crânio a cada passo que dou. Caminho apressado pelo corredor que vai da sala de exames aos elevadores. Mantenho a cabeça baixa, ignorando as poucas pessoas pelas quais passo. Mas posso ouvir os sussurros. Ouvir o nome de Vika em seus lábios.

Quando chego ao elevador, já quero arrancar os cabelos. Pelo menos estou só. Não sei se suportaria ter que fazer a descida com mais alguém. Mesmo pelos poucos segundos que levo para ir do terceiro piso ao saguão.

A porta prateada se fecha com um ruído sibilante. Em seguida, uma voz feminina pergunta:

— Para qual andar?

— Primeiro — respondo, ríspido. Olho para o relógio no DataLink. São quase 17 horas. Depois de o chanceler Tyson me suspender, ele devolveu meu DataLink e me informou que tinha uma hora para sair do campus. Não planejo ficar todo esse tempo. A maioria dos cadetes ainda deve estar em aula ou retornando de qualquer que tenha sido a viagem no tempo que fizeram hoje. Não tenho intenção alguma de permanecer tempo o suficiente para ser obrigado a encará-los.

Ao atravessar a área gramada entre o prédio principal feito de vidro e aço da Academia e meu dormitório em Phoenix Hall, continuo repassando os acontecimentos do dia. Perseguir papai. Ver Vika caída no chão. De repente, não consigo respirar. Um vento frio sopra, mas sinto como se estivesse em chamas. O médico devia ter me dado uma dose ainda maior de Apaziguante.

Paro pouco antes de entrar em meu prédio e me escoro na parede de tijolos. Inspiro, expiro. Inspiro, expiro. Inspiro, expiro, inspiro, expiro. Concentre-se. Apenas concentre-se.

É estranho perceber como minha vida está desmoronando, mas tudo a minha volta ainda parece normal. O dormitório feminino e o prédio acadêmico ainda têm vista para a parte leste do campus a minha esquerda. As Montanhas Rochosas ainda cortam a paisagem à direita.

Alguns Nulos estão podando os canteiros de flores entre os edifícios. Meu coração acelera enquanto assisto ao ritmo tranquilo em que trabalham. Estão inteiramente vestidos de cinza. Os rostos estão cobertos por uma proteção que impede que sejam reconhecidos. São criminosos. Aqueles cujas ações passadas não podem ser perdoadas aos olhos da Federação Norte-Americana. Suas mentes foram completamente esvaziadas. São agora drones descerebrados. Pouco mais que escravos para o governo.

E se for essa a minha sentença após o término da investigação da Academia?

Verifico o DataLink novamente. Tenho cinquenta minutos. Endireito os ombros e entro apressado.

Não demoro muito para chegar ao apartamento — fica no primeiro piso. Paro imediatamente fora da entrada, torcendo para que Elijah e Zed não estejam lá. Encará-los agora seria difícil demais.

Não tenho essa sorte. Os dois estão sentados em um silêncio desconfortável no sofá preto da sala de estar. Estão assistindo a uma mulher de terno azul-marinho conversar com alguém no DataLink. É minha mãe.

Fecho os olhos e praguejo entredentes. Por que ela, entre todas as pessoas, tem que estar aqui? Mas não posso simplesmente ficar parado. Tenho de recolher meus pertences.

Elijah é o primeiro a me ver e fica de pé em um pulo.

— Cara, onde você estava? Já foi ver a Vika?

— É, Creed, o que aconteceu lá? — indaga Zed, juntando-se a nós.

Quase respondo, mas mamãe me avista. O rosto assume uma expressão severa ao dizer:

— Ele chegou. Tenho que ir.

Balanço a cabeça e me desvencilho deles. No quarto, procuro pela gaveta superior da cômoda até encontrar a caixa marrom onde guardo meu estoque de Apaziguante. Pego um frasco e injeto o líquido dourado na lateral direita do pescoço. Os músculos relaxam instantaneamente. A pressão no peito desaparece.

Lá fora, ouço mamãe ordenar a Elijah e Zed que saiam, apesar de morarem aqui. Não posso acreditar no atrevimento. Ela não tem autoridade alguma aqui. Mas diga isso a ela. É uma poderosa especialista em recuperação de artefatos do Departamento de Assuntos Temporais. Está acostumada a fazer tudo de seu jeito.

É uma das razões pela qual não uso uma licença para ir a minha casa há mais de um mês. Mal consigo suportar estar no mesmo cômodo que ela, que dirá dividir o mesmo apartamento. E agora estou prestes a ter que fazer exatamente isso. Não sei se consigo.

Seus saltos altos trovejam no chão ao atravessar a sala. Essa é uma das poucas vezes em que desejo poder manipular o espaço.

Mamãe para sob a soleira da porta e examina meu quarto. Ela torce o nariz como se estivesse enojada. Não fiz a cama esta manhã, nem recolhi os uniformes sujos.

— Isto — diz, enfim, os olhos voltando-se para mim — é inaceitável.

— O quê? — indago. O rosto fica quente apesar do Apaziguante que acabei de tomar.

— Tudo. — Ela atravessa a entrada e aponta para a bagunça. — Criei você melhor do que isso. Seu quarto é uma desgraça. E, para completar, preciso sair no meio de uma reunião muito importante porque meu filho decidiu surtar em uma viagem no tempo. Sabe como isso poderia afetar minha posição? E o seu irmão? Poderia ser designado à equipe de um professor inferior como o Telfair por causa disso!

O tom de sua voz subiu até se tornar um grito lancinante. O começo típico de uma bravata de Morgan Creed. Não preciso disso. Não agora.

Tento me desligar da voz e guardar minhas roupas enquanto ela se lamenta. Uma coisa que ela diz, no entanto, chama minha atenção. Deixo cair a camisa que segurava e a encaro. Minhas mãos começam a tremer, de modo que cerro os punhos.

— O que você falou sobre o papai?

Seus olhos se apertam.

— Falei que não acredito que ainda não superou a morte do seu pai imprestável. Ele morreu, Bridger, e não vai mais voltar. Então você pensar que ele foi visitá-lo na sua viagenzinha é mais do que ridículo. Além de ele não merecer a sua devoção. Caso tenha se esquecido, ele nos abandonou por outra mulher.

Afundo na cama e passo as mãos pelo rosto. Inacreditável. Depois de tudo o que aconteceu hoje, ela ainda assim tem que mencionar o fato de papai tê-la deixado. Não posso culpá-lo. Tudo o que fizeram durante anos foi brigar. Principalmente pelo fato de que mamãe tentava controlar tudo. Mas não é só isso. Mamãe suspeitava de que papai a estivesse traindo e jogava a acusação em sua cara o tempo inteiro. Ele sempre negava.

Cerca de três meses atrás, papai decidiu que não aguentava mais. Cancelou o contrato de casamento e saiu de casa. Mamãe dizia não entender o motivo. Arrastou a mim e a meu irmão mais novo, Shan, até a casa de papai para "colocar algum juízo na cabeça dele". Nós o vimos abraçando uma mulher fora do apartamento. Tinha cabelos escuros como mamãe, mas era mais baixa. De aparência mais delicada. Enfim, mamãe surtou com os dois.

— *Eu sabia! Seu filho da mãe, você estava mesmo me traindo!* — *guinchava enquanto marchava em direção ao casal.*

Papai puxou a desconhecida para trás dele e ergueu a mão para deter mamãe.

— *Morgan, acalme-se. Nunca traí você, e você sabe disso.*

— *Sei porcaria nenhuma* — *sibilou ela, levantando a mão.*

Papai a segurou.

— *Nem se atreva a começar. Agora não.*

— *Ah, é? Então imagino que vocês dois sejam apenas amigos? Dá um tempo, cacete!* — *Disparou em seguida uma torrente de obscenidades e tentou passar por papai a fim de chegar à mulher.*

Enquanto tentava impedir mamãe, papai conseguiu gritar para mim:

— *Tira o Shan daqui. Agora!*

Até ele dizer isso, eu quase esquecera de que Shan estava logo atrás de mim. Eu estava em choque. Ele estava pálido, como se estivesse prestes a vomitar. Não me recordo de deixarmos o prédio de papai, mas me lembro de termos parado perto de uma Zona Verde. Demorou uma eternidade para que Shan parasse de chorar. Foi difícil. Ele tinha 13 anos na época. Não chorava daquela maneira havia anos.

— Já passou pela sua cabeça que a razão para papai ter ido embora foi você mesma? É impossível conviver com você. — É difícil, mas mantenho a voz estável. Recuso-me a agir como ela.

Mamãe chega até mim como um raio e me dá um tapa. Arde, mas não demonstro qualquer emoção. Em vez disso, digo:

— Só reforça o meu argumento.

Não terminei de fazer as malas, mas tenho que sair. Agora. Pego meu portacoisa e irrompo apartamento afora. Zed e Elijah podem me mandar o restante de meus pertences mais tarde.

Mamãe me segue.

— Onde pensa que vai?

Sem olhar para trás, rosno:

— Para longe de você.

Do lado de fora, sigo para o sul, em direção à área de transporte. Quanto mais me distancio de minha mãe, melhor me sinto.

Tenho que correr se quiser pegar a nave das 18 horas para o centro de Nova Denver. Mais cadetes saem agora. Não olho diretamente para eles. Continuo andando. Com sorte, ninguém sabe o que aconteceu.

Respiro profundamente ao embarcar. Não há passageiros. Talvez ninguém mais precise de uma carona. Mamãe tem sua nave particular, portanto não tenho que me preocupar sobre ela precisar de uma carona para casa. Ainda assim, não fico totalmente tranquilo até estarmos no ar.

Recosto-me no assento de *plush* e olho para fora pela janela. A Academia fica cada vez menor, desaparecendo gradualmente na paisagem a oeste da cidade. À frente, as luzes de Nova Denver brilham contra o céu que escurece. Não tenho certeza de para onde irei depois de chegar lá. Só não posso passar a noite no apartamento de mamãe.

A campainha do DataLink toca e verifico a tela. É o professor March. Penso em aceitar a chamada, mas decido não fazê-lo. Não quero falar com ninguém no momento.

Meus pensamentos voam para Vika, e meu estômago se revira. Não parece real que esteja em coma e que provavelmente não vá se recuperar. Lembro-me de como estava animada de manhã. Como praticamente brilhava. Suas últimas palavras ecoam em minha cabeça.

O que você está fazendo? Não pode sair daí!

Não me interessa o que o professor March diga a respeito de ela estar apenas tentando conseguir uma visão melhor perto do palco. Jamais o teria feito se eu estivesse lá. É minha culpa que tenha se machucado. Passo a mão pelo rosto, mas minha respiração continua equilibrada. O Apaziguante está funcionando, ou eu estaria enlouquecido. Especialmente depois de ter enfrentado minha mãe.

Simplesmente não a entendo. Realmente nunca entendi. É assim desde que tenho idade o suficiente para compreender o que estava acontecendo entre ela e papai. Mamãe sempre esperou que eu e Shan tomássemos as dores dela, mas não sou burro. É sua culpa que papai tenha ido embora. Quem iria querer ficar ao lado de uma megera como ela?

Tento parar de pensar sobre ela, mas algo que disse a respeito de papai não para de me incomodar. O fato de que nunca mais voltaria. O professor March acha que vi papai na viagem no tempo porque queria vê-lo. E o general Anderson disse que a equipe de investigação não o encontrou por lá. Não sei como papai fez para que não o vissem, mas sei o que vi. Eu o ouvi. Estava *mesmo* lá.

Não sou louco.

Mas por que ele me disse para salvar Alora?

Como vou descobrir quem ela é?

A resposta se materializa em minha mente como se alguém a tivesse transferido para lá. Papai costumava dizer que todos têm segredos. E um dia me mostrou o esconderijo perfeito.

6

ALORA
9 DE ABRIL, 2013

Meus dedos tamborilam na mesa em ritmo incansável enquanto tento estudar minhas anotações de história, mas não consigo me concentrar. Olho para o relógio pelo que parece a milionésima vez. São 16h43. Dois minutos depois de ter checado pela última vez. Faltam 17 minutos para eu ficar livre da detenção.

Sinto que estou sufocando desde o momento em que entrei nesta sala — mais conhecida como o Xadrez. A sala cheira a sapatos fedidos de alguém. Fora que não há nada além de vagabundos e futuros criminosos. E não é só isso. Trevor e dois de seus coleguinhas pegaram detenção também. Claro que estão sentados logo atrás de mim.

Juro que estou morrendo.

— Algum problema, Srta. Walker? — indaga o professor. Ele espia por sobre as lentes dos óculos antes de baixar os olhos para meus dedos.

Um rubor aquece meu rosto ao tirar a mão da mesa.

— Não, senhor.

— Então, por favor, não faça ruídos desnecessários.

— Sim, senhor.

Vários alunos abafam o riso, e o calor em meu rosto se espalha por todo o corpo. Poderia provavelmente entrar em combustão. Por que não dá 17 horas logo? A primeira coisa que farei quando Sela vier me buscar é implorar que me leve a Gingerbread House para comer donuts. Preciso de açúcar.

Deveria mesmo estudar para a prova de história. Pelo menos o professor teve que sair da cidade por conta de uma emergência familiar, então temos um substituto pelo resto da semana. Com sorte, não terei que fazer a prova até segunda-feira.

— Não deixe que ele irrite você — sussurra Trevor, o hálito quente fazendo cócegas em minha nuca. — O cara é um controlador.

Tenho certeza de que meu rosto está tão vermelho quanto minha camiseta.

Sem tirar os olhos do professor, sussurro:

— Não vou deixar. — Meu coração martela tão alto que estou certa de que ele pode ouvir.

Enquanto espero os últimos minutos passarem, me pergunto por que Trevor falou comigo. Mal notava minha existência antes, salvo quando mentia a meu respeito. Por que estaria sendo legal agora?

— Estão liberados — anuncia o professor assim que a campainha toca. Jogo a bolsa no ombro, pego os livros e irrompo porta afora.

Já passei por algumas salas quando alguém chama:

— Ei, espera um minuto, Alora.

Fico paralisada ao som da voz de Trevor. Virando-me lentamente, espero que me alcance. Os amiguinhos dele ficaram na porta do Xadrez, sorrindo como se compartilhassem algum grande segredo. Isso não pode ser bom.

Tento ignorar o buraco no estômago enquanto busco em sua expressão sinais de algum insulto iminente, mas não há nada. Tem estampado no rosto aquele sorriso que faz a maioria das meninas derreter quando o lança a elas. Não a mim, claro. Os olhos, de um azul quase igual ao do céu, estão fixos em mim.

— Ei, você está bem? — pergunta, aumentando a potência do sorriso para ultrabrilhante.

Recuo antes de responder:

— Hum, estou. — Ah, que maneira de parecer inteligente, Alora. — Por quê?

Ele dá de ombros.

— Só para saber. Você parecia um pouco chateada lá dentro. — Ele inclina a cabeça na direção do Xadrez.

— Estou bem.

— Tem certeza? Sou bom em ler as pessoas, e parece que tem alguma coisa incomodando você. Algo que eu possa ajudar?

Quero perguntar por que se importa, mas não o faço. Tia Grace diz que se portar com elegância é melhor do que com mesquinhez.

— Já disse que está tudo bem.

— OK — responde ele, a voz arrastada. Um silêncio incômodo se segue, depois ele continua: — Então, fiquei sabendo que matou aula ontem à tarde. Nunca pensei que você fizesse essas coisas.

— Não sabia que você prestava atenção em mim — retruquei. Queria conseguir entender o que quer, para onde vai com esta conversa.

— Ah, acredite, eu presto.

Não sei ao certo se deveria estar lisonjeada ou completamente assustada.

— Olha, tenho que ir. Minha amiga está me esperando. — Ao menos não é mentira. Sela deveria *mesmo* me levar para casa.

Eu me viro para ir embora, mas ele segura meu braço e diz:

— Espera.

Ele enterra os dedos em meu braço, e digo a mim mesma que não o puxe de volta. Provavelmente ele não se deu conta de que está fazendo tanta força. Tento não transparecer a expressão de choque ao perguntar:

— O que você quer?

Ele encurta a distância já pequena demais entre nós dois e se inclina para a frente, me envolvendo com o aroma de especiarias de sua colônia.

— Estou de olho em você há um tempo. Achei que gostaria de sair comigo um dia desses.

Meu primeiro instinto é rir. Trevor quer sair comigo? Sem. Chance. Ele está tramando algo. E ainda que não tivesse sido o babaca que foi comigo todos esses anos, eu não o tocaria por nada. Trevor é um jogador. Namorou Naomi oficialmente o ano inteiro, mas corria atrás de outras garotas também. Garotas que estavam mais do que dispostas a fazer qualquer que fosse o joguinho que ele quisesse. Não estou interessada em ser uma delas.

— Achei que você e Naomi estivessem namorando.

O rosto de Trevor fica sério por um instante antes de o sorriso retornar.

— Não se preocupa. Terminei com ela ontem.

Sela estava certa. Mas não vou comprar a história de que Trevor está interessado em mim.

— OK, mas por que você quer sair comigo?

Ele pousa as duas mãos em meus braços.

— O que posso dizer? Estou cansado dessas garotas vazias, e acho que você não é assim.

Que ótimo, está usando clichês comigo. Revirando os olhos, digo:

— Ah, por favor, nem tente vir com essa para cima de mim. Acho que vou ter que recusar.

Desvencilho-me de suas mãos e sigo para a saída, torcendo para que ele pare com o teatro e me deixe em paz, mas Trevor me alcança e segue ao meu lado. Noto alguns olhares surpresos dos alunos que permanecem no corredor. Sei exatamente como se sentem. Ele abre a porta para mim, e saio para a tarde fresca. Nuvens pairam baixas no céu, ameaçando chuva.

— Certo, aquilo foi bem tosco. Desculpa. Mas que tal assim: a gente vai ao Java Jive amanhã depois da aula e conversa.

Ele deve estar brincando. Penso em meu primeiro dia na escola depois de anos estudando em casa com tia Grace. Trevor e Kate poderiam ter me ajudado e me apresentado aos amigos, já que nos conhecemos desde pequenos. Não o fizeram. Na verdade, se esforçaram ao máximo para fazer com que todos me ignorassem.

Por isso, claro, respondo:

— Acho que não.

Trevor inclina a cabeça e coça o queixo.

— Deixa eu melhorar minha proposta. Sei que está tendo problemas com história, não é?

Tento não deixar um gemido escapar. Nosso professor sente um prazer enorme em alardear as notas de todos.

— É uma das minhas matérias mais fortes. Como você perdeu o teste ontem, eu podia ajudá-la a estudar. Já vi as perguntas.

Normalmente, teria gargalhado alto. Onde já se ouviu falar em um atleta se oferecendo para estudar com alguém? Mas, graças à grande boca do professor de história, sei que Trevor não está brincando. Realmente gosta desse tipo de coisa. E preciso de toda ajuda que conseguir para não ser reprovada.

Solto um suspiro.

— Certo, eu vou. Mas encontrarei você lá, e ficamos só trinta minutos, no máximo.

Seu sorriso é deslumbrante.

— Fechado. Que tal às 15h30?

— Pode ser.

— Beleza! — Ele olha para a esquerda, em direção ao estacionamento estudantil. — Precisa de uma carona?

— Não, obrigada — recuso, olhando para o fusca vermelho de Sela em frente à escola. — Minha carona já chegou.

— Ah, é verdade, você já tinha me dito isso. Juro, minha memória é uma droga às vezes. Bom, então a gente se vê amanhã.

Uma gélida incerteza me envolve enquanto o observo se afastar. Onde eu estava com a cabeça? De jeito algum Trevor está fazendo isto só para ser gentil. Talvez eu devesse cancelar. A última coisa que quero ou de que preciso é ser alvo da pegadinha de alguém.

Sela buzina. Ao atravessar o gramado até ela, sou dominada repentinamente por uma sensação estranha — como se alguém me observasse. Olho em volta. Trevor já está na picape, saindo do estacionamento. O time feminino de tênis treina nas quadras. Do outro lado da rua, um homem alto de óculos abastece o sedã cinza. Tentando me livrar da sensação, penso que devo estar apenas inquieta por ter conversado com Trevor. E espero que Sela não tenha me visto falando com ele, ou terei que encarar um milhão de perguntas e alguns "não falei?".

Quem me dera.

Ela abre a janela antes mesmo de eu chegar ao carro e, depois de abaixar o volume de uma música de heavy metal ensurdecedora, pergunta com voz a esganiçada:

— Você estava falando com quem eu acho que estava?

Penso brevemente em mentir, mas seria inútil.

— Estava — respondo ao sentar no banco do carona. Antes que Sela possa continuar o interrogatório, pergunto: — Esperou muito tempo? — Olho para a regata úmida. Ela está malhando na academia local depois das aulas todos os dias.

— Ah, não. Tive que fazer umas coisas para mamãe — explica, dando os últimos goles d'água em sua garrafa. Depois de sairmos da escola, ela continua minha tortura: — Então, o que ele queria? Um encontro ou coisa do tipo?

A necessidade de açúcar é desesperadora. Eu mereço depois desta tarde. Sela não vai gostar, mas decido negociar.

— Conto tudo se me levar até a Gingerbread House antes.

Ela torce o nariz.

— Achei que você não estivesse podendo sair.

Tem razão. Tia Grace me colocou de castigo por uma semana depois de "minha gracinha" de ontem e mandou que voltasse direto para a pousada. O que não é nenhum sacrifício para mim, uma vez que me livrou do teste de líder de torcida com Sela e as Gêmeas Descerebradas. Ainda assim, um pequeno desvio não fará mal algum.

— Vou demorar alguns minutinhos só.

— Eca. Por que você cisma em continuar comendo aquela porcaria? — Sela faz uma cara feia, olhando para minha barriga. — Sabe, é tão injusto. Você come o que quer e nunca ganha um quilinho. Eu devia odiar você.

— Sinto muito. Não posso fazer nada.

— OK, vou ajudar com o seu vício só desta vez. Agora me dá todos os detalhes.

À medida que lhe conto sobre o diálogo com Trevor, o queixo de Sela cai mais e mais. Não vai demorar muito para ser capaz de colocar o punho inteiro lá dentro.

— Ai, meu *DEOS*! Sabia que ele estava secando você ontem. — Ela abre um daqueles risinhos "não falei?".

— Duvido. Provavelmente apostou com os amigos que consegue ficar comigo. Só vou amanhã porque ele sabe a matéria de história, e preciso de toda a ajuda que conseguir para passar na prova.

— Alora! Você já pensou que ele pode estar a fim de você de verdade?

— Não.

— Talvez tudo esteja prestes a mudar. Sei que você é uma pessoa incrível, e se der uma chance ao Trevor, ele vai ver isso também. Além disso, se vocês começassem a namorar, poderiam me apresentar a um dos amigos dele — diz com uma piscadela.

— Certo — respondo, pensando que jamais acontecerá. Não consigo deixar de achar que suas intenções não são nada boas.

Sela estaciona na Gingerbread e eu entro depressa. É uma casinha antiga de um tom marrom chocolate, com detalhes em branco e uma variedade de doces pintados nas paredes externas. Parece não ter ninguém além da proprietária, a Sra. Randolph. Anseio por alguns poucos minutos de paz e silêncio enquanto escolho meu veneno.

Depois de comprar alguns donuts, converso um tempinho com ela. No caminho da saída, tenho aquela sensação estranha outra vez. Sinto a pele formigar ao levar a mão à maçaneta. Juro que tem alguém me observando. Viro e olho ao redor da pequena loja, mas ainda não há ninguém exceto a Sra. Randolph. Ela já estava virada para a pequena televisão, entretida com uma novela, então não me vê olhando ao redor como uma louca. Ainda assim, a sensação de que estou parada bem ao lado de alguém permanece.

Em seguida, sinto algo mais, como se tivessem tocado meu braço com a mão.

Solto um grito.

— O que foi, querida? — indaga a Sra. Randolph, correndo para dar a volta no balcão.

Tropeço para longe da porta.

— Não foi nada. Está tudo bem.

— Não está, não. Parece até que você viu um fantasma.

Ou senti um.

7

BRIDGER
11 DE MARÇO, 2146

Depois de chegar ao ponto de desembarque da nave, lanço-me para dentro da multidão que passa pelo centro de Nova Denver. Levo mais 15 minutos para chegar ao apartamento de papai. Paro em frente ao *scanner* de retina ao lado da porta. Uma luz vermelha pisca em meus olhos, indicando que estou sendo identificado. Nunca prestei muita atenção à luz. Agora, me lembra sangue. Pergunto-me se papai estava coberto de sangue quando seu corpo reapareceu em nosso tempo depois de morrer. Nunca saberei. O general Anderson não nos deixou ver o corpo até o funeral.

A porta desliza, permitindo minha entrada. É como um soco no estômago, sabendo que papai não está aqui. Coloco o portacoisa na cadeira mais próxima e observo o cômodo. É a primeira vez que volto aqui desde o funeral. Mamãe fez pressão para que eu e Shan vendêssemos o apartamento. Shan não se importa. Mas não quero me desfazer dele. Sei que papai não vai voltar, mas estar entre suas coisas me reconforta.

O apartamento é enorme — uma das vantagens de ser um Manipulador do Tempo —, mas nada luxuoso. É a unidade branca padrão que se encontra nos novos apartamentos. Mas sua presença está marcada em todos os cantos. O sofá preto bem-estofado está decorado por três almofadas verdes, sua cor predileta. Antiguidades coletadas de viagens passadas estão espalhadas pelas prateleiras. Enormes digigráficos mostrando cenas de seus filmes antigos favoritos estampam a parede oposta a uma grande janela cuja vista dá para a cidade. Digigráficos menores de papai, Shan e eu salpicam a mesa preta em frente ao sofá.

Sou atraído por eles como um ímã. Meu preferido é um de nós três, quando eu tinha 10 anos, e Shan, 6. Estávamos de férias em uma excursão pelas ruínas de Washington, DC. Passo um dedo na lateral da moldura de vidro e observo enquanto papai, segurando Shan nos ombros, me envolve com o braço livre. Depois, Shan e eu acenamos para mamãe, que estava gravando.

Tem até um digigráfico meu com Vika. Ele o gravou na festa de Natal que fez em dezembro. Vika abre meu presente, solta um gritinho e me beija na frente de todos. Lembro o quanto estava constrangido, ouvindo as gargalhadas dos amigos de papai.

Pisco e seco os olhos, com ódio de mim mesmo por ser tão fraco. Tão diferente de meu pai. Ele jamais seria pego chorando como um bebê. Está na hora de crescer.

Sigo para o quarto, mas paro à porta. O cômodo ainda tem seu cheiro. O aroma amadeirado, ainda que fraco, enche o quarto. Expiro profundamente algumas vezes e me obrigo a entrar. Mantenho os olhos no objetivo — a escrivaninha antiga.

Não é uma daquelas réplicas baratas que se encontram em qualquer lugar. É a legítima, feita de madeira de bordo. Quando o Departamento de Assuntos Temporais recebe informações a respeito da data e hora exatas em que uma propriedade é destruída, mandam uma equipe de recuperação a fim de confiscar artefatos que consideram que merecem ser salvos. Esta mesa é um deles. Construída em 1850, foi salva quando a casa onde estava foi consumida por um incêndio. Papai pediu para ficar com ela, uma vez que não era o objetivo principal da missão. O general concordou, pois papai era um de seus melhores oficiais.

Na primeira vez em que a vi, não fiquei nada impressionado. A madeira estava lascada, e a fumaça a danificou. Papai insistiu para que eu o ajudasse a restaurá-la. Foi uma loucura, porque descobrimos alguns compartimentos secretos na escrivaninha. Seis, para ser exato. Se papai quisesse esconder algo, seria ali.

Alguns minutos se passam enquanto procuro nos cinco primeiros. São os de acesso mais fácil — o fundo falso em todas as gavetas. Mas não há nada neles. A cada descoberta vazia, meu estômago se revira um pouco mais. Tem que ter algo dentro do último.

Antes de abrir a gaveta do meio, uma campainha ecoa pelo apartamento.

Solto um grunhido. Quem poderá ser? Saio depressa do quarto no instante em que a porta se abre. O professor March entra. Paro como se tivesse me lançado contra um campo de força.

— O que o senhor está fazendo aqui, professor?

— Rastreei seu DataLink — explica, sentando-se no sofá. — Não atendeu nenhuma das minhas chamadas, e queria conversar com você.

Eu as ignorei.

— É, bom, não estou exatamente a fim de bater papo.

— Posso imaginar.

Sento-me em uma das poltronas em frente ao sofá e encaro o professor.

— Então — diz ele, inclinando-se para a frente —, como você está?

— Como o senhor acha que estou?

— Bridger, sei que é difícil para você. É por isso que estou aqui. Achei que precisava falar com alguém.

Quero lhe dizer que é a última coisa de que preciso, mas guardo isso para mim.

— O que tem para falar? — indago, o coração palpitando. — Todo mundo acha que sou doido e minha namorada está em coma por minha causa. Então as coisas não estão exatamente ótimas agora.

O professor assente.

— Fui ao seu dormitório antes de vir para cá. Zed e Elijah disseram que sua mãe esteve lá mais cedo. O que foi que ela disse?

— Ah, o de sempre. Estava mais preocupada com a forma como tudo isso afetaria a ela e ao Shan. Depois colocou a culpa toda no papai.

— Então Morgan está montada na vassoura outra vez, hein?

— Sempre.

Uma expressão triste atravessa o rosto do professor. Fico me perguntando no que está pensando, mas posso adivinhar. Também sente falta de papai. Eram colegas de apartamento em seus dias de Academia e costumavam fazer tudo juntos. Mesmo depois que papai foi para a carreira militar e ele, para a civil, ainda conseguiam tempo para sair juntos. Isso deixava mamãe infinitamente irritada.

— Saber que Leithan morreu também me matou — diz em um sussurro rouco. — Ele era como um irmão. Era mais próximo dele do que da minha própria irmã. Por isso sei o que você está passando.

— É — respondo, sentindo a garganta se fechar. Engulo em seco algumas vezes. — Sei que temos todas aquelas regras para viajar no tempo por uma razão, mas não entendo por que seria tão ruim se a gente voltasse imediatamente. Apenas pouco antes do momento em que alguém deveria morrer para salvar essa pessoa. Como a linha do tempo poderia ser tão afetada por isso?

— Ninguém sabe ao certo, Bridger. Mas você estaria realmente disposto a correr esse tipo de risco?

Ele está certo. Só não quero admitir. A dor é grande demais. Tudo o que posso fazer é encarar o chão e torcer para não fraquejar na frente dele.

Momentos depois, ele diz:

— Às vezes desejo que as técnicas de clonagem tivessem dado certo. Seria melhor que nada.

Assinto lentamente. Quero ter meu pai de volta comigo mais do que tudo, mas não sei se gosto da ideia de um clone. Mais ou menos em 2103, cientistas desenvolveram uma maneira de replicar corpos a uma velocidade acelerada. Pelo preço correto, alguém poderia ter seu material genético armazenado. Então, na hora da morte, a consciência daquela pessoa seria retirada para ser transferida a outro corpo e, em questão de dias, estaria viva outra vez. Parecia a maneira perfeita de se passar a perna na morte. Havia apenas um problema: os clones sempre enlouqueciam. Alguns anos tendo que lidar com isso fez com que o governo proibisse a clonagem.

Não falamos por um tempo. Finalmente, o professor March pergunta:

— Onde você vai ficar esta noite?

Dou de ombros.

— Não sei. Aqui, talvez. Não consigo encarar a mamãe agora.

— Acha que é uma boa ideia?

— O apartamento é meu e de Shan agora. — Fico surpreso com o quanto é doloroso dizer isso. Outro lembrete de que papai não está mais aqui.

O professor March baixa a cabeça, respira fundo algumas vezes, depois volta a me olhar:

— Não acho que esteja pronto para ficar aqui. Pelo menos não sozinho. Não faz muito tempo que Leithan morreu. Pode ser demais para você.

— Para onde mais posso ir?

— Não vou me importar se ficar comigo por um tempo. Só estou agendado para fazer Supervisão outra vez daqui a duas semanas.

Os professores da Academia se revezam e ficam nos dormitórios com os cadetes para garantir que "nos comportemos como alunos adequados". A maioria acaba nos deixando fazer o que quisermos, contanto que não seja nada imbecil. Alguns deles, no entanto, realmente nos fazem seguir todas as regras. Como o professor Cayhill.

— OK — respondo. — Ia gostar disso.

O professor March se levanta e bate palmas uma vez.

— Ótimo. Não sei você, mas estou morrendo de fome. Está pronto para ir?

Quase lhe conto que quero terminar minha busca na escrivaninha, mas engulo as palavras. Ele não acreditou em mim quando disse que vi papai no assassinato da presidente Foster. Pensaria que sou louco de verdade.

Entretanto, não posso partir sem olhar no último compartimento.

— Preciso ir ao banheiro primeiro — minto. Não é a desculpa mais original, mas funciona.

— Claro, eu espero.

De volta ao quarto, voo para a mesa e retiro a gaveta do meio. Coloco as coisas de papai sobre a mesa e corro os dedos pela lateral direita, atrás do tinteiro. Faço algumas tentativas antes de encontrar a depressão na madeira e a pressiono. A parte de trás é ejetada com um clique suave, revelando duas gavetinhas secretas. Meus dedos tremem ao verificar a primeira. Vazia.

É melhor que a segunda contenha algo, ou posso perder a cabeça. Forço meu pulso a desacelerar enquanto deslizo a segunda e levo a mão ao interior. Não encontro coisa alguma em um primeiro momento, mas sinto algo bem no fundo. Com alívio, retiro-o de lá. É um envelope antiquado. Rasgo-o e quase caio para trás ao ver o que há nele. Está recheado de notas de cem dólares. Saíram de circulação quando a Federação Norte-Americana foi formada, e os créditos foram apontados como a nova moeda. Fico tão chocado ao ver o dinheiro que quase não noto o DataDisk enfiado no envelope. Daria tudo para ver o que contém agora. Mas não posso deixar o professor March esperando.

Guardo o que descobri no bolso da calça de meu uniforme e recoloco tudo no lugar antes de me juntar ao professor March. Estamos de saída quando o DataLink toca. Vejo quem está ligando e solto um gemido.

— Queria que ela esquecesse que existo.

— Morgan?

— É, não quero mais ouvir a voz dela por hoje.

O professor franze a testa.

— Sei que não quer ouvir isto, mas ela é sua mãe. E como você é menor e ela é a sua única responsável legal, vocês precisam conversar. Ela pode tornar as coisas bem desagradáveis para você.

Quero lhe dizer o que penso dela, mas ele tem razão. É melhor simplesmente engolir e descobrir o que quer comigo para me deixar em paz de uma vez. Aceito a chamada e tento manter uma expressão neutra quando a imagem surge acima do DataLink.

— O que você está fazendo no apartamento do seu pai? Achei que tivesse deixado claro que era para vir para minha casa.

Lá vamos nós.

— Não me lembro de ter dito isso.

— Com certeza disse. Quero que venha imediatamente.

— Não dá, mãe. Sou um Manipulador do Tempo, não do Espaço.

— Não dê uma de espertinho.

— Você prefere que dê uma de burrinho?

Mamãe solta uma torrente de palavras que não condizem com o estilo Morgan. Sorrio, mas a expressão do professor March arranca o sorriso de meu rosto. Ele está parado à porta, os braços cruzados, olhando feio para mim.

— O quê? — pergunto, não muito feliz com a maneira como está agindo.

— É sua mãe, Bridger. Mostre um pouco de respeito.

— Está falando sério?

— Estou.

— Com quem você está falando? — indaga ela.

— O professor March está aqui comigo — respondo, sentindo uma fração de segundo de satisfação quando ela retorce os lábios com repulsa.

— Telfair? O que ele quer?

— Ele realmente se importa comigo e disse que posso ficar com ele.

Mamãe balança a cabeça.

— Ah, não mesmo, venha para cá.

A raiva percorre meu corpo, mas mantenho a voz calma.

— Quero ficar com ele, mãe. Só por alguns dias para conseguir pensar.

— Já disse que não.

— Será que você nunca consegue se importar com o que quero? O papai estava certo, você é uma egoísta. — As palavras escapam antes que eu possa impedir. Talvez não devesse tê-las dito, mas fico feliz por terem saído.

Mamãe se retrai como se tivesse levado um tapa enquanto o professor March vocifera:

— Bridger, já chega.

— Ela nunca pensa no que é bom para mim. É sempre no que é bom para ela ou para Shan — protesto. Não entendo. Por que ele a defende? Achei que estivesse do meu lado.

— Eu sei — diz ele. — Mas você está suspenso da Academia por um mês e vai passar por uma investigação. Sugiro que faça o que ela mandar. Você não precisa de mais nenhuma mancha no currículo, e Morgan poderia cuidar disso se você a desafiar.

Quero gritar o quanto essa situação é injusta. Por que deveria permitir que ela controle minha vida quando sequer se importa comigo? Mas uma parte pequenininha de mim sabe que o professor está certo.

— Bridger, vou lhe dar exatamente uma hora para chegar, ou vou registrá-lo como fugitivo — diz mamãe.

— Por que você está fazendo isso? — pergunto.

— Porque, ao contrário do que pensa, você é meu filho e eu te amo. — A voz está mais suave, mais parecida com aquela de que me lembro da infância, quando nossa família ainda era unida.

Não passa de teatro. Ela não mostra qualquer afeto por mim desde o divórcio. Não desde que apoiei a decisão de papai de ir embora.

— Bridger, não faça nenhuma estupidez — adverte o professor March.

— Está certo — respondo com irritação. — Eu vou.

8

ALORA
9 DE ABRIL, 2013

Depois de Sela me deixar em casa, despejo os livros e o saco de donuts na varanda e me sento em uma das cadeiras de balanço brancas. Esfrego o braço em que senti o toque na Gingerbread como se pudesse fazer a lembrança desaparecer. Não sei por que não paro de pensar a respeito, é como se realmente tivessem me tocado. Não havia ninguém lá além da Sra. Randolph, e ela estava longe demais quando aconteceu.

E se eu estiver enlouquecendo? Primeiro mato aula e não consigo lembrar o que fiz nem como cheguei em casa; agora estou imaginando que pessoas invisíveis me tocam. Próxima parada, o manicômio.

Queria poder contar o que está acontecendo para tia Grace, mas ela surtaria e me arrastaria para a emergência. Além do mais, *acho* que tenho uma ideia do que pode estar havendo. Os sonhos que tive com meu pai e as duas mulheres vão e voltam há anos, e já lido com eles faz tempo, desde que vim morar em Willow Creek. Geralmente, só sonho com eles uma ou duas vezes por mês.

Mas nas duas últimas semanas venho sonhando todas as noites. Poderia ser um efeito colateral de minhas lembranças tentando emergir?

Não lembro por que vim morar com tia Grace quando tinha 6 anos de idade. Ela disse apenas que papai me deixou com ela e não lhe disse o que estava acontecendo. Não acredito em nada disso. É muito estranho que tenha me deixado sem dizer o motivo, mas tia Grace parece não querer falar a respeito.

— Cheguei — grito ao entrar.

— Aqui atrás — responde minha tia.

Na cozinha, eu a encontro descascando batatas perto da pia.

— O que tem para jantar? — pergunto enquanto deixo os livros na mesinha de canto. Tiro um donut do saco e dou uma mordida.

Tia Grace me olha com reprovação.

— Não coma outro. O jantar vai sair em meia hora. Camarão, batata frita, salada de repolho, bolinho de milho e bolo de chocolate de sobremesa.

— Parece bom, mas por que está fazendo tanta comida? — Há muito mais batatas do que nós duas conseguiríamos comer.

— Porque, querida, temos um hóspede — declara, radiante. — Pode tirar os camarões antes que queimem?

— E você o convidou para jantar?

— Convidei. Achei que não ia fazer mal mostrar um pouquinho de hospitalidade extra hoje à noite.

Tiro os camarões da panela com uma escumadeira e os deixo sobre um prato com papel-toalha.

— Então, esse hóspede misterioso vai ficar por quanto tempo? O bastante para render uma boa grana, espero.

— Ele deve ir embora no domingo, mas disse que pode ser que fique mais, caso receba algum outro trabalho pela região. É fotógrafo de uma revista em Atlanta, então seja mais do que simpática. Quem sabe não conseguimos publicidade de graça com isso.

Permito-me abrir um sorriso. Boas notícias, enfim.

Depois de engolir o donut, pergunto:

— Quer que eu faça mais alguma coisa?

— Quero. Coloque a cobertura no bolo.

Tia Grace deixou uma tigela de cobertura caseira ao lado do bolo no meio da ilha da cozinha. Pego a espátula e começo a espalhar o creme de chocolate pela primeira camada. Trabalhamos em silêncio por um tempo. Observo-a, notando como parece relaxada. Talvez devesse atacar enquanto obviamente está de bom humor.

— Tia Grace, preciso pedir uma coisa a você — digo, deixando a espátula na tigela.

— Ih, parece sério.

— Bem, já tem um tempão desde que vim morar aqui, e sou muito grata por você ter cuidado de mim, mas fico me perguntando se...

Tia Grace balança a cabeça.

— Já sei onde isso vai parar, e a resposta continua sendo não.

— Mas você nem sabe o que eu ia perguntar.

— Ah, tenho certeza de que é o "por que meus pais me abandonaram?" de sempre, estou certa? — A expressão é sombria enquanto avança com tudo para a tigela de batatas, cortando-as em tiras grossas.

— É, mas achei que agora você estivesse disposta a me contar o que aconteceu de verdade, porque já sou mais velha e tal.

— Já disse um milhão de vezes que não sei o que aconteceu. Seu pai deixou você desacordada aqui. Falou que houve um acidente e que precisava que você ficasse comigo enquanto resolvia as coisas. Não tinha tempo para responder as minhas perguntas. E foi a última vez que o vi.

— Mas você não acha isso esquisito? Ele aparece, me deixa aqui e vai embora sem nenhuma explicação?

Tia Grace enfia a faca no balcão e me encara.

— Não entendo por que você está fazendo todas essas perguntas agora. Faz muito tempo desde que conversamos sobre isso.

— Preciso saber a verdade.

— Por que não deixa isso para lá? O que quer que tenha acontecido deve ter sido ruim, já que você não se lembra.

Uma sensação de náusea faz meu estômago pesar. Eu me forço a respirar devagar algumas vezes antes de continuar:

— Só não consigo entender por que você não quer me ajudar a lembrar. Sei que tenho as lembranças aqui dentro em algum lugar — argumento, batendo de leve na lateral da cabeça. — Por favor.

O rosto dela se suaviza.

— Querida, é mais complicado do que isso. Meu irmão jamais a teria deixado da forma como fez se não tivesse um bom motivo. Seja lá o que for que aconteceu com vocês, deve ter sido horrível. E por isso prefiro que você *não* lembre. Além disso, crianças esquecem as coisas o tempo todo. Não consigo me lembrar de metade do que fiz semana passada, quem dirá quando era jovem.

— Mas isso não é normal. Não consigo nem lembrar como minha mãe era.

— Esquece isso, Alora. Não quero mais discutir.

— Você não está sendo justa — berro. — Não sou uma boneca de porcelana. Não vou quebrar. Preciso das respostas.

— Desculpa. Não tenho — sussurra.

— Não — digo, odiando a forma como minha voz vacila. — Você não *quer*.

Sinto como se minha cabeça pudesse se despedaçar em um milhão de pedacinhos. Tenho que sair daqui antes que fale algo do qual me arrependa. Saio da cozinha como um raio, ignorando que tia Grace chama meu nome. Sei que não vai me seguir. Tem que terminar de cozinhar para seu precioso hóspede.

Marcho pesadamente escada acima sem me importar com o fato de que devo parecer um bebê zangado. Estou tão ocupada pensando em coisas sombrias sobre tia Grace que sequer noto o hóspede no topo da escada até quase topar com ele.

— Me desculpa — peço.

Tenho que esticar o pescoço a fim de conseguir olhar para ele. É alto, com cabelos castanhos já ficando grisalhos e porte atlético, provavelmente na casa dos trinta e muitos ou quarenta e poucos anos. É até bem bonito para alguém tão velho. Por alguma razão, porém, ele me olha com uma expressão um tanto chocada.

— Tem alguma coisa errada? — pergunto.

O olhar estranho é rapidamente substituído por um sorriso caloroso.

— Não. É só que você lembra um pouco alguém.

— Ah, bom, desculpa quase ter te atropelado.

— Não foi nada. Não me machuquei — garante.

Passando ao lado dele, murmuro:

— Bom, OK, então.

Ele estende a mão e toca meu braço quase no mesmo local em que senti o toque de antes. Tento não retirar o braço.

— Está tudo bem? — pergunta.

Eu me pergunto se ele ouviu a briga com tia Grace. Provavelmente, pela maneira como as vozes reverberam aqui.

— Estou bem. Só com dor de cabeça e preciso deitar um pouco.

— Que pena. A Sra. Evans disse que o jantar vai ficar pronto por volta das seis, então vou descer um pouco mais cedo. Não tive tempo de olhar nada ainda. Eu me chamo Dave, aliás. Dave Palmer. — Ergue a mão para mim e a aperto com relutância. Está quente e úmida demais, e tenho vontade de limpar a mão na calça jeans assim que a solto.

— Alora. Prazer em conhecê-lo — murmuro. — Melhor eu ir. Minha cabeça está me matando.

Ele chega para o lado e me permite passar.

— Desculpe. Não queria prendê-la.

Eu me apresso pelo corredor, passando pelos quartos de hóspedes até chegar a meu quarto — o último à esquerda. Lá dentro, desmorono na cama. Meu peito sobe e desce enquanto tento me acalmar. Queria que o dia de hoje acelerasse e acabasse logo. Estou enlouquecendo com a insistência de tia Grace em negar que sabe qualquer coisa sobre meu passado. Não faz sentido esconder detalhes de minha própria vida, e odeio como isso faz com que me sinta uma aberração.

Quanto mais penso, com mais raiva fico. Se tia Grace vai continuar mentindo, quer dizer que terei que descobrir sozinha. Se houve mesmo algum acidente terrível, com certeza terá saído nos noticiários, ou talvez a tia Grace tenha alguma informação secreta que escondeu de mim. Se conseguir descobrir algo, pode ser que ative minhas lembranças.

Esfrego as têmporas. A dor é horrível, a pior que já senti. Se tivesse mais energia, poderia sair para correr até o rio — isso sempre me relaxa e faz com que eu me sinta no controle, como se pudesse deixar os problemas para trás. Mas meus olhos estão tão pesados. Fecho-os e sucumbo ao sono.

O cricrilar dos grilos e o coaxar dos sapos são os primeiros ruídos que ouço quando desperto. Dou uma espreguiçada e depois franzo a testa. Estou deitada em algo duro, algo de madeira. Alarmada, me sento sobressaltada. É noite, e a lua cheia desponta no céu, emoldurada por estrelas. Estou no píer do rio, atrás da pousada. O medo rasga meu corpo.

O que está acontecendo comigo?

9

BRIDGER
11 DE MARÇO, 2146

A primeira coisa que noto ao entrar no apartamento de mamãe é o cheiro de queimado. Shan está parado à porta da cozinha. Os cabelos castanho-claros, como os de papai, estão arrepiados. Aos 13 anos, já é tão alto quanto eu, mas todo magricelo.

— O que aconteceu? — indago, torcendo o nariz.

— Queimei a torta de proteína de novo.

Solto uma risada de deboche.

— Deixa eu adivinhar, estava em um jogo de simulação?

— É. Estava correndo que nem louco durante o terremoto de 2056 na Califórnia. Foi irado. — Ele dá uma mordida em um sanduíche (provavelmente de pasta vegetariana, seu favorito) e diz: — Se fosse você, evitava topar com a mamãe. Ela está com aquele humor.

— É, e qual é a novidade?

Shan dá de ombros.

— Ei, só achei que valia o aviso.

— Certo. Obrigado. — Sorrio, mas ele já me deu as costas para voltar à cozinha. O apetite de Shan poderia se equiparar ao de alguém com o dobro de seu tamanho. É típico. Os Talentos se manifestam nas crianças quando têm 13 ou 14 anos. Um dos sintomas é estarem sempre famintos.

Um aroma doce enjoativo me envolve ao passar pelo corredor. A tentativa inútil de mamãe de mascarar o cheiro do jantar queimado de Shan.

O apartamento é tão diferente do de papai. Ela gosta do que chama de estilo clássico retrô, seja lá o que isso queira dizer. A mobília tem uma aparência estranha. É tudo em preto e branco, e as paredes são de um tom de vermelho detestável. Ao menos deixou meu quarto e o de Shan intactos.

— Já estava na hora de aparecer — diz mamãe quando me avista. Está deitada na *chaise longue* da sala de estar, assistindo ao noticiário no monitor da TeleNet.

Eu não paro.

— Estou falando com você, Bridger — chama ela. Então gira as pernas para fora da *chaise* e se levanta com as mãos nos quadris.

Concentro-me em manter distância. Tudo o que quero é olhar o DataDisk em paz e evitar mais brigas.

Mas ela não me deixa. Tento ativar o comando da tranca quando entro em meu quarto. Ela o reverte e irrompe porta adentro.

— Ah, não — diz, apontando o dedo para mim. — Você não vai fingir que não estou aqui.

Decido lhe dizer o que quer ouvir.

— OK, tudo bem. Desculpa. Não devia ter falado da maneira como falei. Satisfeita?

Ela cruza os braços e me fuzila com os olhos.

— Ah, agora você está arrependido? Pelo menos consegue admitir o erro, mas isso não muda nada. Está encrencado e não parece se importar.

Posso sentir a pressão sanguínea subindo.

— Eu me importo. Não dá para você me dar um tempo? Nem tudo se resume a eu ter pisado na bola. Vika está em coma! Será que você liga para isso?

— Claro que sim! O problema está todo aí. O chanceler Tyson me explicou tudo, mas e se ainda assim o responsabilizarem? Sua carreira estará acabada, e não sei dizer como isso poderá me afetar ou ao Shan. Há muita coisa em jogo aqui, e você parece indiferente a isso.

Quero sacudi-la. Preciso que saia. Agora.

— Mãe, você pode me deixar um pouco sozinho? Por favor.

Ela fica em silêncio por alguns segundos antes de concordar:

— Tudo bem. E sinto muito pela Vika.

— Obrigado — murmuro. Isso foi inesperado, uma declaração de que se importa um pouco.

Ela dá um passo em direção à porta e depois se vira para mim.

— Quero seu DataLink.

Levanto a cabeça e olho para ela furioso.

— O que você disse?

— Que é para me entregar o DataLink. Você não vai me desrespeitar. Seu pai podia não fazer nada a respeito, mas comigo não vai ser assim.

Merda, ela tem que estar brincando. Sem conseguir me controlar, solto:

— Isso é absurdo!

O rosto dela cora, mas mamãe continua como se jamais tivesse sido interrompida.

— Você está de castigo. Daqui a uma semana, vou repensar, com base em seu comportamento. Você não vai se comunicar com seus amigos e não vai sair de casa a não ser para comparecer à Academia se for chamado. Está claro?

Uma enxurrada de xingamentos povoa meus pensamentos, mas não digo coisa alguma. Em vez disso, lanço-lhe um olhar que deixa claro o que penso de sua punição idiota.

— Perguntei se está claro?

Assinto lentamente, odiando-a mais do que nunca. Durante anos, ela só falou coisas horríveis de papai, e até relevei. Mas isso está além do razoável. Se não estivesse sob investigação na Academia, teria partido sem pensar duas vezes.

— Agora me dê o DataLink.

Minhas mãos tremem ao desatar o aparelho e entregá-lo.

Ela suspira.

— Sei que acha que não é justo, mas um dia vai ter seus próprios filhos e vai entender.

Depois que ela sai, cerro os punhos e tento parar de tremer tanto. Quero socar algo. Em vez disso, afundo na cama e apoio a cabeça nas mãos. Não a entendo. É como se tentasse fazer tudo a seu alcance para arruinar minha vida. Está apenas se gabando da autoridade que tem sobre mim, pois sabe que não posso desafiá-la.

Tudo o que quero é verificar o DataDisk do papai. Só isso. E ela levou o instrumento de que preciso para descobrir o que tem ali.

Estou prestes a desistir, mas então lembro de Shan. Ou melhor, de seu DataLink.

Corro do quarto para a cozinha. Shan continua lá enchendo a pança. É, ele pode fazer um belo estrago no estoque de comida de qualquer um. Mamãe merece.

Certifico-me de que ela não está por perto e me sento no lugar ao lado de Shan. Ele me olha como se eu tivesse repentinamente me materializado como um Manipulador de Espaço.

— E aí, Bridger?

Examino-o por um instante. Está crescendo rápido. Nem acredito que é o mesmo garoto de quem eu costumava ser tão próximo quando éramos mais novos. Nós nos afastamos bastante nos últimos tempos. Tudo porque ele é um filhinho da mamãe. Hesito apenas por um segundo e então pergunto:

— Posso pedir um favor?

Shan levanta a sobrancelha.

— Depende.

— Preciso do seu DataLink emprestado.

— Para quê?

Tinha me esquecido de como era intrometido. Não temos passado muito tempo juntos. Definitivamente puxou isso de mamãe.

— Não vai demorar. Preciso pedir uma coisa para o Elijah, e mamãe pegou o meu como castigo.

— Ui. É uma droga ser você.

— É. Então, pode me emprestar?

— Bem, talvez eu possa ser convencido a me separar dele se você fizer uma coisa para mim.

Recosto-me na cadeira, quase impressionado que ele esteja aprendendo a negociar.

— E o que você quer, exatamente?

— Preciso de mais créditos. Mamãe disse que já usei demais este mês, e quero fazer o download de uma simulação nova. Do tsunami japonês de 2011.

Não faz muito tempo desde que lançaram esse Jogo de Simulação. Vai me custar mais créditos do que gostaria. Mas vai valer a pena.

— OK, mas só se você me deixar pegar o DataLink quando eu precisar durante a próxima semana.

— Só durante a noite, e temos um acordo — retruca.

Ele desliza o aparelho sobre o tampo da mesa, e corro para o quarto. Volto a ativar a tranca e me sento à escrivaninha. Gotas de suor se formam em minha testa. Seco-as rapidamente e prendo o DataLink no pulso, então insiro o DataDisk. Um menu holográfico paira acima da faixa. Três arquivos são exibidos. Seleciono o primeiro.

É a cópia de uma notícia de um jornal antigo chamado *The Willow Creek Tribune*. Datada de 8 de julho de 2013. A adrenalina inunda meu corpo quando passo os olhos pelo primeiro parágrafo. Fala a respeito de um fantasma de 16 anos chamado Alora Walker.

É o nome que papai me disse.

Sorrio. Então não estou louco.

Leio o restante com rapidez. Alora foi encontrada morta em uma casa abandonada, que foi incendiada na propriedade da tia. Também tinha levado um tiro na cabeça. O caso foi declarado como homicídio.

Fecho o arquivo e sigo para o próximo. Quando o abro, me retraio. É o obituário de Alora, mas é da fotografia que não consigo desviar os olhos. A garota poderia ser a gêmea de Vika. Ou ao menos irmã. Os cabelos de Alora são de um tom levemente mais escuro que os de Vika, e o rosto, um pouco mais redondo.

Entendo que há pessoas no mundo que se parecem, mas isto é coincidência demais.

Espero que o último arquivo tenha mais respostas. Abro, e uma mensagem curta surge.

Leithan, muito obrigado por concordar em me ajudar. Estas são as únicas coisas que pude encontrar sobre Alora. Por favor, salve-a.

Leio a mensagem várias vezes. Não posso acreditar ·

Se estiver correta, então quem quer que tenha escrito a mensagem pediu para que meu pai fizesse algo ilegal. Algo que ele jamais faria.

Mas ele fez.

O som da campainha interrompe meus pensamentos. Escondo o braço quando mamãe entra. Quero gritar com ela outra vez, mas uma olhada para a expressão em seu rosto me silencia. Não há nada de hostil ali, apenas pesar.

— O que houve?

— Sinto muito, Bridger, mas o chanceler Tyson acabou de ligar. Vika morreu.

10

ALORA
9 DE ABRIL, 2013

Sento na doca e abraço as pernas, me balançando para a frente e para trás enquanto encaro o rio. O ar noturno está excepcionalmente quente e me envolve como uma manta, mas ainda tremo. Estou presa em um pesadelo que está começando a se repetir. Por que estou tendo esses apagões? *Por quê?*

Agito a mão para afastar os mosquitos zunindo ao redor de minha cabeça ao me levantar. Não há como saber quanto tempo perdi, ou mesmo se tia Grace está a minha procura. Preciso voltar para casa.

Sinto a pele formigar ao entrar na floresta. Normalmente adoro estar na floresta, mas não durante a noite. Nunca se sabe o que pode estar à espreita nas sombras. Um veado. Um coiote. Um assassino.

Estou ofegante ao alcançar a pousada. Tia Grace está sentada em uma das cadeiras de balanço da varanda dos fundos. Está me olhando feio.

— Onde você estava e por que não atendeu o celular?

Provavelmente acha que fugi para fazer pirraça, ou que estou me transformando em um daqueles adolescentes que gostam de citar poesias estranhas e reclamar do quanto a vida é injusta. Mas não posso lhe contar a verdade. Não posso lhe dar qualquer motivo para considerar vender a casa a Celeste.

— Deixei no quarto — respondo. — Decidi sair para correr. Sinto muito.

Tia Grace cruza os braços.

— É tudo que tem a dizer? Avisei a você mais cedo que nosso hóspede ia jantar conosco. Tive que deixá-lo esperando enquanto procurava você por todos os cantos da casa e depois ainda tive que inventar uma desculpa quando não a encontrei. Você faz ideia de como isso me constrangeu?

Meu rosto fica quente. Sequer tinha considerado a impressão que meu desaparecimento causaria no cliente.

— Desculpa mesmo, tia Grace. É só que... Só estava com uma dor de cabeça horrível mais cedo, tive um dia ruim na escola e precisava sair um pouco depois da nossa briga. Desculpa, de verdade.

Ela reflete por alguns segundos. Posso praticamente ver as engrenagens girando em seu cérebro.

— Você não tem sido você há alguns dias. Não tem mesmo nada acontecendo na escola que eu precise saber?

— Não, senhora, não é nada. Só estou cansada. — Meu estômago se revira. Odeio fazer isso.

— Espero que seja só isso mesmo. — Ela solta um suspiro profundo. — Estou preocupada com você, querida.

Agora me sinto ainda pior. Concentro a atenção na varanda, sem querer encará-la.

— Mil desculpas, tia Grace. Não sei o que estava pensando.

— Sabe, você está começando a se comportar igual ao Nate quando tinha a sua idade.

Levanto rapidamente a cabeça.

— Como assim?

Os olhos de tia Grace assumem uma expressão distante.

— Ele teve essa fase em que matava aulas e passava horas fora de casa. Deixava minha mãe louca.

É a primeira vez em que ela menciona qualquer coisa a respeito de papai quando era mais jovem. Se eu usar as palavras certas, talvez ela se abra e fale mais sobre ele. Talvez até sobre mamãe.

— E ele explicou por quê?

— Não. Isso continuou por um tempo, depois ele decidiu crescer e parar de ser tão irresponsável. — Ela faz uma pausa e me lança um olhar penetrante.

OK, o momento de conexão com papai terminou. Coloco o que espero que seja um sorriso convincente no rosto.

— Sim, senhora. Aprendi a lição.

— Ótimo. Agora vamos entrar. Fiquei uma eternidade esperando aqui fora, os mosquitos me comeram viva.

— Que horas são?

Ela tira o celular do bolso.

— Oito e vinte.

Uma sensação nauseante se agita dentro de mim. Então perdi quase três horas.

Assim que entramos, tia Grace passa a mão pela testa, torcendo o nariz.

— Preciso de um banho. O resto da comida está na geladeira, vá se servir. — Ela dá alguns passos pelo corredor e depois olha para mim. — Tem certeza de que está tudo bem?

— Sim, senhora. Tenho certeza.

Meu coração fica eletrizado. Se vai tomar banho, significa que ficará um tempo no banheiro. O que significa que posso entrar em seu quarto e fazer uma busca. Por coisas que possam me dar respostas.

O homem que conheci mais cedo, o Sr. Palmer, está assistindo a algum programa de televisão na saleta da frente. Não sei se é o tipo de hóspede que gosta de conversar, então passo pela porta na ponta dos pés.

Se alguém me visse agora, acharia que estou sendo ridícula. Não deveria ter que me esgueirar pelos cantos em minha própria casa.

Chegando a meu quarto, encosto a porta, deixando uma fresta aberta pela qual ainda consigo ver o quarto de tia Grace. Meu coração martela de ansiedade. Raramente entro em seu quarto. Ela diz que precisa de um espaço pessoal, principalmente porque temos de compartilhar o resto da casa com os hóspedes. Mordo o lábio inferior. Talvez eu não devesse fazer isso. Talvez devesse esquecer a ideia.

Não, tenho que descobrir o que ela está escondendo de mim.

Minutos depois, tia Grace sai do quarto com sua camisola e o robe pendurados no braço e segue para a porta ao lado, o nosso banheiro.

Assim que ouço o ruído de água corrente, disparo pelo corredor até o quarto dela. A porta se fecha com um clique suave. Limpo as palmas suadas no short e examino o cômodo. É coberto por um papel de parede de botões de rosa horrível, e a mobília é escura e velha. Tia Grace diz que é vintage. Eu digo que é medonho.

Ainda sem saber o que estou procurando, decido olhar o closet primeiro. Há sapatos ordenadamente enfileirados em duas prateleiras à esquerda. As roupas estão penduradas perto da parede dos fundos, e duas grandes caixas plásticas estão empilhadas à direta. Ignorando outra punhalada de culpa, ataco as caixas. Estão cheias de contas e recibos antigos. Coisas relacionadas aos negócios, tão entediantes que meus olhos perdem o foco. Uma única prateleira fica logo acima das roupas. Arrasto uma das caixas plásticas para servir de degrau, rezando para que a tampa aguente meu peso.

Há meia dúzia de caixas cobertas de poeira ali, todas esperando que alguém descubra o que escondem. Parece um bom lugar para se guardar algo secreto. Prendo a respiração ao alcançar a primeira caixa e a puxo para mim.

Sapatos.

A segunda também contém sapatos, bem como a terceira. Verifico todas para me certificar de que não há nada mais. Que maravilha.

Trincando os dentes, coloco tudo de volta ao lugar, apago a luz e saio do closet.

O próximo alvo é a cômoda. É alta, alcança quase meu peito, e no topo há uma toalha rendada, coberta de fotografias. Há duas de tia Grace e seu marido. A maioria é minha. A que tirei mais recentemente na escola e algumas que ela mesma tirou no jardim, fora as de quando eu era pequena. Meu retrato mais antigo foi tirado poucos meses depois que cheguei a Willow Creek. Tia Grace está me abraçando, sorrindo como se jamais tivesse sido tão feliz.

Pela parede, ouço um baque e alguns passos. Tia Grace está saindo da banheira.

Meus dedos voam enquanto abro e vasculho o conteúdo de cada gaveta. Roupas íntimas, meias, camisetas velhas, shorts. E um revólver. Tiro a mão, surpresa. Titia nunca me disse que tinha um em casa. Ainda assim, nada que me ajude.

Por favor, deixe-me encontrar algo.

Minhas mãos tremem ao puxar a última gaveta. Diferentemente dos itens dobrados com cuidado nos demais compartimentos, este está caoticamente recheado de envelopes abertos e papéis. Pego um e desdobro. Uma foto escorrega de dentro dele e cai ao chão. Recupero-a rapidamente. São dois homens em frente a um tanque no que aparenta ser um deserto. Um deles parece meu pai mais jovem, talvez aos vinte e poucos anos. Ele usa um uniforme militar e joga o braço sobre os ombros de outro soldado.

Rapidamente enfio a carta e a fotografia no bolso, fecho a gaveta e me levanto. É hora de sair antes que tia Grace volte.

Consigo dar apenas alguns passos antes que ela apareça na soleira da porta. Seu rosto fica corado.

— Alora, o que diabos está fazendo aqui?

Se pudesse voltar no tempo, este seria o momento certo.

— Fiz uma pergunta, mocinha — vocifera ela. — O que diabos está fazendo no meu quarto? Metendo o nariz onde não deve? — Seus olhos se voltam para a última gaveta da cômoda.

Desculpas correm por minha cabeça. Poderia lhe dizer a verdade, mas não quero mais brigar. Ou poderia dizer que ouvi um barulho. Talvez ela compre minha história.

— Estou esperando. — Tia Grace marcha para dentro do quarto.

Mordo o lábio inferior.

— Preciso de uma foto de família para um dever da escola. Esqueci de pedir e não sabia quanto tempo ia demorar no banho, aí achei que não se importaria se eu pegasse uma daquelas. — Aceno na direção dos porta-retratos sobre a cômoda.

Tia Grace aperta os olhos. Para na minha frente, os dedos tamborilando nos quadris.

— Você devia ter me esperado acabar.

— Eu sei, desculpa — respondo, olhando para baixo.

— Está aí há muito tempo?

— Não, senhora. Acabei de entrar.

— Aham. — Ela olha para mim com seriedade. Depois de uma eternidade, vai até a cômoda. — Acho que esta aqui serve. — Pega o retrato de nós duas no jardim. — Não perca.

— Obrigada, tia. — Pego a fotografia e lhe dou um abraço. Ela fica rígida. Tenho que engolir o nó em minha garganta. Não consigo acreditar na quantidade de mentiras que contei nos últimos dias.

Tranco a porta quando volto para o quarto, depois coloco meu retrato com tia Grace virado de cabeça para baixo na escrivaninha. Meus dedos tateiam meu bolso quando pego a carta de papai. Eu a esquadrinho, mas não há resposta alguma ali. É apenas uma mensagem curta contando à irmã como odiava estar em serviço no deserto, o quanto sentia sua falta e a do resto da família. Não importa, é a foto que quero. Examino-a, tentando ver algo de mim mesma nele. Definitivamente temos a mesma cor de cabelos. Não consigo distinguir seus olhos, mas tia Grace mencionou uma vez que eram azuis, como os nossos.

É estranho como os poucos retratos que tia Grace tem de papai são todos como este, tirados quando ainda estava provavelmente na casa dos vinte anos, nenhum mais recente. Ela disse que meus pais jamais lhe deram um.

Concentro a atenção no rosto dele, tentando fundir sua imagem com a dos meus sonhos, quando seu rosto está mais velho e abatido. Não importa o quanto eu tente, porém, não consigo lembrar.

— Droga. — Bato com a foto na mesa. Não é justo. Só quero me lembrar de meus pais. Estou cansada de me sentir uma aberração, vivendo como o fantasma de uma pessoa.

Pego a fotografia outra vez. Isso não basta, preciso de mais informações. Tia Grace tem que ter algo mais escondido de mim. Por que agiria com tanta estranheza ao me ver em seu quarto? Penso na maneira como olhou para a última gaveta na cômoda.

Não sei o que é, mas vou descobrir.

11

BRIDGER
16 DE MARÇO, 2146

Sigo mamãe e Shan da área de transporte até o edifício principal da Academia. Um grupo grande de Puristas está na calçada da frente berrando palavras anti-Manipuladores do Tempo e erguendo placas de protesto. Eles me dão nojo. Usando uma morte para promover seus objetivos asquerosos.

Nós ignoramos os berros e nos apressamos a entrar. Mamãe solta um sonoro suspiro de alívio. Nosso destino está logo a nossa frente, o salão. Geralmente é usado para os banquetes de publicidade do chanceler Tyson. Hoje, é o palco do funeral de Vika.

Estou oco por dentro, como se tivessem raspado de mim o que ainda restava de alma. Já foi difícil passar pelo funeral de papai. Ao menos tinha Vika, Elijah e Zed para me ajudar. Agora ela se foi por minha causa.

Mamãe e Shan param de frente para as portas pretas duplas. Ela alisa o vestido azul e ajeita os cabelos. Vozes abafadas escapam pelas portas. Ouço até a risada de algum babaca. Cerro os punhos. Queria poder ir embora, mas não posso. Vika surtaria se soubesse que quero fugir de seu funeral.

— Está tudo bem? — pergunta minha mãe. É estranho, mas ela tem sido levemente mais amável desde que Vika morreu. Bem mais do que depois da morte de papai. Chegou até a me devolver o DataLink ontem.

— Tudo bem — murmuro.

— Você não parece bem. Parece mais um zumbi — diz Shan.

Provavelmente ele tem razão. Dobrei a dose de Apaziguante antes de sair do apartamento.

— Deixe seu irmão em paz, Shan — retruca mamãe. Ela franze a testa ao me fitar. — Tem certeza de que quer fazer isso?

— Tenho. Podemos entrar agora? Quero que acabe logo.

Mamãe e Shan imediatamente se misturam à multidão ao entrarmos. Congelo na entrada. Parece que todos os olhares caíram sobre mim. Tento ignorá-los enquanto sondo o salão. Estão todos vestidos em variações de tons de azul — a cor favorita de Vika. Algumas pessoas choram, outras riem. Grandes digigráficos de Vika em cavaletes estão espalhados por toda parte. Baixo o olhar. Não consigo encará-los.

Preciso encontrar algum lugar onde possa ficar só. Os cochichos perfuram minhas costas quando passo por entre o aglomerado de gente. Sei o que estão dizendo. E estão certos.

Acabo em um canto livre do salão e afundo em uma das cadeiras encostadas na parede. Passo os dedos por sobre o DataLink enquanto visualizo os arquivos no DataDisk de papai em minha mente. Pesquisei durante horas tentando encontrar mais informações a respeito daquele fantasma mencionado nos arquivos. Qualquer detalhe que me fizesse saber o que havia de tão especial nela. Não encontrei coisa alguma. Registros pessoais daquela época são raros, a menos que a pessoa fosse famosa ou importante. Aparentemente, Alora Walker era uma ninguém. Então por que papai tentaria salvá-la? Não faz sentido.

— Cara, onde você se meteu?

Olho para cima e sorrio. São Elijah e Zed a minha frente. É a primeira vez que os vejo desde sexta-feira. Não havia percebido o quanto sentia falta dos dois até agora.

— Acabei de chegar. Minha mãe demorou uma eternidade para se arrumar. — Não falo sobre o fato de não saber se deveríamos ou não vir. Ela decidiu de última hora que ficaria mal para a família faltar, uma vez que a mãe de Vika é uma alta oficial do DAT.

Eles se sentam ao meu lado. Instantaneamente, me sinto melhor. Não muito, mas já é algum progresso.

— Como está sendo segurar a barra? — indaga Zed.

— Estou levando.

— Aham — grunhe Elijah. — Está doidão de Apaziguante.

— É melhor do que a outra alternativa — respondo.

Eles não podem argumentar com o fato. Depois da morte de papai, precisei surtar três vezes para mamãe concordar em deixar os médicos receitarem o remédio.

— Não sei vocês, mas estou feliz de poder sair da casa dos meus pais por um tempo. — Zed revira os olhos e solta um grunhido. — Estou até mais do que pronto para as aulas voltarem.

O chanceler Tyson cancelou as aulas esta semana para dar a todos um tempo de luto por Vika. Os alunos foram mandados para casa, à exceção daqueles cujos pais estão em unidades do DAT fora de Nova Denver.

— Pode crer, cara — diz Elijah. — Meus pais agem como se não quisessem me deixar fora de vista. Não ficam assim desde que aquela garota foi sequestrada quando a gente ainda era criança.

— É, tinha me esquecido disso — diz Zed. — Ela foi encontrada?

Dou de ombros.

— Acho que não.

Foi um caso grave quando eu tinha cerca de 7 anos. Alguém invadiu o apartamento de uma Manipuladora do Tempo, atirou nela e sequestrou sua filha. Ninguém jamais chegou a descobrir quem fez isso ou por quê. Mas lembro a forma como mamãe proibia que Shan ou eu ficássemos fora de vista depois do ocorrido. Papai disse que ela estava sendo ridícula e dramática demais. Foi uma das poucas vezes em que mamãe agiu como se realmente quisesse me proteger.

— Sua atenção, por favor.

A mãe de Vika, a coronel Halla Fairbanks, está de pé sobre o palco na extremidade do salão, segurando um microfone. Usa um vestido de duas peças azul-claro e tem os cabelos louro-cinza puxado para trás. É linda de uma maneira fria. E não parece triste.

— Gostaria de agradecer a presença de vocês no funeral de Vika. Ela teria adorado vê-los todos aqui. — Halla faz uma pausa para examinar o salão, sorrindo. — Assistentes estão distribuindo agora as Lentes Virtuais. Por favor, peguem um par, e vou lhes apresentar uma amostra da vida da minha filha.

— Eu não consigo. — Já é difícil o bastante estar aqui, não posso simplesmente assistir a uma simulação virtual da história de Vika. Isso quase acabou comigo no funeral de papai.

— Podemos dar uma saída — sugere Zed.

— Boa ideia. Preciso de ar. Tem gente demais aqui. — Elijah me segura pouco acima do cotovelo e puxa. — Levanta esse traseiro, cara.

Saímos despercebidos pouco antes de a mãe de Vika anunciar o início da simulação, depois vamos para o lado de fora do prédio. Pela primeira vez desde que cheguei ao campus, consigo respirar sem sentir como se tivesse uma nave comprimindo meu peito.

Atravessamos o gramado nos fundos do edifício principal e nos sentamos no banco mais próximo. Fito o canteiro a nossa frente. Está cheio de flores cor-de-rosa, amarelas e roxas. O que quer que sejam, Vika sempre gostou delas.

— Então, o que está acontecendo com você? — indaga Zed. — Não atendeu a nenhuma de minhas chamadas.

— É, nem as minhas — diz Elijah.

Explico rapidamente todo o drama com mamãe e como ela tomou meu DataLink. Deixo de fora a parte em que Shan me emprestou o dele. Não estava exatamente no clima para conversar com alguém.

— Já falei como realmente sinto muito por você? — pergunta Elijah. — Porque sinto mesmo, cara. Sua mãe é impossível.

— Verdade — concorda Zed. Ele dá um tapinha em minhas costas. — Mas pelo menos você tem a gente. Isso não melhora as coisas?

— Um pouco — admito, alternando o olhar entre ele e Elijah. A palavra preocupação está escrita em seus rostos. Os sorrisos tensos, a inquietação nos olhos.

A luz do sol brilha em meu DataLink, chamando minha atenção. Quero lhes mostrar o que descobri. Posso confiar neles. No entanto, me seguro. Não sei por quê. Provavelmente porque o que papai me pediu para fazer é ilegal. Ou poderia ser porque ainda não descobri quem pediu a ele que salvasse o fantasma para começar. Ou se ele realmente voltou a 2013. Posso estar desperdiçando tempo de bobeira com isso.

O que me leva a outra pergunta que vem me perturbando. Se ele fez um salto ilegal para 2013, foi lá que ele morreu? O general Anderson diz que sua última missão era confidencial. E se não passar de um disfarce? O próprio DAT talvez sequer saiba a verdade. Explicaria por que o general me interrogou pessoalmente na sala de exames.

Tenho apenas uma maneira de descobrir a verdade.

Preciso voltar a 2013 e ver por mim mesmo.

A parte racional de mim grita em protesto. Se for pego, minha carreira de Manipulador estará acabada. É quase certo que seria condenado a Nulo.

Tenho um sobressalto quando Zed pergunta:

— Está tudo bem, Bridger?

— Acho que sim — respondo e, antes que eu mude de ideia, entrego parte da verdade. Se vou mesmo fazer isto, precisarei de ajuda. Não lhes conto de onde a menina fantasma era, nem o ano exato em que viveu. Se o DAT descobrisse, os planos de papai, quaisquer que fossem, estariam arruinados.

Os dois ficam sem palavras.

Elijah consegue dizer:

— Cara, não sei. Acha mesmo uma boa ideia saltar sozinho? E onde você arranjaria um Cronoband?

— Eu posso fazer um salto livre.

— Ah, claro que não — nega Zed, balançando a cabeça. — Você sabe o que pode acontecer.

Ele me pegou, mas é um risco que terei de correr. Antes dos Cronobands serem desenvolvidos, os Manipuladores do Tempo podiam realizar apenas saltos livres. Isso significa utilizar o gene que permite que controlemos o tempo sem a ajuda de um aparelho que nos mande para tempo e data específicos. Os Manipuladores chegavam horas, até mesmo dias, antes ou depois do alvo pretendido. Papai dizia que, com bastante treinamento, podíamos aprender a fazer saltos livres com precisão, mas o Departamento de Assuntos Temporais jamais permitiria. Preferem que permaneçamos dependentes de sua tecnologia.

— E o inquérito? Quer ser permanentemente expulso? — lembra Elijah.

Quero argumentar, mas tudo o que estão dizendo está correto. Tenho muito a perder se for pego. Mas como posso seguir em frente com a vida quando foi papai quem me pediu para fazer isso?

Vozes chegam ao gramado vindas da direção do edifício principal. O grupo do funeral está saindo. Coronel Fairbanks e o restante da família saem primeiro. Se Vika tivesse pai, ele estaria junto com a mãe na dianteira da procissão. Mas Vika jamais soube quem ele era. A coronel usou uma doação de sêmen feita por um Manipulador do Tempo anônimo para concebê-la. Deixo escapar um suspiro, lembrando como isso a deixava aborrecida. Ela chegou a tentar pesquisar quem poderia ser seu pai biológico, mas a mãe descobriu e fez os registros serem permanentemente fechados. Isso deixou Vika muito furiosa.

O grupo caminha em direção ao centro da área verde, onde passagens para diferentes prédios no campus se cruzam. Elijah e Zed se levantam, e os sigo relutante enquanto vão ao encontro das pessoas. A maioria está com os rostos vermelhos, marcados por lágrimas. É, que bom que não assisti à história virtual de Vika. Mesmo com a dose extra de Apaziguante, com certeza estaria perturbado.

Acabamos atrás de todos e esperamos que a coronel Fairbanks fale. Cochichos abafados circulam como um zumbido baixo. Fico calado. É a parte mais importante da cerimônia, quando a família de Vika devolverá suas cinzas à Terra. Meu coração está pesado. Jamais a verei em pessoa outra vez. Seu corpo se foi, destruído por um incinerador que a reduziu a nada senão um monte de poeira. Respiro profundamente diversas vezes. Não sei se consigo dar conta disso.

A coronel Fairbanks começa o discurso, segurando a urna prateada contendo os restos de Vika. Ela agradece a todos por virem celebrar sua vida. A meu lado, Elijah funga algumas vezes. Meus próprios olhos começam a se encher com mais das malditas lágrimas. Olho para baixo e os esfrego com força, depois olho para os outros. Não estou mostrando emoção sozinho, mas não gosto disso. Não na frente de todos. Eu me viro um pouco, para me acalmar.

É neste instante que a vejo.

Lá atrás do prédio principal está Vika. Ela sopra um beijo e dou um passo para trás. *Não pode ser.* Não é ela. Não é possível. Pisco e volto a olhar.

Não há ninguém lá.

12

ALORA
10 DE ABRIL, 2013

Meu corpo se contrai quando Sela vira para entrar no estacionamento do Java Jive, e suspiro quando a tensão se desfaz — a picape de Trevor não está aqui. Grito por cima da música:

— OK, o Trevor não veio. Vamos embora.

Sela desliga o rádio.

— Ah, não. Você não vai cair fora. Além do mais, chegamos cedo. Ele disse às três e meia, não foi?

Sela está praticamente radiante. Parece até que é ela quem vai se encontrar com Trevor.

— É. — Trevor me lembrou do compromisso logo depois da aula de história de hoje. Como se eu pudesse esquecer. — Não estou tão segura quanto a isso. E se for uma pegadinha?

Ela revira os olhos.

— Juro, você me irrita além da conta. Ele disse que ia ajudar você a estudar. Como pode ser pegadinha?

— Não sei. — Preciso de toda a ajuda possível para a prova de história, mas minha cabeça não está aqui. Tudo que quero é ir embora. Planejo me esgueirar pelo quarto de tia Grace outra vez enquanto ela prepara o jantar.

— Exato, você não sabe. Ele pode estar usando isso como desculpa para passar um tempo com você. Ou quem sabe chamá-la para sair. — Sela levanta as sobrancelhas.

— Jesus, vai chamar para sair nada. Não sou o tipo dele.

— Isso mostra como você não presta atenção. Se você é mulher, já é o tipo dele. — Ela estaciona perto do prédio. — Está pronta para colocar o mundo dele de cabeça para baixo?

— Sério, Sela, essa é uma péssima ideia. Só me leve para casa.

— Não. Você tem que ir bem na prova, esqueceu? Já cansei de esperar esse castigo acabar, e você falou que ia fazer o teste para líder de torcida.

Faço uma careta. Engraçado como só de pensar no assunto já fico com vontade de não passar em história.

Ela ri e abre a porta.

— Ah, relaxa. Você vai se divertir, prometo. Agora, vai sair ou vai me fazer arrastar você para fora?

Penso em dizer que gostaria de vê-la me arrastar, mas concordei em me encontrar com Trevor.

— Certo — bufo. — Mas não espere que eu me divirta.

— Não entendo você. Metade das garotas da escola matariam para fazer o Trevor notá-las.

— É, a metade que ele ainda não pegou pelas costas da Naomi — resmungo enquanto pego o livro de história e abro a porta. — Estou bem?

Sela olha para o conjunto de calça jeans skinny e blusa verde.

— Garota, dá um tempo. Você podia se vestir que nem uma mendiga que ainda ia estar bem.

— Não, não ia, mas obrigada mesmo assim. — Posso sempre contar com Sela para me sentir um pouquinho melhor. — Bom, acho melhor eu ir.

— Estou enviando pensamentos positivos de arco-íris e pozinho mágico para você. Se não funcionar, vou até me render aos ursinhos de gelatina e a chocolate — diz com uma careta.

— Se isso não funcionar, nada vai. — Tento sorrir, mas meu rosto parece congelado.

— Vai dar tudo certo. Aposto que ele quer confessar amor eterno por você e prometer que não vai deixá-la nunca mais. — Sela cruza as mãos sobre o coração e suspira.

— Agora você está sendo ridícula.

— Ia querer que fosse de outro jeito, por acaso?

Não, não ia. Esta é a Sela de quem sinto falta, a que faz piadas e quer passar o tempo comigo sem duas idiotas em nossa cola. É egoísmo meu pensar isso, mas não posso evitar. Era tudo muito melhor antes de Jess e Miranda entrarem em cena.

Um sino toca ao entrarmos no Java Jive. Somos envolvidas pelo aroma de café e doces frescos. Permito-me relaxar um pouco. Alguns garotos da escola já estão aqui. Mal notam nossa presença enquanto fazemos nossos pedidos. Espero que continue assim. Por que não disse ao Trevor para me encontrar na biblioteca?

Pego meu pedido e sigo para uma mesa de canto nos fundos. Com sorte, ninguém vai perceber quando Trevor vier até aqui.

Sela não para de falar enquanto bebo meu frappé de café com chocolate. Mal sinto o gosto. O sino volta a tocar repetidas vezes. Viro, e meu estômago se contrai como se estivesse sendo esmagado. O lugar está ficando cheio de alunos da escola. E há mais no estacionamento.

Sela sorri e acena para alguém atrás de mim.

— Ei, aqui atrás!

Meu Deus, ele chegou. Volto a me virar, esperando avistar Trevor, mas vejo Jess e Miranda se aproximando em vez disso. Que ótimo.

— E aí, gata! — diz Miranda. Ela se senta no banco ao lado de Sela. Jess me dá um sorrisinho ao se sentar comigo.

— Onde está Trevor?

Aperto o copo com mais força, voltando os olhos para Sela.

— Você contou para elas?

Ela dá de ombros.

— Daqui a pouco todo mundo saberá.

— Mas é só para estudar. Ele não me chamou para sair.

— Ainda não.

Dou um longo gole na bebida para não avançar em cima dela.

Miranda torce o nariz enquanto me observa.

— Odeio pensar em todas as calorias que tem aí dentro.

Jess concorda com a cabeça.

— Aham. Essas coisas são tão engordativas.

Odeio a maneira como as Gêmeas Descerebradas me fitam com aquelas expressões presunçosas e imagino por um instante como seria bom jogar meu frappé engordativo em seus rostos. Adeus olhares convencidos, isso com certeza. Mas não faço coisa alguma, a não ser dar uma boa mordida em meu engordativo cookie de gotas de chocolate.

Em seguida, começo a quase engasgar quando Sela solta um gritinho.

— Aah, ele chegou!

Relutante, olho pela janela. É Trevor, sem dúvidas. Ele estaciona e pula da pick-up, parando para ajeitar os cabelos enquanto examina o próprio reflexo no espelho lateral.

— Ohhh, olha isso. Está se arrumando todo para você — brinca Sela. As Gêmeas Descerebradas dão uma risadinha nervosa.

Lanço um olhar fulminante a Sela.

— Corta essa.

— OK, sem piadas. — Ela pega a bebida. — Certo, meninas, vamos dar o fora para a Alora poder jogar seu feitiço no Príncipe Encantado.

Jess solta um risinho de deboche enquanto Miranda balança a cabeça. Sei o que Miranda está pensando e concordo com ela — não haverá feitiço algum de minha parte. Espero sair daqui antes de me tornar a maior idiota de Willow Creek.

As garotas seguem para uma mesa desocupada ao lado da saída. Embora despreze Jess e Miranda, daria tudo para estar com elas agora.

Pego o livro de história e abro no capítulo que preciso estudar. Tento ler o primeiro parágrafo. Não retenho coisa alguma. Tudo o que quero fazer é vigiar a porta, mas não quero que Trevor ache que estava ansiosa para encontrá-lo. É patético.

Estou tão concentrada em fingir estudar, que me sobressalto quando ele diz:

— Ei, aí está você. — E pousa a mão em meu ombro. — Relaxa. Está tudo bem?

— Sim, tudo bem. — Procuro algo inteligente para dizer, mas minha língua está pesada.

Trevor deixa o livro que trouxe consigo sobre a mesa.

— Vou pegar uma bebida para mim. Quer alguma coisa?

— Não, obrigada. Estou bem.

Depois que ele sai, tento parecer relaxada. Cruzo e descruzo as pernas e esfrego as mãos nos jeans. O volume do barulho aumentou desde que cheguei. O lugar está lotado. E, pior ainda, alguns dos garotos da escola devem ter visto Trevor falando comigo. Ficam olhando em minha direção como se tivessem testemunhado uma ocorrência sobrenatural. Sela consegue atrair minha atenção e me dá dois sinais de positivo com o polegar.

Alguém me mate agora, por favor.

— Pronto — diz Trevor ao se sentar do outro lado da mesa. Então ele desliza um saquinho sobre o tampo até mim. — Achei que ia querer mais um desses. Sei como você gosta.

Abro o saquinho e inspiro o aroma de outro cookie com gotas de chocolate quentinho. Olho para Trevor.

— Hum, obrigada. Mas realmente não precisava — digo, sentindo o rosto ficar quente.

Ele sorri.

— Não foi nada. Só estou tentando ser legal, só isso.

— Bem, obrigada de novo. — Dou mais um gole no frappé, porém mal consigo engolir. Empurro o copo para longe. — Antes de começar, queria agradecer por ter se oferecido para me ajudar. Preciso mesmo me dar bem nessa prova.

— Sem problemas. — Ele olha em volta antes de se inclinar para a frente. — Sabe, já faz um tempão que quero chamar você para sair.

Isso que é ser direto. É a última coisa que esperava ouvir.

— Não consigo acreditar nisso. Você namora a Naomi há séculos. — E sua mãe odeia minha tia.

Ele se recosta, olhando de cara feia.

— É, são dois anos da minha vida que nunca terei de volta. Queria poder esquecer.

— Sério? Achei que vocês dois eram bem unidos.

— Com a Naomi, tudo o que importa são as aparências. Fica chato depois de um tempo.

— Meio que tenho essa impressão também. — Especialmente por ela ser a melhor amiga de Kate.

Ele morde um pedaço do donut e o engole com café.

— É hora de seguir em frente. Tenho coisa melhor me esperando.

Ele me encara por um momento. Com seu sorriso elevado a níveis matadores e toda a sua atenção concentrada em mim, é até fácil entender como as garotas podem se apaixonar por ele. Espera, o que estou pensando? Bato com o dedo no livro.

— Então, pronto para estudar?

— Com certeza — responde ele, pegando o próprio livro de história. Depois de abri-lo, tira algumas folhas cheias de anotações e as oferece a mim. — E vim preparado.

Olho de relance as anotações, percebendo a caligrafia elegante do resumo detalhado que fez do capítulo. Fito-o por cima dos papéis, começando a me sentir culpada. Ele teve trabalho para fazer isso. Talvez estivesse errada em julgá-lo com tanta severidade.

Ele começa a falar outra vez, mas seu rosto se fecha quando seus olhos se fixam em algo atrás de mim. Um sentimento ruim me afunda ao me virar.

Naomi está entrando na lanchonete com Kate. As duas vestem saias de tenista e regatas, mas poderiam muito bem ter saído de uma revista de moda. Os cabelos castanho-acinzentados de Naomi caem em uma trança sobre o ombro, enquanto os de Kate estão presos em um rabo de cavalo. Ambas cravam o olhar em mim e em Trevor.

Elas marcham pelo salão e param em nossa cabine. Os lábios de Kate se contorcem em um sorriso de desprezo.

— O que você está fazendo com *ela?*

Se achava que meu rosto estava queimando antes, agora está em chamas, mas não digo uma palavra. Naomi me encara como quem me estrangularia se pudesse se safar depois.

— Não me lembro de ter convidado vocês — diz Trevor.

— Não sabia que precisava da sua permissão. Aqui *era* o nosso lugar favorito para vir depois da escola — retruca Naomi, voltando sua atenção para ele. — Imaginei que você fosse tentar exibir alguma vadia nova na minha cara, mas não achei que ia começar com esse lixo.

— O quê? — pergunto, odiando a forma como minha voz fica aguda.

Naomi coloca a mão sobre o braço de Kate.

— Ah, me desculpa. Vocês são parentes, né?

— Não mesmo — responde Kate. — Ela é da família da Grace. Não temos o mesmo sangue, graças ao Senhor.

— Lá fora. Agora — diz Trevor a Naomi entredentes. Ele se vira para mim. — Vou cuidar disso. Não saia daí.

Trevor pega Naomi pelo braço e a leva embora. Ela tenta protestar, mas soa impotente. Kate dá um sorrisinho falso e os segue. Assim que saem, Naomi olha para trás e abre um sorriso triunfante para mim.

Fecho os olhos, desejando poder desaparecer. Mas sei que isso não resolveria coisa alguma. Ainda teria que lidar com essa confusão.

— O que diabos aconteceu?

Sela está a meu lado. Pelo menos as Gêmeas Descerebradas não vieram com ela.

— Parece que Naomi não sabia que Trevor vinha me ajudar a estudar hoje. Ela não ficou feliz com isso.

— Aí quer começar alguma merda com você?

— Não. É. Não sei. Acho que não dá para culpá-la. Trevor disse que foi ele quem terminou o namoro. Acho que ela não superou.

— Garota, não invente desculpas para aquela vaca. Ela precisa mesmo levar um chute no traseiro.

Pisco algumas vezes.

— Sério? E quem vai fazer isso?

— Você devia. Minha mãe diz que se deixar as pessoas atropelarem você, elas começam a achar que podem pisar à vontade.

Quero dizer a Sela que está sendo ridícula, mas sei que tem razão.

— Vou ver o que está acontecendo lá fora. — Pego minhas coisas e deslizo para sair do banco.

— Quer apoio? — indaga Sela.

Balanço a cabeça, alarmada.

— Não. Tenho que fazer isso sozinha, OK?

— Beleza, mas se aquelas duas atacarem você, vou partir para cima com tudo.

Ela se junta a Jess e Miranda em sua mesa, sem dúvida lhes contando os detalhes de meu drama indesejado. Os olhos de todos parecem estar sobre mim enquanto saio do lugar. Meus pés se arrastam, como se soubessem que estou me lançando a um desastre.

Pisco algumas vezes por conta da forte luz do sol e procuro Trevor e Naomi. Kate conversa com duas meninas em uma das mesas externas.

— Aonde você vai, Alora? — grita ela em tom de deboche. As duas amigas riem.

Ignoro-as e continuo a procurar por Trevor e Naomi. Estão perto do carro de Trevor. Esperava encontrá-los discutindo, mas estão muito próximos, falando em voz baixa. Não pode ser bom.

Estou na metade do estacionamento quando a voz de Naomi se eleva. Parece quase uma súplica. Então ela diz:

— Não, por favor.

Paro a alguns carros de distância e me agacho junto a um sedã cinza. Sinto-me idiota, mas preciso escutar a conversa. Naomi diz algo mais, porém a voz está abafada demais para que eu possa entender.

Então ouço Trevor dizer:

— É uma piada.

Naquele instante, uma mistura de emoções me atravessa. Como fui tão estúpida a ponto de acreditar que Trevor queria me ajudar? Digo, por que faria isso? Ele é um jogador e tentou jogar comigo. Estou tão furiosa por ter caído nessa.

Sela e as Gêmeas Descerebradas estão provavelmente coladas à janela. Devia voltar e lhes contar o que ouvi, mas não consigo encará-las.

Antes que eu consiga me impedir, me esgueiro para fora do estacionamento. A pousada fica a cerca de cinco quilômetros daqui, então posso ir andando. Quando Sela se der conta de que fui embora, já estarei a meio caminho de casa. Ela pode ficar zangada por eu ter saído sem falar com ela, mas vai entender quando eu explicar o motivo.

Já percorri um quarteirão pela Main Street quando meus olhos começam a ficar turvos por causa das lágrimas. Esfrego-os para limpá-las e pisco para me livrar das lágrimas que ficaram. Não vou chorar por causa de um idiota estúpido. Ele não merece minhas lágrimas.

Viro uma esquina e olho por cima do ombro. Um carro cinza está logo atrás de mim, vindo devagar. Um desconforto me domina, e ando mais depressa.

Momentos depois, o carro para ao meu lado e o motorista abaixa o vidro.

— Oi, Alora.

A adrenalina inunda meu corpo e quase começo a correr, mas então reconheço o homem.

— Oi, Sr. Palmer — cumprimento, permitindo-me relaxar. — Não vi que era o senhor aí dentro.

Ele sorri e empurra os óculos para cima.

— É, não é nenhum carro de luxo, mas me leva aonde preciso ir.

— Ah, certo.

— Está voltando para a pousada? Posso te dar uma carona — oferece, batendo ao lado da câmera fotográfica no banco do carona. — Prometo que não mordo.

Tento não me afastar, mas é exatamente o que quero fazer. Ele pode ser nosso hóspede, mas não vou aceitar carona dele.

— Não, obrigada. Preciso me exercitar.

Ele mexe o maxilar como se estivesse mastigando o que dirá a seguir.

— Como quiser. A gente se vê daqui a pouco.

Meu corpo já está todo recoberto de arrepios por conta do fiasco com Trevor, mas, quando o Sr. Palmer segue adiante, eles se espalham também por dentro de mim, até o fundo, me paralisando. Tudo em que consigo pensar enquanto aperto o livro de história contra o peito é naquele carro. É o mesmo carro cinza que usei para me esconder no estacionamento do Java Jive.

Ele está me seguindo?

Ou estou apenas sendo paranoica? Muita gente vai ao Java Jive. Mesmo que o Sr. Palmer estivesse lá, este é o caminho mais rápido para se chegar à pousada. Estou apenas sendo ridícula.

Acho que é o que ganho por ter deixado Trevor perturbar minha cabeça.

13

BRIDGER
17 DE MARÇO, 2146

O sol mal aparece por cima dos arranha-céus quando saio do apartamento de mamãe. A claridade me cega por um instante. Massageio as têmporas, tentando aliviar a pressão. Não tomei anestésico algum, nem o Apaziguante. Preciso da mente desanuviada para o que estou prestes a fazer.

Seguro a alça do portacoisa com firmeza ao costurar meu trajeto por entre a multidão. Todos fazem barulho demais a caminho do que quer que estejam indo fazer. Nulos recolhem o lixo e limpam vidraças de lojas em silêncio. Novamente, não consigo deixar de pensar que posso virar um deles se for pego.

Saí cedo para o caso de mamãe mudar de ideia a respeito de me deixar sair para acampar com Zed e Elijah. Ela desenvolveu um coração ontem à noite e concordou em me deixar passar alguns dias fora. Acho que minha aparência deve estar péssima depois do funeral de Vika.

Quase me sinto mal por mentir para ela.

Vamos nos encontrar na casa de Elijah. De lá, pretendemos pegar as *hoverbikes* da família dele para acampar nas montanhas Rochosas, como costumamos fazer de meses em meses. Zed e Elijah vão mesmo para lá. Vão levar meu DataLink para o caso de mamãe resolver me rastrear.

Enquanto isso, vou pegar um avião hipersônico para Geórgia. Com sorte, estarei de volta em algum momento hoje à noite. Ou, ao menos, em alguns dias.

A multidão dispersa por tempo o bastante para que eu vislumbre um brilho de cabelos louros. Exatamente como os de Vika. Quase chamo seu nome. Em vez disso, fecho os olhos por alguns segundos. Não era Vika. Da mesma forma como não era ela na cerimônia do funeral. Embora eu tenha chegado atrasado, todas as outras pessoas viram seu corpo antes de ser levado para a cremação. Um dos possíveis efeitos colaterais de se tomar Apaziguante demais é ter alucinações. Sei que tomei demais na última semana.

Depois de pegar o Maglev e cruzar a cidade, saio e caminho alguns quarteirões até a casa de Elijah. Já fiz este caminho incontáveis vezes antes, mas ainda olho maravilhado para as construções. São todas enormes, em grandes terrenos ajardinados. Como papai costumava dizer, não se pode esconder dinheiro. E a família de Elijah definitivamente o tem. Sua bisavó ajudou a desenvolver os Cronobands.

Uma empregada abre a porta e me informa que Elijah e Zed estão me aguardando no salão de jogos, onde geralmente ficamos. Tenho que passar por vários cômodos antes de chegar lá. Cada um está recheado com os *gadgets* mais recentes, ou artefatos históricos de valor incalculável.

Encontro Elijah sentado na extremidade de um sofá azul-escuro em forma de U. Ele assiste a um vídeo na TeleNet gigante. Zed está a sua frente, usando um par de óculos para Jogos de Simulação.

— Cara, você tem certeza de que quer fazer isso? — pergunta Elijah.

— Tenho. Eu preciso fazer — respondo, me apoiando na lateral de uma mesa de bilhar antiga.

— Mas você pensou direito em tudo mesmo?

Zed tira os óculos.

— E o que devemos fazer se a sua mãe chamar pelo DataLink?

— Não sei — respondo com irritação. Ontem, estavam me dando todo o apoio. Disseram que eu tinha que descobrir a verdade. Arranco o DataLink do braço e o lanço para Zed. — Não atenda. Ela provavelmente ligará para um de vocês, então podem dizer a ela que o meu deu problema ou coisa assim.

Elijah franze a testa.

— E você acha que ela vai acreditar? É da sua mãe que a gente está falando.

Tento não revirar os olhos.

— Já entendi o que vocês estão dizendo, mas não é como se a gente estivesse saindo para fazer algo incomum. Acampamos o tempo todo.

— Só que dessa vez você não vem junto — resmunga Elijah. Ele se aproxima de mim e tira um DataLink novo do bolso. — Toma aqui o substituto. Está me devendo trezentos créditos.

— Obrigado — digo ao prendê-lo ao braço. — Olha, tenho que ir. O voo sai em menos de uma hora.

— Estou com um mal pressentimento, cara. — Elijah pousa a mão em meu ombro. — Você quer mesmo fazer isso?

— Você parece a minha mãe — digo.

— Droga, Bridger. Golpe baixo — diz Zed com um sorrisinho. Ele fica de pé e se espreguiça.

Elijah desvia o olhar de mim para Zed e ri.

— Realmente.

— Gente, não vai acontecer nada de ruim. Minha mãe acha que estou com vocês. Vou rápido até Geórgia, salto o tempo necessário para ver se o papai está lá e estarei de volta antes que percebam.

— É, você até poderia ser capaz de fazer isso se tivesse um Cronoband — pondera Elijah. Ele olha sério para mim, o maxilar retesado.

Ele está certo, mas ninguém tem acesso a Cronobands a menos que vá pela Academia ou pelo DAT. Sem exceções.

Enquanto tranquilizo meus amigos mais uma vez, ignoro a pequenina voz dentro de mim dizendo que estou mentindo. Com saltos livres, nada é garantido. É algo que jamais consideraria usar em circunstâncias normais. Agora, no entanto, é a única opção que tenho.

— Vamos — digo, seguindo para a porta. — A gente tem que sair junto se quer que isso dê certo.

— Verdade — concorda Zed.

Os dois lançam os portacoisas sobre os ombros e me seguem. Elijah para na sala de jantar e avisa aos pais que estamos de saída. Quase chegamos à porta da frente quando um grito lancinante ecoa pela casa.

— Bisa à solta? — indaga Zed a Elijah.

Ele tenta responder, mas passos começam a bater no chão atrás de nós. Viramo-nos para ver uma mulher descer correndo as escadas.

Parece estar na meia-idade, mas sei que não é o caso. É a bisavó de Elijah, a pioneira do Cronoband.

Ela também é um clone.

Meu pulso dispara vendo-a desta forma.

Depois de tantos clones enlouquecerem, a maioria foi internada à força pelo governo. Aqueles que tinham dinheiro o suficiente podiam se dar ao luxo de receber tratamento em casa.

— Alguém me ajude! — berra. — Estão tentando me matar!

Duas pessoas estão atrás dela: uma enfermeira jovem e outra mulher. É a avó de Elijah. Parece mais velha do que a própria mãe. E extremamente confusa.

A avó de Elijah grita:

— Mãe, espere, por favor. Ninguém está tentando machucá-la.

Elijah solta um suspiro pesado.

— Só um minuto, gente.

Sinto-me impotente enquanto ele volta e espera ao pé da escada. Sua bisavó para de correr, olhando de Elijah para a mulher atrás dela várias vezes.

— Me deixem em paz! Só me deixem em paz! — Elijah começa a gritar depois.

As mulheres finalmente a alcançam. A avó de Elijah murmura algo reconfortante. A enfermeira tira uma seringa mínima do bolso e a enterra no pescoço da bisavó. Em segundos, os berros cessam. Elijah sobe a escada para abraçar a avó e beijar a outra na bochecha. Ela apenas fita o espaço adiante sem expressão.

Depois de a levarem de volta para cima, Elijah se junta a nós.

— Desculpem por isso. Vocês sabem como é quando a vovó e a bisa vêm visitar.

Menos de duas horas depois, desembarco do avião hipersônico em Athens, Geórgia. Como o terminal de Nova Denver, este está lotado. A diferença é que há mais Puristas aqui. Nem sempre é fácil identificá-los, mas os daqui se destacam como um Jumbotron piscando no céu da noite. Escancaradamente acima do peso, mostrando sinais de envelhecimento precoce ou saúde ruim, recusam constantemente os benefícios da modificação genética. E sempre fedem a suor. Bando de idiotas.

Os Puristas lançam olhares enojados a mim. Provavelmente porque estou com o uniforme da Academia. Devia ter usado roupas normais, mas preciso do manto para quando chegar a 2013. Se tivesse conseguido uma Joia de Ilusão, ou Joilu, não precisaria do uniforme. Tratam-se de dispositivos de encobrimento implantados em joias. O governo as proibiu pouco depois de serem comercializadas para a população em geral. Argumentaram que estimulavam a conduta criminosa.

— Abominação — diz alguém atrás de mim. Viro-me, mas quem quer que tenha sido não me confronta. Já imaginava. Puristas gostam de rosnar e protestar em grupos grandes. Individualmente, são covardes. Sabem que qualquer um que tenha sido modificado poderia facilmente acabar com eles.

Demoro mais meia hora para pegar a nave para Willow Creek. Fico surpreso ao saber que a casa da fantasma continua intacta. Era uma pousada em sua época. Agora, é um museu coordenado por uma sociedade histórica. E sequer é uma das boas. É controlada por Puristas, o que significa que fazem visitas e palestras. Não há simulações virtuais mostrando como era a vida no passado, o que tornaria a experiência um milhão de vezes melhor. Como já disse, os Puristas são um bando de idiotas.

Fico em frente ao museu por algum tempo. Tem três andares, com largos pilares brancos ao longo da varanda da frente. Parece em ótimo estado para algo tão antigo. Acho que os Puristas se importaram o bastante para mantê-lo perfeito.

Um caminho de pedra corta os dois lados do imóvel. Escolho o da esquerda, que acaba em uma entrada para carros estreita. Um grupo de turistas está na varanda dos fundos escutando a um palestrante gorducho que já apresenta sinais de calvície. Não entendo como aguentam ficar acordados.

Meu DataLink toca. É Zed. O que pode querer agora? Aceito a chamada e sei imediatamente que há algo de errado. Seu rosto está contraído de preocupação.

— Cara, sua mãe sabe — diz ele. — Ela nos ligou, e dissemos que você tinha estragado o DataLink sem querer. Mas ela não acreditou quando dissemos que você tinha saído para arranjar umas linhas de pesca.

Fecho os olhos por um segundo e praguejo em voz baixa.

— E aí, o que ela fez?

Zed respira fundo e responde:

— Não foi nada bom. Mandou um dos colegas que é Manipulador de Espaço vir procurar você.

Uma dor difusa começa a pulsar atrás de minha cabeça. Não posso acreditar. Por que ela tem sempre que arruinar tudo?

— Aí ela fofocou para nossos pais que estávamos acobertando você. Eles estão furiosos. A gente tem que voltar para Nova Denver em uma hora.

— Vocês falaram para onde eu ia?

Zed balança a cabeça.

— A gente disse que você não contou. Mas e se ela colocar um Manipulador de Mentes para nos interrogar?

Quero morrer. Nunca passei por uma sondagem mental, mas ouvi que é como se perfurassem seu crânio com facas. Não queria que algo assim acontecesse. A única coisa boa é que não cheguei a dizer a Zed e Elijah qual era meu ano-alvo.

— Sinto muito mesmo — digo. Começo a falar outra vez, mas fico paralisado quando três Manipuladores do Espaço materializam-se perto da floresta atrás do museu. Seus uniformes são cinza-escuro, o que significa que são militares. Minha boca fica seca. Por que diabos militares se envolveriam? Eles me avistam e começam a correr.

A regra é procurar um local isolado para fazer o salto, de modo que não se reapareça no mesmo lugar que uma pessoa ou objeto, mas não tenho tempo para isso. Os Manipuladores apontam Estuporadores em minha direção. Tenho que saltar agora.

Trêmulo, fecho os olhos e repito "4 de julho de 2013, 4 de julho de 2013, 4 de julho de 2013". Prendo a respiração.

Em seguida, não há nada senão o Vácuo. Não há luz, som, nem ar.

Meus pulmões estão prestes a explodir.

Abro os olhos para a escuridão.

Jamais fiz um salto para tão longe no tempo, muito menos sem um Cronoband. Devo ter feito algo errado. Vou morrer. Luto contra o desejo desesperado de respirar.

De repente, surgem claridade forte e oxigênio. Arfo e inspiro uma lufada de ar. Aromas rodopiam a meu redor — grama recém-cortada e algo floral. E há um ruído estranho, como um chiado mecânico, seguido pelo som de cascalho esmagado. Olho para a direita. Um veículo antiquado está a poucos metros de mim.

E vem em minha direção.

14

**BRIDGER
10 DE ABRIL, 2013**

Os freios gritam ao mesmo tempo em que mergulho para fora do caminho do veículo. Sinto a dor subir pela lateral esquerda do corpo ao tombar no chão.

O motor é desligado. Em seguida, ouço uma mulher gritando:

— Ai, meu Deus!

Passos ecoam ao redor da caminhonete. Olho para baixo. Merda, continuo visível. Isto não pode estar acontecendo. Largo o portacoisa e me viro de barriga para cima. Um fogo abrasador incendeia meu joelho esquerdo. Fico parado e espero a dor passar.

O fantasma, uma mulher de cabelos castanhos-claro cacheados, ajoelha-se a meu lado.

— Mil desculpas, não vi você. Está tudo bem?

— Tudo — respondo entredentes. Tenho que sair de perto dela antes que contamine a linha do tempo. Falar com fantasmas é proibido.

— Tem certeza? — Ela se inclina para olhar meu rosto. — Acha que quebrou alguma coisa?

Balanço a cabeça em negativa. Tento me sentar, mas a dor no joelho me impede. Volto a me deitar e expiro algumas baforadas de ar.

A mulher procura algo nos bolsos, resmungando para si mesma.

Outra voz chama de algum lugar atrás dela.

— O que aconteceu? — É uma voz suave, com traços de medo.

A mulher olha para trás.

— Ligue para a emergência.

De jeito algum. Não posso deixá-la envolver mais pessoas.

— Por favor, não. Estou me sentindo melhor. Só preciso descansar um minuto.

O que preciso fazer é tentar andar e avaliar o estrago em meu joelho. Se não for grave, vai estar curado em poucas horas. Graças a todas aquelas modificações genéticas que os Puristas tanto odeiam. Tento me sentar novamente, mas paro ao ver com quem a mulher falava. Meu queixo cai. Devo parecer tão descerebrado quanto um Nulo, mas não posso evitar.

É o fantasma que papai queria que eu salvasse, Alora. E se parece tanto com Vika que não consigo respirar.

— Tem certeza de que está bem mesmo? Parece até que viu um fantasma — diz a mulher, as sobrancelhas unidas com preocupação.

Você nem faz ideia, quero dizer.

— Acho que devia ir ao médico.

— Não, juro, está tudo bem — garanto, tentando ignorar o suor frio grudado em minha pele. — Só preciso andar para passar.

Ela morde o lábio e fica de pé.

— Não sei, não.

— Tia Grace, o que aconteceu? — indaga Alora com voz mais firme.

A mulher, Grace, olha para a menina.

— Estava dando a ré e quase o atropelei. Juro que não o vi. Parece até que surgiu do nada.

Solto uma risada abafada. Não foi muito inteligente, mas não pude evitar. Ela está certa e sequer se dá conta disso.

— Então é para ligar para a emergência ou não? — Alora ergue o telefone. Olho boquiaberto para ele, fascinado. Não imagino como seria ter que carregar algo assim para todos os lugares. DataLinks são bem mais eficientes.

— Não — respondo antes de Grace. Estendo a mão direita em sua direção. — Será que uma de vocês pode me ajudar aqui? — Elas olham para mim como se eu tivesse criado um terceiro olho, então acrescento: — Por favor?

Grace suspira e segura minha mão. O joelho lateja enquanto sou puxado para me levantar. Balanço um pouco, mas me forço a me endireitar. Ficar de pé é a melhor coisa que posso fazer. Viro-me e dou um passo hesitante. A dor ainda é aguda. Dou alguns passos mais e tropeço. Queria que não estivessem me observando. Queria que sequer pudessem me ver.

— Ah, pelo amor de Deus, você precisa é se sentar — diz Grace, que agora está ao meu lado. Seus olhos se voltam para Alora. — Me ajude a levá-lo lá para dentro.

— De verdade, não precisa — afirmo enquanto Grace gentilmente segura meu braço esquerdo. Alora pega meu portacoisa antes de dar apoio a meu outro braço. O primeiro impulso é me desvencilhar, mas o olhar de Grace me diz que não vai aceitar não como resposta.

Alora revira os olhos e balança a cabeça. Eu a encaro, incapaz de desviar o olhar. O rosto é mais redondo, e os olhos são de um tom mais claro de azul, mas a semelhança com Vika é inegável.

— Fique quieto agora — diz Grace. — Quase o matei, então pelo menos você pode me deixar cuidar um pouco de você.

A escada da varanda dos fundos range conforme subimos. Odeio admitir, mas fico feliz por ter ajuda. Subir mancando os poucos degraus faz meu joelho doer ainda mais.

Elas me acompanham até um cômodo na parte da frente da casa, que deveria reproduzir algo do fim do século XIX. Solto um grunhido de alívio enquanto Grace me ajuda a esticar as pernas sobre o sofá e ordena que eu me incline para a frente. Ela coloca uma almofada atrás de minhas costas.

Alora está a alguns passos de distância, me observando. Sorrio para ela, que rapidamente desvia o rosto. Definitivamente diferente de Vika — ela sempre sustentava meu olhar. Mesmo quando eu a pegava olhando para mim antes.

— Pronto, está bom assim? — pergunta Grace depois de ter acabado de me ajeitar.

— Sim — respondo.

— O joelho ainda está doendo?

— Não, ele não dói se não me mover.

— Ótimo. — Grace bate palmas. — Aposto que está com sede. Você gosta de chá gelado? — Não faço ideia, jamais experimentei. Antes que eu possa responder, ela anuncia: — Vou fazer um pouco. Demora só alguns minutinhos.

Ela sai do cômodo, me deixando a sós com Alora. A garota abre a boca de leve, olhando na direção da porta. É como se preferisse fazer qualquer outra coisa a ficar aqui comigo.

Depois olha para o portacoisa em suas mãos.

— Acho que você precisa disso — diz, deixando-o a meu lado.

— É. Obrigado por trazer aqui para dentro.

— Não foi nada. — Ela recua para o outro lado da mesinha em frente ao sofá e se senta em uma cadeira verde. — Então, qual é o seu nome?

— Bridger.

— Prazer em conhecê-lo. O meu é Alora Walker, e a senhora maluca ali se chama Grace Evans, minha tia.

Assinto como se já não soubesse disso. Não deveria dizer coisa alguma, mas não quero me comportar como um babaca ingrato. Alora e Grace estão tentando ser amigáveis. Deveria responder com igual cortesia, ainda que não devesse sequer estar falando com elas.

— Prazer em conhecer vocês também.

Ficamos em silêncio por um tempo, olhando um para o outro. Em seguida, ela pergunta:

— De onde você é?

Fecho os olhos. Deveria saber que iria perguntar algo assim. E preciso lhe dar uma resposta. Acho que o melhor é me ater ao que é mais próximo da verdade.

— De Denver.

Ela se inclina para a frente.

— Sempre quis ir para lá.

— Para onde? — indaga Grace ao voltar rapidamente para a sala. Ela traz uma bandeja de prata com três copos longos cheios de chá. Deixa a bandeja sobre a mesa e entrega um copo a Alora e outro a mim antes de se sentar em uma cadeira perto da sobrinha.

— Denver — responde Alora, virando-se para a tia. — Bridger é de lá.

— Ah, que agradável. — Grace toma um gole da bebida e sorri. — E o que o traz a Willow Creek, Bridger?

Giro o copo gelado na mão e o encaro. Por que as mulheres querem sempre saber cada mínimo detalhe a respeito de tudo? Não importa qual seja a época, são sempre iguais. Olho para cima e encontro as duas aguardando minha resposta.

— Hum, estou aqui... — O que posso dizer? É então que a resposta se materializa em minha mente. — Estou aqui procurando meu pai. Ele está desaparecido.

— Meu Deus, o que aconteceu? — pergunta Grace.

— Ele desapareceu uns meses atrás.

— Por que você acha que ele está aqui? — indaga Alora.

Caramba. É como se eu estivesse sendo submetido a um interrogatório.

— Encontrei uma mensagem que alguém mandou para ele. Indicava que poderia estar aqui, aí achei que podia vir para descobrir.

Grace solta um ruído de reprovação e coloca o chá sobre a mesa.

— Isso é horrível. Espero mesmo que você o encontre logo.

— É, eu também.

— Então você veio aqui porque quer alugar um quarto? — pergunta Grace.

Quase disparo que não. Mas pareceria estranho aparecer em uma pousada e não querer um quarto. No entanto, não posso ficar. Limpo a garganta e digo:

— Bom, eu ia ver se vocês tinham algum disponível, mas...

— Mas nada. Você fica.

Sabia desde o início que fazer o salto para a data correta seria difícil. Trouxe comigo algumas mudas de roupa, um pouco de Apaziguante e o dinheiro que papai deixou. Os itens deveriam servir para coisas de que pudesse vir a precisar, uma vez que tinha planejado acampar na floresta se fosse necessário esperar alguns dias. Ficar hospedado na pousada nunca fez parte do plano. Interagir com fantasmas nunca fez parte do plano. Mas ferrar meu joelho também não fazia. Vai sarar rápido se não houver maiores danos, mas passar a noite na mata talvez seja complicado demais.

— Pode ser por uma noite. — Eu me pego dizendo, embora saiba que não devia. Estendo a mão para o portacoisa. — Quanto é?

Grace balança a mão para mim.

109

— Nem um centavo. Quase matei você, lembra? É o mínimo que posso fazer.

Alora deixa escapar um som estrangulado. Acho que gostou tanto da ideia quanto eu. Ao menos poderei ficar de olho nela esta noite. Talvez consiga ter uma ideia do que a torna tão especial e descubra quem deve matá-la.

— Está tudo bem, querida? — indaga Grace.

— Sim, senhora. Só engasguei. — Ela gira o copo nas mãos de maneira tensa antes de deixá-lo na mesa.

Grace olha para o relógio.

— Ah, droga, a agência dos correios vai fechar daqui a pouco. — Ela se levanta e me encara. — Era para lá que estava indo quando quase atropelei você. Alora, faça companhia para ele, viu? Volto num piscar de olhos.

Quando Grace parte, Alora pega o celular outra vez. Morde o lábio inferior ao tocar em algo na tela. Surpreendo-me olhando fixamente para sua boca.

Que diabos, Bridger. Pare com isso, ela é um fantasma!

Ela guarda o aparelho no bolso com um grunhido e fica de pé.

— Aconteceu alguma coisa? — pergunto. Sei que não é de minha conta, mas ela não parece feliz. Seu rosto está fechado como se estivesse furiosa, chateada ou os dois.

— Não foi nada. Minha amiga ficou irritada comigo porque saí sem falar com ela e... — Ela balança a cabeça. — Você não vai querer ouvir meu drama. Já tem coisa o suficiente na cabeça.

— Não, não me importo. Não é como se pudesse ir a algum lugar agora. — Aceno com a cabeça para o joelho ferido.

— Verdade — responde ela. — Mas tenho que fazer o meu dever de casa. — Então olha na direção da porta. — É só gritar se precisar de alguma coisa.

Quero lhe pedir para ficar. Mas isso pode deixá-la assustada, vindo de um estranho.

— OK. E obrigado. — Ela segue em direção à escada, mas outro pensamento me ocorre: — Ei, que dia é hoje? Não me lembro exatamente.

— Dia 10 de abril.

É como se o tempo tivesse parado. Pisco algumas vezes. Ouvi direito? Dia *10 de abril?* Não, não pode estar certo. Não pode. Não podemos estar a três meses da data de sua morte.

Meu estômago se contrai, mas forço um sorriso e agradeço novamente. Então deixo a cabeça tombar sobre a almofada assim que ela sai. O pior aconteceu. Poderia tentar saltar agora mesmo, mas seria uma atitude estúpida com o joelho machucado. Tenho de esperar mais um pouco. E também corro o risco de não chegar na data correta novamente. Ou ainda pior, poderia voltar a minha época de origem e enfrentar os Manipuladores de Espaço que o DAT sem dúvidas designou para esta localização. Se tivesse um Cronoband, não teria que me preocupar com isso.

Não tenho escolha. Tenho de permanecer aqui, ao menos até amanhã. Só espero não contaminar a linha do tempo.

Não importa o que eu faça, estou ferrado.

15

ALORA
10 DE ABRIL, 2013

Ao subir a escada, volto os olhos para a porta da sala da frente. Uma pequena parte de mim quer ficar com Bridger como tia Grace pediu. E se ele precisar de algo e eu não o ouvir chamar? Seria péssimo, especialmente porque minha tia quase o atropelou. Fora isso, tem também o fato de que ele é bem bonito. Poderia ficar olhando aquelas covinhas horas a fio.

Balanço a cabeça. Meu Deus, o que estou pensando? A última coisa de que preciso fazer é ficar sonhando com algum garoto novo. Quer dizer, nem morar aqui ele mora. Deve ficar alguns dias e depois partir. Além disso, não se pode confiar nos caras bonitos. É só lembrar do que aconteceu com Trevor. Não acredito que caí na história de que queria me ajudar a estudar. Eu poderia muito bem ter a palavra *idiota* tatuada na testa.

Paro em frente à porta de tia Grace, os dedos pairando sobre a maçaneta. É isso. Ela vai ficar fora por mais ou menos vinte minutos — tempo mais do que suficiente para vasculhar a última gaveta. No instante em que entro, no entanto, meu coração começa a pulsar furiosamente.

— Se controla — murmuro.

Minhas pernas não conseguem me levar rápido o bastante até a cômoda. A gaveta range ao ser aberta. E, pela segunda vez hoje, sinto aquela sensação de levar um soco no estômago.

Está vazia.

Devia ter adivinhado que tia Grace removeria tudo. Ela não confia em mim. Bem, tenho novidades para ela. Não vou desistir. Isso prova que há informações que poderiam me ajudar. Fechos os olhos. Para onde teria levado tudo? Se teve o trabalho de tirar todas aquelas cartas e fotografias antigas dali, certamente não as deixaria em algum outro lugar do cômodo. Os quartos de hóspedes estão fora de questão.

O que me deixa com o sótão.

Abro os olhos e solto um grunhido. Que beleza. Tia Grace mantém a porta do sótão permanentemente trancada. Diz que não há nada lá que seja da conta de ninguém, inclusive da minha. E a chave fica em seu chaveiro.

Preciso de algo para abrir a tranca. Algo como os grampos de cabelo de tia Grace. Vou até a cômoda espelhada que serve de penteadeira. Há uma cestinha de vime repleta de elásticos de cabelo coloridos ao lado da escova. Procuro lá dentro, torcendo para que haja um grampo no fundo, e quase grito *isso* quando meus dedos tocam um deles.

Saio voando do quarto, passo pelo corredor, paro na terceira porta à esquerda e insiro o grampinho na fechadura da maçaneta. Faço movimentos gentis, mas não consigo abri-la. Trinco os dentes e tento uma e outra vez. Nada acontece.

Finalmente, após o que me parece uma eternidade, ouço um pequeno clique e solto um suspiro aliviado. A porta range ao abrir. Olho em volta para me certificar de que estou sozinha antes de dar um passo à frente, parando apenas para fechar a porta.

O ar fica bolorento conforme subo os degraus. Meu corpo se retrai por conta das teias de aranha penduradas acima de mim, e estremeço ao imaginar a sensação de uma aranha se arrastando sobre minha pele.

A luz do sol entra pelas janelas. Não ilumina o lugar inteiro, apenas o suficiente para fazer com que as sombras pareçam mais escuras. Mais teias de aranha ocupam cada cantinho do cômodo. Estremeço novamente enquanto ando devagar pelo lugar, procurando qualquer coisa que pudesse esconder os segredos de tia Grace. O sótão está cheio de móveis antigos, baús e outras quinquilharias, todos cobertos por uma camada grossa de poeira.

Um dos baús chama minha atenção. Não parece antiquíssimo como o restante dos objetos aqui, e, diferentemente de tudo o que vi até então, há marcas de dedos na superfície. Uma sensação estranha de empolgação e nervosismo me domina ao levantar a tampa. Por favor, que seja isto. Por favor.

O interior parece o de um cofre do tesouro de um menino. No topo estão algumas luvas de beisebol velhas, dois tacos desgastados, revistas em quadrinhos rasgadas e algumas camisas desbotadas. Pego uma delas em azul e branco. É uma camisa de beisebol antiga com o nome *Eagles* escrito na frente e o número 3 estampado atrás, abaixo do nome Walker. Deve ter sido de papai. Trago-a para perto e inspiro, torcendo para ainda guardar algum resquício de seu cheiro, um indício de como *ele* era. A decepção me inunda; o cheiro é de mofado, como o do resto do sótão.

Há uma sacola de papel de um lado da pilha. Ela faz ruídos de amassado ao ser aberta. Sorrio quando me dou conta de que está recheada dos retratos e cartas desaparecidos. Boa tentativa, tia Grace.

Tiro a sacola de lá e começo a procurar. Mas então reparo num grande álbum de couro no baú. O nome de papai, Nathaniel, está gravado na capa em letras douradas. A lombada faz um som crepitante quando o abro. As páginas amareladas estão cheias de recortes de jornal, fotografias e outras lembranças de seu passado. Sorrio quando encontro alguns prêmios recebidos por ele quando estava no ensino médio. Teve a maior média em história por vários anos. Definitivamente não herdei isso dele.

Mais recortes de jornais estão colados perto do fim do álbum. O time de beisebol de papai ficou em terceiro lugar no campeonato estadual no segundo ano do ensino médio, e a equipe de cross country recebeu diversos prêmios. A última imagem na página mostra meu pai ao lado de outro garoto. Ambos erguem troféus. Inclino o corpo para a frente, examino o rosto do segundo menino e leio o nome na legenda: John Miller. Ele me parece familiar. Onde já o vi? É então que me dou conta: é o mesmo homem que está ao lado de papai no retrato que roubei do quarto de tia Grace.

Quase deixo o álbum cair quando a porta do sótão faz um rangido e passos martelam a escada, seguidos da voz de tia Grace chamando:

— Alora Walker, é bom que você não esteja aqui.

Não! Não é possível que já esteja de volta. Meu corpo entra no modo piloto automático. Guardo a foto de papai e John Miller no bolso. Recoloco tudo dentro do baú. Em seguida, viro a cabeça para todos os lados, procurando algum canto onde me esconder. Há uma cadeira antiga do outro lado do cômodo. Mal tenho tempo de me espremer no espaço estreito atrás dela quando tia Grace surge no topo dos degraus.

Prendo a respiração e espio pela lateral. Ela para em frente ao baú. Espero que não dê para perceber que eu estava mexendo nele. Ela o abre e examina o interior. Os segundos se transformam em minutos. Tenho a sensação de que meu peito vai explodir. Quando acho que não conseguirei aguentar mais, ela abaixa a tampa. Permaneço imóvel até ouvir a porta se fechar outra vez. Depois, solto o ar.

Essa foi por pouco.

Terei que inventar alguma mentira a respeito de onde estava. Tia Grace certamente já olhou no quarto, mas deixarei para pensar nisso quando tiver saído daqui. Corro até o baú e recupero o álbum. Quero deixá-lo em meu quarto.

Uma luz fraca atravessa as frestas ao redor da porta ao pé da escada. Tudo o que quero é sair sem ser notada, voltar a meu quarto e folhear o álbum com mais atenção. Com sorte, tia Grace estará ocupada com Bridger e não voltará a me procurar.

Giro a maçaneta, mas ela não se move.

— Ah, não — balbucio, tentando novamente.

Não abre.

Desabo no degrau e esfrego a testa com a mão. Se bater na porta e gritar, tia Grace vai saber que estava me escondendo dela e bisbilhotando. Está fora de questão se quiser voltar a olhar dentro do baú de papai.

Permito-me um momento de autopiedade antes de subir as escadas. Não vai ser sentada que conseguirei sair daqui. Caminho até a janela mais próxima, que dá vista para a frente da pousada. A longa entrada de cascalho para carros se estende em direção à estrada, e algumas poucas árvores salpicam o gramado amplo. Passo os dedos pela vidraça. Por mais que odeie a realidade, esta é minha única saída.

Vou até o outro lado do cômodo e espio pela janela que dá para a lateral direita da pousada. Uma magnólia cresce a cerca de quatro metros de distância. Não é uma árvore muito antiga — o topo da copa mal alcança o telhado. Mas eu poderia saltar para ela e descer.

Meu coração bate furiosamente no peito ao pensar em andar pelo telhado. Pelo telhado de uma casa de três andares. E ainda pular do referido telhado para a árvore.

Recuo um passo e me escoro numa caixa empoeirada, as pernas subitamente bambas. Talvez devesse ceder e pedir ajuda. Seria a coisa mais inteligente a fazer. A mais segura. Mas acabaria com minha única chance de descobrir a verdade.

Estou por minha conta.

Antes que possa mudar de ideia, pouso o álbum no chão e volto para a janela. Minhas mãos tremem ao abrir a tranca e erguer a vidraça pesada. Por um instante, ela se recusa a se mover. Quase desisto. Quase. Trincando os dentes, empurro com mais força. Com um rangido, a janela sobe. Dou um passo para trás quando sinto uma brisa quente soprar contra meu rosto. Minha pele se arrepia toda.

Penso em deixar o álbum para trás, mas não sei se poderei voltar. Se o jogar nos arbustos, talvez consiga deixá-lo intacto. Só espero que *eu* consiga descer inteira da árvore.

A janela fica perto da beirada do telhado. Depois de pousar o álbum de couro sobre as telhas, me arrasto para fora e sento no peitoril, tentando juntar coragem para me mover. De dentro do sótão, a vista não era tão ameaçadora. Agora, sinto como se estivesse à beira de um abismo sem fim, esperando para despencar para a eternidade. Não consigo me mover. Não consigo respirar. Ainda que quisesse, sei que não conseguiria gritar ou berrar. Dentro da minha cabeça, no entanto, a história é outra. Enquanto fito o chão, desejando que já estivesse sã e salva lá embaixo, escuto a mim mesma pedindo *alguém me ajude, por favor.*

Passo pela lateral da mansarda e pego o álbum. Como meus pais não fazem parte de minha vida e não sei se continuam vivos, já imaginei algumas vezes como eu morreria. E obviamente o dia chegou, pois acho que jamais sairei deste lugar. Estou provavelmente infartando. Se não morrer de infarto, talvez morra caindo do telhado e quebrando o pescoço. Ou poderia permanecer aqui em cima e morrer de fome.

A respiração se torna mais difícil, mas me agarro ao álbum como se pudesse salvar minha vida. A escuridão recai sobre mim. Fecho os olhos, rezando para que minha morte não seja muito dolorosa.

16

BRIDGER
10 DE ABRIL, 2013

—Não consigo encontrar Alora — diz Grace ao entrar na sala. Ela tem uma expressão de pânico no rosto.

Quando retornou do compromisso mais cedo, ela parecia chateada porque a sobrinha não estava comigo. Em seguida, foi procurá-la. Fiquei irritado porque *finalmente* conseguira conectar meu DataLink à antiquada Internet e estava procurando mais informações a respeito de Alora. Tive que me desconectar.

— Tem certeza de que ela disse que ia fazer o dever?

— Tenho. E disse que tinha umas outras coisas para fazer também.

A mulher se senta a minha frente e solta um suspiro.

— É, aposto que tem mesmo. Não sei o que deu nessa menina ultimamente.

Interessante. Quer dizer que Alora tem feito algo fora do comum. Imagino se será o que vai causar sua morte. Quero perguntar a Grace o que quis dizer. Antes que possa fazê-lo, no entanto, ela se lança em um mini-interrogatório.

Dez minutos depois, termina. Agora ela acha que sou um cadete da Marinha de 19 anos que acaba de se alistar e não terá que se apresentar até agosto, mas ainda assim gosta de usar uniforme.

Zed e Elijah se esgoelariam de tanto rir se estivessem aqui.

Grace olha o celular, parecendo preocupada.

— Mandei uma mensagem para Alora há um tempo e ela ainda não respondeu.

Como já estou mentindo, posso muito bem continuar. Qualquer coisa que a faça me deixar sozinho.

— Ouvi um barulho lá nos fundos um tempinho atrás. Parecia uma porta batendo.

— Não me surpreenderia. Alora gosta de correr. — O rosto da mulher se ilumina com um sorriso radiante. Ela se levanta e dá alguns passos em direção à porta. — Vou começar a preparar o jantar agora. Quer alguma coisa?

— Não, obrigado.

— Bem, é só gritar se precisar de algo.

Depois que ela sai, ativo o DataLink outra vez e espero que se conecte ao Wi-fi. Procuro qualquer menção a Alora, mas, como antes, não consigo encontrar coisa alguma. Da mesma maneira como não consegui quando ainda estava em minha época. É muito estranho. Ao longo dos anos, muitos dados foram perdidos durante a conversão da antiga Internet para o novo serviço de DataNet, mas eu deveria ser capaz de localizar informações públicas deste período sobre Alora. É como se ela não existisse... Mas isso é loucura. Ela está bem aqui. Acho que só não se envolve em atividade alguma.

Desativo o DataLink e esfrego o punho na outra mão. Como posso descobrir o que há de tão especial nela se nada sei a seu respeito? Poderia lhe perguntar diretamente, mas sou um estranho. De alguma maneira, tenho que ganhar sua confiança. O que significa interagir ainda mais com ela. Algo que eu não deveria fazer.

Bato com o punho na almofada. O que papai estava pensando? Por que queria que eu salvasse Alora? Alguma peça não se encaixa, mas não consigo descobrir o que é. Uma nuvem paira sobre minha mente, me impedindo de pensar com clareza.

Uma sensação de peso conhecida começa a crescer dentro de mim. Nasce no peito e rapidamente se espalha pelo corpo. Antes de ter um ataque de pânico completo, pego uma dose de Apaziguante no porta-coisa. Assim que o calmante entra no sistema, me recosto na almofada e solto umas baforadas rápidas de ar.

Quando a nuvem se dissipa, volto a me sentar e coloco as pernas no chão. Sinto uma pontada no joelho, mas a dor já não é tão forte. Se eu o deixasse para cima mais um pouco, poderia passar mais uma hora sem sentir quase nada. Seria o mais inteligente a se fazer. Mas agora preciso encontrar Alora. Quanto mais rápido entender o que há com ela, mais rápido descubro por que papai queria salvá-la. Então poderei voltar para casa.

Pego o portacoisa e saio mancando do cômodo. Grace cantarola desafinada uma canção na cozinha, e em seguida ouço um estrépito. Tenho um sobressalto e me apresso para a porta da frente. Preciso sair para poder usar o rastreador em meu DataLink e saber se Alora está por perto. Poderia usá-lo do lado de dentro, mas a última coisa de que preciso é que Grace entre enquanto uma representação holográfica de sua casa paira por sobre meu braço. Tenho certeza de que iria surtar e não tenho um Apreensor de Lembranças comigo para apagar sua memória.

O joelho já voltou a latejar quando chego à varanda da frente. Desabo na cadeira de balanço mais próxima e estendo a perna. As coisas vão de mal a pior. Ainda que consiga rastrear Alora, como chegarei até ela com o joelho arrebentado? Um adesivo médico ajudaria, mas não trouxe um. Pelo menos me lembrei do Apaziguante. Posso ignorar a dor se necessário, mas não funciono sem meu Apaziguante.

Ativo o DataLink e abro o rastreador. Um globo holográfico aparece sobre o aparelho. Insiro as coordenadas e o globo é substituído por uma representação da pousada. Amplio os parâmetros de busca para abranger até oitocentos metros de área ao redor do imóvel. Depois o programo para exibir apenas sinais de vida humana. Três pontos vermelhos surgem diante de mim. Grace na casa, eu na varanda e outro no telhado. Franzo a testa. Não pode estar correto. A porcaria do rastreador só pode estar com defeito. O ponto tem de ser Alora, mas o que estaria fazendo no telhado? O mais provável é que esteja no sótão. Isso explicaria por que a tia não a encontrou antes.

Desativo o rastreador. Poderia subir e tentar convencer Alora a conversar comigo. Mas o que diria?

E é neste instante que a vejo. Em um momento estou só; no seguinte, ela está sob uma árvore. Pisco algumas vezes, pensando que estou novamente tendo alucinações. Mas não, ela continua ali.

E não está se movendo.

Ignoro a dor pulsando no joelho e me apresso para alcançá-la. Ela está agarrada a um livro grosso, completamente imóvel. Como se estivesse morta. A bile chega à garganta. É como olhar para o que já aconteceu, quando era Vika estirada a minha frente. Inerte.

Mas esta não é Vika.

O peito de Alora se eleva lentamente, como se estivesse apenas tirando um cochilo. Olho fixamente para ela, depois para o telhado. Se caiu de lá, não estaria deitada aqui, tão tranquila. E sei o que vi. Ela não caiu. Materializou-se diante de mim. Balanço a cabeça, incrédulo.

É uma Manipuladora de Espaço.

Durante meu primeiro ano na Academia, aprendi que pessoas que nascem naturalmente com os Talentos existiram ao longo de nossa história. Entretanto, são extremamente raras. Uma das tarefas do DAT é as identificar. Obviamente, Alora é uma delas, mas isso ainda não explica por que papai queria salvar sua vida. Não faz sentido.

Também me pergunto se ela própria sabe. Ela desmaiou, o que indica que as habilidades estão emergindo. Se souber o que está acontecendo, tudo certo. Se não, tenho que fingir que não suspeito de nada. Não posso mudar o que já aconteceu.

Ela emite um gemido e relaxa os dedos que seguram o livro. Ele desliza para o chão, e seus olhos subitamente se abrem. Estão fixos em mim.

— Ai, meu Deus. — As mãos voam para o rosto ao se sentar, olhando para o telhado. — Ai. Meu. Deus.

É, ela definitivamente não sabe que é uma Manipuladora de Espaço.

O rosto fica ainda mais pálido do que já é. Ela mantém os olhos — que lembram tanto os de Vika — cravados nas telhas.

— O que aconteceu?

Fico surpreso ao perceber o quanto quero lhe dizer a verdade. Qualquer coisa para varrer o medo de seu rosto. Mas não posso.

— Não sei. Acabei de sair e encontrei você aí.

— Mas eu... Eu não entendo.

Alora está em choque. Conheço o sentimento. Tive dificuldades para processar as coisas quando saltei no tempo pela primeira vez, e olha que eu sabia o que estava acontecendo. Sequer posso imaginar como deve estar sendo para ela, ciente de que há algo de estranho e ainda assim não sabendo o que é. Tem que estar surtando. Não é de se admirar que Grace suspeite que ela esteja com algum problema.

Mas isso ainda não responde minhas perguntas. É, ela é uma Manipuladora de Espaço nata. Mas preciso descobrir o que a liga a meu pai.

Alora se levanta e se inclina para recuperar o livro.

— Aonde você vai? — pergunto.

Ela segue a passos largos na direção da varanda da frente e responde sem olhar para trás:

— Tenho... Tenho mesmo que estudar. A gente se vê na hora do jantar.

Espero até ela ter entrado antes de fazer o caminho de volta, mancando. Começo o movimento para me sentar outra vez, mas mudo de ideia. Não posso passar a noite aqui, nem esta nem qualquer outra. Aceitar a oferta de Grace foi estupidez. O que preciso fazer é saltar para uma data mais próxima da morte de Alora. Mesmo que acabe caindo alguns dias, ou mesmo uma ou duas semanas antes do tempo, é melhor do que estar preso em abril. Parte de mim não quer tentar — definitivamente existe o risco de reaparecer em minha época. Não posso, entretanto, perder três meses de vida ficando aqui.

Depois de pegar o portacoisa, sigo para o bosque próximo da casa e paro pouco depois de entrar. Fecho os olhos e esvazio a mente. Obrigo o corpo a relaxar e visualizo "4 de julho de 2013" na cabeça.

O ar escapa de mim ao entrar no Vácuo.

Estou só. Estou em Lugar Nenhum.

O corpo fica tenso. Tem que dar certo. Tenho que chegar ao dia 4 de julho.

O sol está baixo no céu quando surjo. Qualquer que seja a data, está mais cedo do que quando parti. Respiro fundo, saboreando o oxigênio que circula em meus pulmões.

A primeira coisa que noto é a ausência daqueles veículos antigos. A segunda é um homem de olhar preocupado de pé na varanda da frente da pousada, falando com alguém de uniforme azul-marinho. Abafo um grunhido. É o guia do passeio de minha própria época e um militar do DAT.

Em seguida, ouço uma voz atrás de mim ordenar:

— Mãos ao alto.

17

ALORA
11 DE ABRIL, 2013

O sinal anunciando que terminaram as aulas de hoje toca, encobrindo um ronco alto do meu estômago. Graças a Trevor, tive que fugir do almoço e me esconder na biblioteca. Desde o primeiro momento em que pisei no campus, parece que ele está em todo lugar. E não tenho vontade alguma de falar com esse garoto. Nunca mais. Queria que ele simplesmente entendesse o recado.

Deixo os livros no armário e me apresso em sair. Só quero chegar em casa e procurar um meio de contatar John Miller. Não consegui me concentrar em coisa alguma ontem depois de desmaiar. Como poderia? Quer dizer, como diabos consegui descer do telhado sem morrer?

Achei que aquele garoto, Bridger, pudesse ter visto como foi. Mas quando desci para a sala, tia Grace tinha acabado de perceber que ele havia partido sem ao menos nos dizer e começou a surtar. Levamos uma hora passando o pente fino na casa para nos certificar de que nada tinha sido furtado. E nada foi.

A tensão que estava sentindo evapora no instante em que dou um passo para fora da escola. Trevor deve ter finalmente entendido que não o quero por perto. Fico quase bem-humorada ao me juntar ao grupo que segue para o estacionamento. A última aula de Sela é do outro lado do campus, portanto ela levará mais alguns minutos para chegar ao carro.

Contorno o prédio e paro de repente quando vejo quem está logo a minha frente — Trevor e Naomi. E, como uma idiota, fico lá parada, congelada.

O rosto de Naomi está corado enquanto fala com ele. Não consigo entender o que diz, apenas distingo as palavras "seguindo" e "preciso de você". Ela esfrega os olhos, não se importando com o fato de que está chorando à vista de todos, e fala mais alto:

— Me escuta, por favor. — Ela pousa a mão no peito de Trevor. Ele apenas a tira.

Pergunto-me por um instante por que ela está agindo como uma desesperada e por que sente a necessidade de seguir Trevor. Naomi é linda e poderia conseguir o cara que quisesse. Mas não é da minha conta. O que tenho de fazer é sair daqui antes que Trevor me veja. A última coisa de que preciso é me meter em qualquer que seja o drama que está acontecendo entre os dois. Mas então ele levanta o rosto e crava os olhos em mim. Diz algo a Naomi e vai embora. Seguindo em minha direção.

Adeus, bom humor.

Obrigo-me a sair dali antes que ele possa me alcançar. Se não houvesse tanta gente ao redor, ficaria tentada a correr, mas seria ridículo. Além disso, não é como se eu pudesse me esconder dentro do carro de Sela. As chaves estão com ela.

Estou quase no estacionamento quando ouço Trevor chamar logo atrás de mim:

— Alora, espera!

Ah, isso vai ser divertido. Paro e lentamente o encaro.

— Você não me ouviu chamando?

— Não — minto, mantendo os olhos fixos a minha frente. Vou matar Sela se ela não chegar logo.

— Sinto muito por ontem. Estava tentando me desculpar, mas você ficou me evitando por algum motivo. — Trevor abre um sorriso que provavelmente faria qualquer outra garota se jogar em seus braços.

Mas não eu. Eu me viro e volto a andar.

— Ei — diz ele, entrando no meio do meu caminho. — Será que não dá para conversar comigo um minuto?

Penso em contorná-lo, mas seria inútil. Obviamente ele vai me importunar até eu parar.

— OK. O que você quer?

Ele passa as mãos pelo cabelo.

— Não dá para acreditar que está zangada porque saí aquela hora para falar com Naomi. Achei que não era nada demais.

— Você deve achar que sou a garota mais idiota do mundo.

— Do que você está falando? Ela estava tentando provocar você, então dei um jeito nela. — Trevor franze a testa. — Você queria cuidar dela sozinha?

OK, então vai mentir. Melhor terminar esta conversa antes que se alongue.

— Ouvi o que você disse para a Naomi.

Ele inclina a cabeça para o lado.

— Ouviu o quê?

— Você falando para ela que me encontrar era uma piada. — Minha voz se eleva na última palavra. Duas meninas passando nos olham. Quando se distanciam, continuo: — Depois disso, fui embora. Simples assim.

Tento me livrar dele, mas Trevor ergue a mão para impedir.

— Opa, acho que você escutou errado.

Algumas pessoas dizem que o sangue ferve quando ficam com raiva. Agora entendo o porquê.

— Como é? Eu definitivamente *não* escutei errado.

Ele esfrega a nuca.

— Estou ferrando tudo. Quis dizer que você deve ter entendido mal o que falei. Não disse a Naomi que encontrar você era uma piada.

— Sei o que você disse.

— Alora, falei que *não* era uma piada. Naomi achou que eu estava indo me encontrar com você para deixá-la irritada, mas não era isso. — Ele sorri novamente, estendendo a mão para tocar meu braço. Recuo com violência. O sorriso se desfaz, e ele murmura: — Sinto muito mesmo. Queria que você tivesse me dito. Isso tudo é um mal-entendido gigante.

Sério? Acha mesmo que sou tão ingênua? Começo a lhe dizer exatamente o que pode fazer com aqueles seus sorrisos e desculpas quando uma voz aguda me interrompe.

— Mas que diabos você está fazendo? — Kate chega por trás do irmão, olhando feio para ele.

— Do que você está falando? — pergunta ele, encarando-a.

— Você vai mesmo correr atrás dela? — Kate gesticula para mim com um movimento de pulso.

— Não é da sua conta, nem da de ninguém.

— Tenho certeza de que mamãe não vai concordar. Vai morrer quando descobrir que você está atrás do lixo de sobrinha da Grace.

Meu queixo cai enquanto tento formular uma resposta arrasadora, mas Trevor diz em voz baixa:

— E quem vai contar para ela? Sei de muito podre seu, então é melhor ficar de boca fechada se sabe o que é melhor para você.

— Problema seu. Divirta-se. E quando pegar alguma doença nojenta, não venha chorar para mim. — Ela dá as costas, os cabelos escuros se agitando atrás dela, e sai marchando de volta para a escola.

Trevor balança a cabeça.

— Desculpa. Kate e Naomi são grudadas desde que me lembro.

— Bom para elas. — Eu me viro outra vez. Talvez agora consiga chegar ao estacionamento.

Trevor me segue.

— Olha, não se preocupe com Naomi. Vou cuidar dela. — Olho para ele, que fita o chão, o maxilar trincado.

— Como assim?

— Ela não vai mais encher o saco da gente.

— Só tem um problema — informo, franzindo a testa. — Não existe "a gente".

— Ainda não.

Meu Deus, como pode ser presunçoso assim? Jamais vou cair em sua lábia e adorar o Altar de Trevor. Sem. Chance.

— O que posso fazer para convencer você a sair comigo? E não só para estudar, quero um encontro de verdade.

Quero tanto revirar os olhos. Ele acha que pode me enfeitiçar com seu charme, mas sei o que ouvi ontem. Disse, sim, a Naomi que sair para me encontrar era uma piada. Posso ter tido alguns apagões, mas minha audição está ótima.

— Não, Trevor. Não tem nada que possa dizer para me fazer querer sair com você. Então por que não faz um favor para nós dois e vai procurar outra pessoa?

Trevor finge refletir, coçando o queixo. Seus olhos se perdem em algum ponto além de meu ombro e ele sorri.

— Que tal isso: a gente marca um encontro duplo; nós dois, uma amiga sua e um amigo meu.

— Sabe o que eu acho? Que você está precisando limpar seus ouvidos. Já disse que não, e não vou mudar de ideia. Então, por favor, pare de me perturbar. — Tento sair andando, mas Trevor me segura, os dedos fincando-se em meu braço. Olho para sua mão. — Me. Solta. Agora.

Ele segura por mais um segundo antes de soltar. Recua, os olhos esbugalhados, a boca levemente aberta.

— Desculpa. Não quis fazer isso. Só queria mesmo que a gente saísse junto, mas você não me escuta.

Parece que ele quer dizer algo mais. Em vez disso, cerra os lábios e vai embora. Fico observando até ele chegar ao carro dele antes de olhar a marca vermelha deixada em meu braço. Dói um pouco, o bastante para me lembrar do que fez. É, definitivamente não quero nada com um garoto que perde a calma quando não consegue o que quer.

Com uma expressão fechada, Sela chega logo depois de eu alcançar o carro.

— Menina, o que aconteceu ali com o Trevor? Vi vocês dois conversando, e ele segurando seu braço. Está tudo bem?

— Tudo — respondo ao abrir a porta. — Agora está.

Contanto que ele fique longe de mim.

Depois de Sela me deixar em casa, vou direto para a cozinha para finalmente pegar algo para comer. Espio pela janela acima da pia e avisto tia Grace e o Sr. Palmer no roseiral, sentados em um dos bancos pretos de ferro forjado. O homem diz algo e titia ri, pousando a mão em seu braço. Eu bufo. Não posso acreditar que ela está flertando com alguém.

Tia Grace é sempre amável com os hóspedes quando passam mais tempo na pousada, mas tenho a impressão de que sempre que o Sr. Palmer está por perto, ela vai procurá-lo. Sei que o marido de titia morreu há muito tempo e ela se sente solitária, mas jamais me ocorreu que poderia querer namorar alguém, especialmente o Sr. Palmer. Ele é simpático, mas não o tipo por quem esperava que tia Grace tivesse uma queda.

Não é da minha conta. Pego algo para comer e subo para procurar o contato de John Miller.

Uma hora mais tarde, ainda não consegui coisa alguma. Pelo pouco que titia me contou, ela e papai moravam originalmente em um lugar perto de Atlanta. Há 33 John Millers lá. Já liguei para a metade deles sem encontrar o correto.

Fecho o laptop e fito a parede. Minha cabeça lateja de passar tantas horas encarando a tela. E não consigo tirar aquele confronto com Trevor do pensamento. Olho para o lugar onde ele apertou meu braço, notando uma leve contusão. Meus músculos estão tensos e estremecidos, como se fossem elásticos prestes a serem disparados.

Tenho que sair daqui.

Depois de vestir um short de corrida, desço a escada nas pontas dos pés. Não quero falar com tia Grace se puder evitar.

Antes de chegar à porta, no entanto, ela se abre e tia Grace entra, seguida do Sr. Palmer. Ela está com aquela expressão ridícula de felicidade no rosto. Assim que me vê, se transforma na de Tia Preocupada.

— Aonde pensa que vai, mocinha?

— Dar uma corrida.

— Já terminou os deveres?

— Sim, senhora. — Desvio o olhar, odiando a quantidade de mentiras que tenho lhe contado, mas tendo certeza de que não posso revelar o que ando fazendo. E vou enlouquecer se continuar no quarto.

— Bom, OK. Mas não fique fora a tarde inteira. — Ela olha de relance para o Sr. Palmer e sorri. — Dave nunca comeu sopa de frango com *dumplings*, então é o que vou preparar para o jantar.

Os olhos do hóspede me seguem quando passo por ele.

— Até daqui a pouco, Alora.

Corro até o caminho que leva ao rio. Paro quando alcanço a floresta a fim de tirar o iPod do bolsinho do short. Depois que a música começa a tocar alto, deslancho de vez.

A sensação das pernas se movimentando e do coração batendo rápido é boa. É estranho como esta floresta, com os emaranhados de árvores e arbustos retorcidos, me perturba e acalma ao mesmo tempo. Venho até aqui quando preciso pensar, quando preciso relaxar, quando preciso estar sozinha.

Por isso é esquisito quando uma sensação de aranha rastejando em minha pele me causa arrepios. É como se não estivesse só. Paro e tiro os fones de ouvido. Um pássaro gorjeia sobre a minha cabeça. Algo corre pelos galhos acima de mim, provavelmente um esquilo.

Não é nada. Digo a mim mesma para ficar calma e recomeço a corrida. Em pouco tempo, chego à margem do rio. Sento-me no cais, puxando as pernas para junto do peito, e fito a água corrente. Queria estar com o caderno de desenhos. Muitas vezes, quando não estou com vontade de correr, venho até aqui de qualquer forma só para trabalhar nos esboços. Algo no ruído da água marulhando gentilmente me tranquiliza e ajuda a me concentrar em aperfeiçoar todos os traços e detalhes.

Atrás de mim, algo pisa em um graveto. O som da madeira se partindo é baixo, mas parece amplificado pela quietude. Fico de pé em um pulo e observo as árvores com atenção. Não vejo coisa alguma. Era de se imaginar. Foi provavelmente um animal.

Acho que é por conta do que aconteceu esta semana, mas estou extraordinariamente paranoica. Sei que é loucura. Por que alguém iria me seguir?

Ah, bem, preciso voltar de qualquer forma. As informações a respeito de John Miller não vão se materializar magicamente em minha caixa de e-mails, não importa o quanto deseje que aconteça. E a matéria de história que preciso estudar não vai entrar milagrosamente em meu cérebro por conta própria.

Tampouco a sensação esquisita de que não estou sozinha vai embora.

Sigo de volta para o caminho, mas antes que eu consiga começar a correr, Trevor surge atrás de um grande carvalho. Recuo um passo.

— O que você está fazendo aqui?

— Não tinha ideia de que eu estava vindo para cá — responde ele, dando de ombros. — Fiquei me sentindo um lixo depois de ir embora da escola hoje. Fui para casa, mas estava sufocado lá. Tinha que sair para dar uma volta. Então vi alguém correndo na minha frente. Cheguei mais perto e encontrei... Você. — Ele dá alguns passos em minha direção. Eu me forço a permanecer parada, embora tudo o que queira fazer é fugir. — Acho que foi o destino.

Ou não. A casa dos Monroe fica em um terreno enorme a vários quilômetros daqui. É impossível caminhar de lá a este ponto, mas o detalhe importante é que nunca tinha visto Trevor na floresta antes de hoje.

Não sei qual é sua intenção. Sei apenas que tenho de sair logo daqui. Como farei isso sem deixá-lo irritado outra vez? Se agarrou meu braço daquela forma na frente de todos na escola, o que faria comigo quando estamos sozinhos?

— Preciso ir para casa — explico, distanciando-me dele. — Tia Grace disse que eu não podia demorar.

— Olha só, lá vem você de novo — diz, passando a mão pelos cabelos. — Está tentando me evitar. Não entendo.

Provavelmente não entende mesmo. Pelo que sei, garota alguma jamais o rejeitou. Decido tentar outra tática.

— Por que você não me liga mais tarde? Preciso mesmo voltar agora.

Dou alguns passos mais para longe, mas ele se posiciona para bloquear o caminho. Meu já acelerado coração entra em superaquecimento. Tento manter a voz estável ao dizer:

— Não estou brincando. Tenho que ir.

— E eu só quero conversar um pouco.

— O que está acontecendo?

O Sr. Palmer está parado a alguns metros atrás de Trevor, a câmera fotográfica em mãos. Solto um suspiro trêmulo. Como é bom vê-lo.

— Nada. Eu já estava de saída.

Ainda com os olhos sobre Trevor, o fotógrafo diz:

— Grace já está quase terminando o jantar.

— Acabei de dizer a Trevor que preciso ir — respondo.

Ele olha feio para o homem, que tem quase sua altura. Mas logo o rosto se suaviza em uma expressão neutra, quase entediada.

— Acho que vou para casa também. — Ele se distancia de nós. — A gente se vê na escola, Alora.

— Está tudo bem? — pergunta o Sr. Palmer quando Trevor já se afastou o suficiente.

— Tudo. — Dou alguns passos para trás ao dizê-lo. Mesmo aliviada com o fato de o homem ter chegado na hora em que chegou, tudo o que quero é sair daqui. — Vou voltar correndo para casa. Preciso fazer minha atividade física do dia.

Ele olha na direção em que Trevor seguiu e depois sorri:

— Não tem problema. Eu a acompanharia, mas quero tirar mais algumas fotos. — Ergue a câmera. — Estou gostando de verdade da paisagem daqui.

Volto a correr, mas não consigo me livrar da perturbação que recaiu sobre mim. É como se Trevor continuasse espreitando de dentro da mata, vigiando cada passo meu.

18

BRIDGER
17 DE MARÇO, 2146

Sinto uma pontada de dor no joelho machucado quando me viro. Uma Manipuladora de Espaço está a poucos metros de mim, apontando um Estuporador para meu peito.

— Coloque as mãos para o alto agora — ordena.

A Academia exige que os cadetes levem meia descarga de um Estuporador durante o primeiro ano para terem ideia das consequências de quebrar as regras. Jurei que jamais voltaria a receber uma descarga depois disso. Levanto as mãos acima da cabeça.

— Bom garoto — diz ela. Os olhos escuros se apertam ao estudar cada centímetro do meu corpo. Sempre achei que seria sexy se uma mulher me olhasse dessa forma, mas isto me deixa completamente furioso. — Não se atreva a tentar saltar, Creed. Estou autorizada a tomar qualquer medida necessária para levá-lo em custódia.

Ao fitar a militar com aquele sorrisinho de orgulho no rosto, me dou conta de como estou de fato ferrado. Sabia que a probabilidade de voltar a minha época era alta, dado que não tenho um Cronoband. Devia ter tomado precauções. Como fazer o salto fora dos parâmetros de rastreio que o DAT obviamente instalou por esta área. Mas, não, tinha que ter pressa e saltar sem considerar todas as opções. Agora, o Departamento vai me acusar frente a outro tribunal. Minha única defesa é alegar insanidade.

Ou poderia voltar outra vez e terminar o que comecei.

Duas escolhas.

Ambas com consequências ruins.

Fecho os olhos, mas percebo que não deveria tê-lo feito quando a Manipuladora grita:

— Parado!

O Estuporador crepita uma fração de segundo antes de me atingir. A queimação incendeia meu corpo. Isto é muito pior do que a meia descarga. Sinto como se estivesse morrendo. Meus músculos ficam paralisados, e tombo no chão.

Tudo o que posso fazer é olhar para a Manipuladora enquanto ela ativa o DataLink.

— Estou com o Creed. Ele tentou fazer outro salto, então o imobilizei.

A Manipuladora dá alguns passos para longe, sussurrando em seu DataLink. Ela não precisa se preocupar com a possibilidade de eu ir a lugar algum — não conseguirei me mover por, no mínimo, dez minutos. E saltar é impossível até os efeitos do disparo terem passado. Somos só eu e o chão. Trinco os dentes com tanta força que o maxilar começa a doer.

O cheiro de terra e grama enche minhas narinas enquanto me concentro em ficar calmo. Tento pensar em coisas apaziguadoras. Como pegar o Estuporador e atirar nela para que sinta como é.

Passos ecoam pelo solo atrás de mim.

— Ora, ora, olha só o que o gato trouxe — diz um homem de voz nasalada. Ele dá a volta a meu redor, acompanhado de outro homem. É o oficial do DAT e o guia obeso do museu.

O último olha feio para mim

— É ele o fugitivo?

— É — afirma a Manipuladora.

— Ótimo. Podem ir embora agora? Estou perdendo créditos aqui — diz, enquanto seca o suor da testa com um lenço.

Nojento é pouco para ele.

O oficial do DAT lhe lança um olhar de desdém antes de dizer:

— Agradecemos sua compreensão, mas este é um assunto de segurança nacional. Tenho que pedir que nos deixe agora.

O rosto do guia enrubesce.

— Segurança nacional? Por que você não fala que a verdade é que essa é uma história para acobertar o que está realmente acontecendo? Bom, eu digo por quê. O governo não quer que o público saiba que um dos seus preciosos Manipuladores do Tempo ficou maluco. É o que se ganha brincando com a genética!

O oficial solta um suspiro pesado antes de segurar o braço do homem.

— Senhor, preciso que me acompanhe.

Ele continua a tagarelar enquanto o agente do DAT o conduz de volta ao museu. Ainda que seja um Purista, quase sinto pena. Provavelmente usarão um Apreensor de Lembranças nele.

Os minutos se arrastam. Tão lentos. Minha boca já perdeu completamente a umidade.

— Levanta — ordena a Manipuladora de Espaço quando acho que estou prestes a surtar de vez.

Testo os dedos primeiros para ver se conseguem se mover. Agitam-se sem problemas. Vagarosamente, me sento. O efeito prolongado do Estuporador é óbvio. Levanto ainda meio trôpego.

A Manipuladora aponta com a arma para uma nave atrás do museu.

— Anda.

— O que vocês vão fazer comigo? — indago em um sussurro rouco.

— Nada de perguntas, Creed. Só vai andando.

Meus pés pesam como se fossem de ferro. Uma guarda espera do lado de fora da nave, com expressão de quem gostaria de estar em outro lugar. Um novo agente do DAT aparece ao alcançarmos o meio de transporte.

Assente para minha captora.

— Vamos manter Creed aqui até a chegada do general.

— Entendido — responde ela.

Alterno o olhar entre os dois.

— Como assim? O que está acontecendo?

O oficial do DAT responde:

— O general vai chegar logo.

Meu estômago se contorce quando tento imaginar o que está acontecendo. Esperava ser levado em custódia e transportado de volta para Nova Denver. Não que um mandachuva do DAT viesse até aqui. Isso é péssimo de verdade.

Minutos mais tarde, um leve ruído agudo soa a distância. Pouco depois, a nave surge no céu e aterrissa. Dois soldados robustos saem na dianteira e se postam um de cada lado da abertura. A pessoa que sai em seguida faz meu estômago se revirar ainda mais do que pensei ser possível.

É o general Anderson.

Ele crava em mim um olhar pétreo, só o desviando quando nos alcança.

— Excelente trabalho, tenente. — Ele parabeniza a Manipuladora de Espaço.

— Obrigada, senhor — chilreia ela.

— Está dispensada. Apresente-se ao quartel-general imediatamente.

— Sim, senhor — diz momentos antes de desaparecer.

Em seguida, o olhar do general recai sobre o oficial do DAT.

— Também está dispensado. Por favor, proceda com o apagamento de memórias de qualquer um que tenha testemunhado o reaparecimento do Sr. Creed mais cedo.

O homem faz um breve aceno de cabeça e segue em direção ao museu com passos duros.

Os olhos do general se voltam para mim. Segundos viram uma eternidade antes de perguntar:

— Não tem nada a dizer em sua defesa?

— Provavelmente não. Devia ter sido mais esperto e não ter vindo até aqui meter o nariz onde não é chamado. — Outra voz familiar flutua até meus ouvidos, vinda de algum ponto atrás do general Anderson. Deixo um grunhido baixo escapar antes que consiga sufocá-lo. É o professor March. E o dia fica cada vez melhor. Se mamãe sair em seguida, vou pedir que me deem um tiro de uma vez. O professor para ao lado do general. — Você se importa em nos dizer que tipo de caos criou?

Apesar de estar metido nesta encrenca, fico aliviado. Não causei qualquer dano permanente em 2013, se é isso que ele está perguntando. Mas a julgar pelos dois soldados gigantescos guardando a nave, me meti em algo grande. Decido me fazer de sonso.

— Não sei do que está falando, senhor.

— Certo. Quer dizer que mentiu para sua mãe por nada e veio até a Geórgia para fazer graça? Tente outra vez — diz o professor March, cruzando os braços.

A maneira como me fita me faz parar. Ele inclina a cabeça para o lado e ergue as sobrancelhas. O que está tentando me dizer?

— Chega de joguinhos — vocifera o general. Ele marcha até mim e para tão próximo que posso sentir o cheiro de café velho em seu hálito. — Usamos um Manipulador de Mentes para extrair informações dos seus amigos. Não sei como é possível, mas sabemos que de alguma forma seu pai entrou em contato com você na viagem do assassinato da presidente Foster. Sabemos que lhe deixou uma mensagem. O que não sabemos é *por que* ele fez isso, nem para que ano você saltou. Tenho certeza de que você pode avaliar a seriedade da sua situação, portanto não minta para mim.

Meu queixo cai. Daria tudo para descobrir como papai fez para que não o notassem no evento do Assassinato. Este não é, porém, sequer o detalhe mais importante. O fato de que estão me fazendo essas perguntas quer dizer que o DAT não mandou uma equipe de investigação voltar no tempo para seguir papai quando ainda estava vivo. O que significa que não o consideram uma ameaça imediata a nosso presente.

Portanto, a única forma do general obter respostas é me interrogando. Se enviasse uma equipe sem autorização, os Cronobands registrariam a viagem e alertariam o Departamento.

Muito interessante.

O professor March acrescenta:

— Pense com cuidado. O seu futuro depende disso.

Uma sensação estranha me sobressalta. Começa fundo em meu crânio, uma pressão lenta que aumenta gradualmente. Meus olhos se arregalam ao tomar consciência do que está acontecendo. Um Manipulador de Mentes está tentando entrar em minhas lembranças. Olho ao redor, mas não há mais ninguém à vista. Quem quer que seja, tem que estar na nave. O sinal tem que ter sido mandado pelo general ou pelo professor para que vasculhassem meus pensamentos.

Ah, não mesmo. Não vai funcionar.

Sem fechar os olhos, concentro-me em uma única coisa — meu pai. Ele me ensinou a erguer um bloqueio mental para impedir que Manipuladores de Mentes extraíssem informações. Durante nossos treinos, sempre me apegava ao som de sua voz enquanto me guiava pelos procedimentos necessários.

Filho, você tem que pensar no bloqueio mental como se fosse um muro real. Pense que está erguendo uma barreira entre você e o Manipulador de Mentes. Camada por camada, tijolo por tijolo. Visualize um muro de tijolos tão impenetrável quanto uma fortaleza, um que não pode ser rachado, não importa a força do ataque. Você tem que ser mais forte do que ele. E você é forte. Basta acreditar em si mesmo.

Não sei ao certo se vai funcionar. Ainda assim, me agarro à lembrança como se fosse a única fonte de luz em um quarto escuro. Gradualmente, a pressão diminui até se tornar uma dor fraca.

Olho para o professor de relance. Ele faz o mais leve aceno de cabeça. Quase paro de respirar. O Manipulador de Mentes vai dobrar os esforços na próxima tentativa de ler minhas lembranças.

Mas nada acontece.

Volto os olhos para o general e me forço a encará-lo.

— Não tenho nada a dizer, senhor.

Ele trinca os dentes.

— Estou lhe dando a chance de se ajudar. Não cometa o mesmo erro que seu pai. O que Leithan estava fazendo? Para que ano você saltou? Por que ele queria que você fosse até lá?

O general Anderson poderia muito bem ter me dado um soco no estômago com aquelas palavras. Se eu não estiver enganado, *ele* próprio não sabia o que meu pai fazia em 2013.

Minha mente está girando. Meu pai — o Sr. Siga-Sempre-as-Regras — realmente tinha se rebelado. Fecho as mãos em punho.

— Vejo que não vai cooperar. — O general gira nos calcanhares e encara o professor March. — Achei que tivesse dito que ele seria mais cooperativo com você aqui.

O professor dá de ombros.

— Acho que estava errado.

O general marcha em direção à nave, latindo ordens para os soldados:

— Escoltem o Sr. Creed até a nave. Agora!

Ao avançarem em nossa direção, o professor March olha para a própria mão. Os dedos se desdobram, e algo cai no chão. É um Estuporador.

— Seu pai ficaria orgulhoso de você — sussurra ele.

O tempo parece se arrastar. Observo-o se virar e retornar ao transporte. Olho dos soldados para o Estuporador. Por um instante, considero deixá-lo ali. Já estou encrencado até o pescoço. Se pegar a arma e usá-la, corro o risco de ser anulado se me capturarem. Ou até executado. Não sei se vale a pena.

As regras do jogo, no entanto, mudaram. Papai não estava em uma missão para o DAT. Trabalhava para outra pessoa. Provavelmente para o sujeito que escreveu a mensagem que encontrei no DataDisk escondido. O general Anderson quer saber.

Eu quero saber.

Mergulho em direção ao Estuporador. Por um momento, os soldados parecem chocados, mas rapidamente direcionam as próprias armas a mim.

— Impeçam-no! — berra o general.

Meus dedos se fecham ao redor do dispositivo e giro o braço em direção aos soldados. Disparo repetidamente enquanto rolo para o lado. Tiros zunem ao passarem por mim, e em seguida os homens tombam. Fico de pé depressa e aponto para o general.

— Está cometendo um grande erro — avisa, o rosto de um tom vibrante de vermelho.

Hesito, a mão tremendo outra vez. Não se pode querer demais do efeito do Apaziguante.

— Se fizer isso, vou encontrá-lo. E *vou* enterrar você.

Com isso, atiro. Ele se junta aos soldados no chão.

O professor March solta uma baforada de ar e passa a mão pelo pescoço.

— Professor — começo, mas ele balança a cabeça. Diz apenas com os lábios: *atire em mim*.

Meu coração parece prestes a explodir para fora do corpo. Quero lhe dizer que não posso, que não quero machucá-lo. Não quero fazer qualquer outro estrago. Mas ele tem razão. O general vai suspeitar se não o acertar. Ergo a arma e disparo.

Durante alguns momentos, permaneço paralisado no lugar. O professor está estirado no solo, os músculos contraindo-se em espasmos. Sou inundado pelo sentimento de culpa. Não posso acreditar que atirei nele. Mas sei que vai ficar bem. Ainda assim, jamais atirara em alguém antes.

Inclino-me e arquejo, pensando que sou agora um homem morto. Estou tão ferrado.

— Ei! — Olho em direção à varanda dos fundos do museu. Há um agente do DAT lá. — Parado!

É hora de fazer o salto. Fecho os olhos e me concentro na data da morte de Alora novamente, desta vez sendo receptivo ao nada que me devora.

19

ALORA
12 DE ABRIL, 2013

Sinto meu estômago se revirar enquanto aguardo Sela no estacionamento. Trevor não tentou falar comigo de novo, nem na aula de história, mas poderia tentar me encurralar aqui.

Protejo os olhos da forte luz do sol e procuro por entre os estudantes. Quando finalmente avisto Sela vindo em minha direção, meio andando meio correndo, permito-me relaxar.

Quando ela me vê, abre um sorriso muito largo, um pouco maníaco.

— Ai. Meu. Deus. Você nunca vai adivinhar o que aconteceu.

— Você ganhou na loteria.

— Não, mas isso seria legal. — Já no carro, o sorriso se alarga ainda mais. Não posso deixar de sorrir de volta. — O Levi convidou a gente para uma festa na casa dele amanhã à noite.

E, na mesma hora, meu sorriso evapora como se tivessem desligado um interruptor. Levi Banks é o filho único de pais que têm mais dinheiro do que bom senso, como tia Grace costuma dizer, e raramente ficam em casa. Como resultado, Levi gosta de dar festas sempre que estão fora, mas as pessoas só entram se forem convidadas.

É também um dos melhores amigos de Trevor.

Sela sai do estacionamento.

— Eu estava conversando com a Jess perto do meu armário quando ele parou. Foi tão simpático. Disse que não acreditava que nunca tinha pensado em me chamar antes. Falou até que eu podia convidar quem quisesse. Por isso, é óbvio que a Jess e a Miranda vão. Mas você tem que ir também.

É estranho que Levi tenha resolvido convidar todas nós exatamente ao mesmo tempo em que Trevor decidiu me escolher como mais recente conquista. Estranho mesmo. Volto a olhar para Sela. Detesto acabar com sua empolgação, mas ela se esqueceu de minha situação.

— Bom, eu até iria, mas continuo de castigo. Lembra?

Seu sorriso fraqueja.

— Sério? Achei que sua tia já tivesse dado uma folga para você.

Balanço a cabeça.

— Não. Disse que só estou livre depois do fim de semana.

— Isso é tão injusto. — Sela tamborila os dedos no volante. — Sabe, pode ser que eu consiga convencê-la a deixar você ir mesmo assim.

— Não vai funcionar. Quando a tia Grace decide uma coisa, ela não cede.

— Talvez — responde ela devagar —, mas sua tia me adora. Aposto dez dólares que consigo usar a minha lábia com ela.

— Estará perdendo o seu tempo. Além do mais, ela nunca me deixaria ir a uma das festas do Levi. Já ouviu sobre elas.

— Garota, você acha que eu ia falar a verdade? Nem para os meus pais eu vou contar. Oficialmente, o que vamos fazer é sair para comer e ir ao cinema. — Faz aspas no ar quando usa a palavra "oficialmente".

É inútil discutir com Sela. Ela está nas nuvens com o convite, e nada a deixará de mau humor. Bem, tenho certeza de que ficará menos feliz quando tia Grace pisar em suas esperanças, mas não por muito tempo. Sela aparecerá na festa de qualquer modo, junto com as Gêmeas Descerebradas. O pensamento provoca uma pontada de inveja em mim. Não quero ir. Mesmo. Mas Sela já passa muito tempo com Jess e Miranda. As três irem a uma festa juntas só vai aumentar a distância entre mim e ela.

Quando estaciona na entrada da pousada, Sela já decidiu que penteados faremos e planejou uma ida ao shopping para encontrar roupas novas.

Enquanto desço do carro como uma senhora idosa, Sela pula com a energia de uma criança pequena.

— Anda logo, lesminha — chama sem se virar.

Não a vejo em lugar algum quando entro arrastando meus livros, mas vozes saem da cozinha. O cheiro de algo recém-saído do forno satura a atmosfera. Deixo as coisas sobre a mesa perto das escadas e corro para a cozinha, onde encontro tia Grace espalhando o pouco que resta da cobertura de morango em um bolo rosa. Pela expressão perplexa em seu rosto, sei que Sela já lhe passou todos os detalhes dos planos falsos.

— Me desculpa, amorzinho, mas Alora não pode sair no fim de semana. Será que não dá para vocês esperarem até a próxima semana? Contanto que ela não arrume mais encrenca.

Lanço um olhar "não-falei?" para Sela. Ela me ignora.

— Mas, Sra. Evans, já comprei os ingressos para o filme e tudo. Estou querendo fazer isso há séculos. — Sela continua a arquitetar uma narrativa elaborada a respeito de como queria levar as três melhores amigas para sair e nos mostrar o quanto está agradecida por a termos feito se sentir tão à vontade quando se mudou para Willow Creek. Vindo de qualquer outra pessoa, teria soado como uma mentira deslavada, mas tenho que admitir que ela sabe como criar autenticidade.

Quando termina, tia Grace está mordiscando o lábio inferior.

— Querida, não sabia que tinha sido tão difícil para você. Acho que posso livrar a cara da Alora antes da hora. — Tia Grace deixa a espátula na tigela de cobertura e dá um abraço em Sela.

Ela dá um sorrisinho por cima do ombro de tia Grace e faz dois sinais de positivo para mim. Tenho que abafar um sorriso de deboche. Não posso acreditar que conseguiu enrolá-la. Em seguida, um aperto se instala em meu peito.

Agora terei que ir àquela festa idiota com Sela. Maravilha.

Enquanto ela se desvencilha do abraço de tia Grace, ouvimos um grito abafado. Corremos até a pia e olhamos pela janela. Um casal que aparenta mais idade está no quintal, na metade do caminho para o jardim, discutindo a respeito de algo. Parece que estão falando ou brigando com mais alguém, mas não consigo distinguir quem.

— Quem são eles? — pergunto a titia.

— São os Jamison. Chegaram hoje e vão passar o fim de semana. Casal simpático, mas um pouco incomum.

Sela solta um assovio.

— Quem é o gatinho com eles?

Olho para fora outra vez. O Sr. Jamison saiu do caminho, revelando uma terceira pessoa.

— Não acredito — sussurro, sentindo um formigamento na barriga.

É o garoto que esteve aqui há poucos dias.

— O que será que ele quer? — resmunga tia Grace dirigindo-se à porta dos fundos. Sela e eu a seguimos.

— Oi? Você não me falou quem é o cara — reclama Sela enquanto descemos os degraus da varanda.

— Conto depois.

A nossa frente, a Sra. Jamison balança os braços enlouquecidamente, gesticulando para Bridger enquanto o Sr. Jamison tira uma fotografia dele. Bridger, em contrapartida, ergue a mão como se não quisesse aparecer na foto. Fico surpresa ao constatar que ainda está com o mesmo uniforme do outro dia. E parece até que tomou um banho de lama recentemente.

— O senhor pode parar com isso? — pede com tom exasperado.

— O que está acontecendo? — indaga tia Grace quando os alcançamos.

A Sra. Jamison se vira para mim, o rosto como um caleidoscópio de empolgação.

— Vocês conseguem vê-lo?

— Ver quem? — indago.

— O fantasma! — grita, apontando para o menino.

— Não sou um fantasma! — berra ele, olhando para mim. — Diga para ela.

— Charles, ela consegue vê-lo! Ah, isto é maravilhoso! — A mulher se abana. — Meu Senhor, estou tonta.

— Acalme-se, querida — diz o marido, dando-lhe tapinhas no ombro. — Lembre-se da sua pressão.

Sela solta uma risadinha. Olho feio para ela antes de repetir a pergunta de tia Grace.

Bridger aponta para a Sra. Jamison.

— Essa mulher acha que sou um fantasma. É óbvio que não sou.

— É, sim. Apareceu aqui do nada. Charles e eu vimos. Não foi?

— Com certeza — garante o homem, tirando outra foto.

Fecho os olhos. Ótimo, agora temos caça-fantasmas se hospedando conosco. Volta e meia aparecem, já que a pousada já foi uma antiga casa-grande. Essas pessoas estão sempre convencidas de que espíritos da época da Guerra Civil assombram lugares como este.

— Ele não é um fantasma. Eu o conheço.

Instantaneamente, a expressão empolgada em seus rostos se esvai como se alguém a tivesse apagado.

— Conhece? — pergunta a esposa em tom incrédulo.

— É. A gente se conheceu alguns dias atrás. O nome dele é Bridger... — Ergo as sobrancelhas para ele.

Parece atordoado por um instante antes de responder:

— Creed. Bridger Creed. E *não* sou um fantasma. Juro.

— Mas vimos quando você apareceu do nada.

Grace suspira.

— Sra. Jamison, está quente aqui fora. Talvez seus olhos estejam lhe pregando peças.

— Mas...

— Eu e minha sobrinha conhecemos esse menino dois dias atrás. É novo na cidade e com toda a certeza está bem vivo.

O casal lança um olhar melancólico ao garoto. Posso praticamente ver escaparem seus sonhos de encontrar um espírito legítimo.

— Querida, acho que é melhor irmos nos arrumar para o jantar — sugere o marido, tomando o braço da esposa. — Desculpe incomodá-lo, jovem. Foi um engano. — Ele conduz a esposa de volta à pousada.

— Uau, loucura é pouco para isso — diz Sela, quebrando o silêncio e girando um dedo ao lado da cabeça. Ela sorri para Bridger e lhe oferece a mão. — Como Alora esqueceu as boas maneiras, eu mesma me apresento. Sou Sela Perkins.

— Prazer em conhecê-la — cumprimenta ele. Pelo tom de sua voz, não está sendo sincero. Bridger brinca com a alça da mala sobre o ombro e dá uma olhada para a floresta.

— Então, o que está fazendo aqui de novo? — pergunto. — A gente não estava esperando que você fosse voltar depois do seu truque de desaparecimento.

— Também não esperava voltar tão cedo.

Tia Grace leva as mãos aos quadris.

— Foi grosseiro da sua parte simplesmente ir embora sem dizer tchau.

A boca de Bridger se abre e fecha diversas vezes antes de dizer:

— Me desculpa por isso. Foi só que recebi uma chamada urgente da... Minha mãe. Ela disse que eu precisava voltar, e tive que sair na mesma hora. Não queria dar mais trabalho para vocês.

— Mas está tudo bem agora? — indaga titia. — E o seu joelho?

— Está tudo bem, então voltei para procurar o meu pai de novo.

O rosto de Grace se suaviza. Ela olha para mim, depois outra vez para Bridger.

— Bem, minha oferta continua de pé. É bem-vindo se quiser ficar.

Ele não responde por alguns segundos. É como se estivesse tentando juntar as peças de um quebra-cabeças invisível. Diz enfim:

— OK, eu fico.

— Bem, entre. Mostrarei o seu quarto.

Um lento sorriso se abre pelo rosto de Sela enquanto observamos tia Grace e Bridger seguirem para a casa.

— Quer dizer que ele é novo na cidade, né?

— É.

— Leeegal. — Antes que me dê conta, a menina já está chamando: — Ei, Bridger, espera aí.

Olho boquiaberta quando ele se vira para nós. Tia Grace inclina a cabeça para o lado. Não tenho escolha senão seguir Sela e descobrir o que está tramando.

— Você vai ficar aqui um tempinho? — indaga.

Ele assente.

— Acho que sim.

— Ah, que bom. Então vai precisar de um guia para mostrar a cidade.

Bridger assume uma expressão de cervo-surpreendido-pelo-farol-
-na-estrada. A minha é provavelmente a mesma que a dele, pois sei o
que Sela está prestes a propor.

— Estava pensando — continua ela, enrolando uma mecha de cabelo no dedo —, você podia sair comigo, Alora e mais umas amigas
amanhã à noite. A gente pode mostrar o que tem para fazer por aqui.

Sei que estou olhando para Sela como se tivesse criado uma segunda
cabeça. Quero perguntar o que acha que está fazendo ao chamar um
garoto que sequer conhecemos para ir a uma festa conosco. É loucura,
ainda que ele seja bonito.

Aparentemente, Bridger não concorda. Hesita por um instante, depois responde:

— Claro, por que não?

20

BRIDGER
12 DE ABRIL, 2013

Depois de Grace me mostrar o quarto, desabo na cama. O fato de que sou um idiota não para de passar por minha cabeça. É como se estivesse testando quantas coisas estúpidas consigo fazer hoje. Viajar ilegalmente para o passado? Feito. Atirar em meu professor e em um oficial com alto posto do DAT? Feito. Concordar em me socializar com fantasmas? Feito.

Tudo ficaria bem se pudesse fazer o salto para instantes antes do momento em que voltei a 2146. Poderia avisar a mim mesmo para sair dali antes que a Manipuladora de Espaço pudesse me capturar. Desta forma, não seria o candidato mais forte à anulação neste exato instante. No entanto, não se pode alterar o que já aconteceu.

É por esse motivo que estou tendo tanta dificuldade em entender por que papai queria que eu evitasse a morte de Alora. Como isso é possível sem destruir a linha do tempo?

Cubro os olhos com as mãos. Minha cabeça poderia entrar em combustão, e tenho certeza de que não me sentiria pior do que já me sinto.

É então que me recordo de algo que Alora disse quando estava discutindo com aquele casal psicótico. Que tinha me conhecido há poucos dias. Meus punhos se cerram, e soco o edredom azul com eles.

Ainda estou a três meses da data de sua morte.

O que significa que estou basicamente preso aqui, dado que não posso arriscar saltar outra vez para minha época. O general Anderson deve estar enlouquecido neste instante. Vai estender os parâmetros de busca para abranger uma grande área além de Willow Creek. Se conseguir me pegar, vai se certificar de que não volte a escapar. Nem mesmo com a ajuda do professor March. E *por que* ele me ajudou a fugir? Nada mais faz sentido.

Encaro o teto, tentando encontrar uma maneira de me aproximar da data da morte de Alora. Mas é claro que não posso. Não sem um Cronoband.

Pisco para lutar contra o peso que obscurece meus pensamentos. Nem sei há quantas horas estou acordado. Parece uma eternidade. Viajar no tempo requer muita energia, e já fiz três saltos hoje. Rolo para fora da cama e tiro o uniforme. O cheiro forte e ácido do suor é ainda pior agora que estou despido. Penso em tomar um banho, mas isso pode esperar. Caio na cama outra vez e fecho os olhos.

Não é como se fosse sair daqui em um futuro próximo.

Sonoras batidas na porta me arrancam sobressaltado do sono. Pisco várias vezes, observando a mobília antiquada. E solto um grunhido.

Antes que possa dizer qualquer coisa, a porta se abre, e Alora coloca a cabeça para dentro.

— Ei, a tia Grace queria... — Ela para de falar quando nota que estou estirado na cama só de cueca. Os olhos parecem dobrar de tamanho. — Ai, meu Deus, desculpa!

Fecha a porta com uma batida.

— Alora, espera aí — peço e me levanto apressadamente. Pego a calça e a visto enquanto meio que pulo, meio que ando até a porta.

No corredor, ela está escorada na parede, inspirando fundo. Os cabelos estão espremidos atrás dela, mas uma mecha está colada à bochecha. Sinto os dedos coçarem para tirá-la dali. Algo que teria feito com Vika.

— Sinto muito mesmo. Não devia ter entrado daquele jeito — diz ela.

— Tudo bem.

— Não, não está bem. A tia Grace ia ter um ataque se soubesse que eu... — A frase morre quando olha para mim. Fixa-se em meu peito nu por um segundo antes de abaixar a cabeça.

Fico com pena dela. Se é que é possível, seu rosto está ainda mais vermelho do que quando me viu deitado. E daí que me viu sem roupa? Está se comportando como se jamais tivesse visto um cara assim antes.

Antes que eu possa me deter, levo a mão a seu queixo a fim de levantá-lo.

— Ei, não é nada demais.

Começo a dizer algo mais, mas todos os pensamentos evaporam quando ela crava aqueles olhos azuis em mim. É quase como se estivesse saltando no tempo. Não consigo respirar. Não sei o que estou sentindo, mas não é bom. Balanço a cabeça e tiro a mão.

Alora dá um rápido passo para trás.

— Tenho que ir. O jantar já está quase pronto.

Não sei por que, mas me sinto vazio quando Alora se vira para ir embora. Então lembro que ela queria algo comigo.

— Ei, o que você ia me perguntar?

— Ah, é. — Alora gira nos calcanhares e passa a mão pela testa. — Tinha esquecido. A tia Grace perguntou se você vai querer jantar com a gente.

— Achei que ia ter que comer fora — respondo, sentindo a sobrancelha tremer. Entendi errado? Geralmente esse estilo antigo de pousadas só oferece refeições na parte da manhã.

— Normalmente, teria mesmo. Mas tia Grace achou que você poderia gostar de comer com a gente hoje. Mas não precisa vir se já tiver outros planos. — Ela termina a frase de um fôlego só.

A sensação de desconforto de momentos antes desaparece. É perfeito. Se vou ficar preso aqui por três meses, o melhor a fazer é começar a tentar descobrir por que papai queria impedir a morte de Alora.

— Não, eu ia gostar mesmo. E se não for incomodar, será que você poderia me mostrar a cidade depois?

Alora morde o lábio inferior e fita algo além de mim. Viro o rosto para ver para onde olha, mas são só mais portas fechadas.

— Tenho que fazer umas coisas, mas acho que posso dar uma saída com você primeiro.

— Beleza. Vou esperar ansiosamente.

O rosto dela brilha quando sorri.

— A gente se vê lá embaixo.

— OK. Desço assim que tiver tomado banho.

Observo-a seguir seu caminho por alguns instantes antes de voltar ao quarto. Estranho, mas me surpreendo ao me sentir mais leve, sorrindo.

Digo a mim mesmo que se deve ao fato de ser o primeiro passo na direção da verdade.

E não porque quero passar um tempo com Alora.

— Tem certeza de que não quer mais? — indaga Grace enquanto termino de abocanhar uma fatia enorme do bolo de morango.

Dou uma olhada para o doce sobre o balcão da cozinha antes de recusar. Não me importaria em comer mais. Enquanto jantávamos, no entanto, ela não parava de fazer perguntas. E tive que mentir. É definitivamente um fantasma bisbilhoteiro.

Alora tira os pratos vazios da mesa e os deixa ao lado da pia.

— Vou mostrar a cidade para Bridger antes de ficar escuro.

— Ah, é mesmo? E aonde vocês vão? — pergunta Grace

— Por que tanta pergunta, tia? — indaga a menina.

O olhar de Grace desvia para mim.

— É minha responsabilidade saber o que a minha sobrinha está fazendo. Não concorda comigo, Bridger?

Conheço aquele olhar. Mamãe faz algo similar quando está no meu pé. A diferença é que sei que Grace se preocupa com a segurança de Alora, não o faz porque é uma controladora insana. Portanto, faço que sim com a cabeça.

Seu rosto relaxa.

— Bem, então podem ir. Vou me ocupar com esses pratos sujos.

Alora não perde tempo em sair. Sigo-a antes que Grace consiga pensar em algo mais para me interrogar. Quando chegamos à varanda dos fundos, ela declara:

— Desculpa por aquilo tudo.

— Por quê?

Ela revira os olhos.

— Por causa da tia Grace. Ela gosta de saber de tudo.

— Não se preocupe. Ela só está preocupada. Não tem nada de errado com isso.

— É — concorda ela, dando de ombros. — Mas estava começando a me deixar irritada. Posso imaginar como você estava se sentindo.

— Bem, ela está me deixando ficar aqui e nem me conhece — pondero, sorrindo.

— Ah, por favor. — Alora revira os olhos outra vez. — Isso não é nada demais. A gente recebe estranhos aqui o tempo todo. — Ela gesticula para o quintal. — Então, aonde quer ir?

Estudo a área. Parece igual e ainda assim diferente do que há no museu em 2146. O gramado que se estende em direção à floresta é o mesmo, com um caminho de terra batida o cortando, mas agora há um grande jardim repleto de rosas de cores fortes. E também uma pequena área pavimentada à esquerda da varanda onde Grace e os hóspedes deixam os veículos estacionados.

Lembro o que dizia a notícia no DataDisk de papai. O corpo de Alora deveria ser encontrado em uma antiga casa abandonada no terreno. Aceno para um caminho dividindo a mata.

— Para onde leva esse caminho?

A boca de Alora se contrai em uma linha fina.

— Ao rio.

— A gente pode ir até lá?

Ela fita o caminho por alguns segundos e responde:

— Acho que sim.

Observo-a enquanto desce os degraus, os cabelos balançando por cima dos ombros. O sol do fim da tarde os faz reluzir como se emitissem um brilho de dentro, de um jeito meio sexy. Balanço a cabeça, com nojo de mim. Não sei o que há de errado comigo.

Alora não diz uma palavra enquanto seguimos pelo caminho. Anda depressa, como se não quisesse estar aqui. Acompanho seu ritmo e examino a floresta. Raios de sol se infiltram por entre as árvores, misturando sombra e luz. Dá ao lugar uma atmosfera assustadora. Tento localizar a casa abandonada, mas não a vejo em lugar algum.

O silêncio está me incomodando.

— Então, você sempre morou aqui?

O maxilar se trinca antes de dizer:

— Não.

— Ah, OK — respondo lentamente. — Então há quanto tempo está aqui?

— Dez anos. Por quê?

— Nenhuma razão em particular. Só estou tentando conhecer você melhor.

— Certo. — Ela cruza os braços em frente ao peito e apressa o passo. — O rio fica logo ali na frente.

Não sei por que ela pareceu tão evasiva quando fiz uma pergunta tão simples, mas decido por ora não abordar mais o assunto.

O som de água corrente nos alcança antes de chegarmos ao rio. Alora relaxa visivelmente quanto mais nos aproximamos. Quando saímos da floresta, ela sorri. Um sorriso genuíno que faz meu pulso acelerar. Paro e fecho os olhos. Isto é ridículo. Só posso estar tendo essa reação por conta de sua semelhança com Vika. Ainda assim, é absurdo.

Alora corre até um píer que se projeta sobre o rio. Senta nas tábuas de madeira e abraça as pernas contra o peito. Sento a seu lado, esperando que diga algo. Papai sempre me dizia que se uma garota não quer falar, insistir não funciona.

— Aqui é o meu lugar favorito — comenta ela, enfim. — É bem tranquilo.

Faço que sim com a cabeça.

— Sei como é.

Alora olha para mim.

— Tem algum lugar lá na sua cidade aonde você gosta de ir?

— Tem. — Penso nas montanhas. Lembro todas as ocasiões em que nosso pai levava a mim e a meu irmão para acampar. Todas as que fui com Zed e Elijah. Se não estivesse tão decidido a descobrir o que papai queria de mim, estaria lá agora. Sinto a garganta apertada.

— Dá para ver que sente falta desse lugar.

Um sentimento de perda me atinge. Não pensei a respeito disso. Estava tão ocupado obcecado com papai... mas essa é uma parte de minha vida que jamais terei de volta. Engulo o nó na garganta e sussurro:

— É, sinto mesmo.

Um som abafado quebra o momento. Alora leva a mão ao bolso e tira o celular. Olha a tela e deixa escapar um gritinho.

— Tenho que atender. Já volto.

Sai do píer e começa a caminhar em um zigue-zague louco, indo para um lado, depois para outro. Finalmente para perto da mata. Suas palavras flutuam até mim, suaves, mas urgentes.

Enquanto conversa ao telefone, tento descobrir o que há de errado com ela. Obviamente não se sente à vontade falando sobre o passado. Tem que ser a chave para o porquê do pedido de papai. O que poderia haver de tão importante, no entanto? Tenho que tirar a informação dela de alguma forma.

Mas como fazer isso sem parecer um intrometido psicótico?

Alora termina de falar e volta ao píer. Talvez eu consiga algo agora. Coço o pescoço e tento parecer entediado.

— Ligação importante? — indago tranquilamente.

— Achei que fosse — responde em voz baixa.

— Quer conversar sobre isso? — Espero não estar forçando o limite com a pergunta.

Ela fica séria, semicerrando os olhos para mim.

— Por que você quer saber?

Pense, Bridger. Encontre uma maneira de sair da situação que você mesmo cavou antes que ela se feche completamente em sua ostra.

— Você parecia um pouco estressada mais cedo. Aí ficou toda animada com a ligação, mas agora parece meio triste de novo. Estou só preocupado.

A expressão se suaviza.

— Desculpa. Só estou com muita coisa na cabeça ultimamente.

— Sei como é.

Deixo por isso mesmo e rezo fervorosamente para que Alora decida confiar em mim. Ela apenas me fita, depois se volta para o rio. Minha mente grita para que eu faça algo.

Finalmente, ela suspira.

— Não acredito que vou fazer isso, mas preciso contar para alguém. — Respira fundo. — Era um cara chamado John Miller no telefone, mas não é o que eu estou procurando. Estou tentando encontrar um que era amigo do meu pai. Pesquisei um monte de números de gente com esse mesmo nome e já liguei para vários deles, tentando descobrir qual é o certo. — Ela olha para o celular como se fosse a coisa mais importante no mundo. — Ainda estou procurando.

— Por que você tem que falar com ele sobre seu pai? Por que simplesmente não pergunta para sua tia?

Alora parece não saber se quer continuar.

— Tudo bem — digo. — Se não quiser me contar, eu entendo.

Ela fecha os olhos por um instante, depois olha para o céu.

— Meu pai me deixou aqui com tia Grace quando eu tinha 6 anos, e não sei o porquê. Não consigo me lembrar de quase nada de antes disso. Nem sei se os meus pais continuam vivos.

— Por que ele fez isso?

— Não sei, e tia Grace não quer me dizer. Diz que ele nunca contou para ela, mas acho que está mentindo.

— Por que ela ia mentir para você?

— Acha que a verdade pode me fazer mal — explica a garota com uma careta.

Minha mente começa a disparar. Alora tem dificuldades para se lembrar de sua infância. E papai queria salvá-la. De alguma maneira, acho que os dois fatos estão ligados. Fico imaginando se seria possível que tivessem usado um Apreensor de Lembranças nela. Ou talvez seja só porque era muito nova na época.

— Então é por isso que estou procurando respostas sozinha. — Ela para e suspira pesadamente. — Você não tem noção de como é para mim passar a vida sem conseguir me lembrar dos meus próprios pais. Tipo, estive com eles algum dia, mas é como se nunca tivesse acontecido. E meio que me sinto traída, sabe? — Seus olhos se enchem d'água.

Merda, estou em território desconhecido aqui. Não faço ideia de como lidar com uma mulher emotiva.

— Hum, bem, você podia... — começo a dizer, mas algo além do ombro de Alora chama minha atenção.

Há um ponto distorcido no ar logo depois do limite da floresta. Como se estivesse sendo produzido por uma chama tremeluzindo.

Pisco, achando que é apenas minha imaginação. Mas a ondulação continua lá a cada vez que abro os olhos.

É uma pessoa com o manto ativado na floresta. E como não existe este tipo de tecnologia nesta época, só pode ser um Manipulador do Tempo.

Fico de pé em um pulo e corro na direção dele.

— O que foi? — indaga Alora.

Não respondo. O que posso dizer? *Ah, não é nada, só um viajante do tempo invisível nos vigiando*. Alguém que poderia estar repassando minha localização para o DAT neste exato instante.

Entro na mata, mas quem quer que estivesse lá momentos antes se foi. Giro ao redor, virando a cabeça de um lado a outro. Não vejo coisa alguma. O que não daria por um comm-set agora...

Alora se aproxima de mim, o rosto pálido.

— Você viu alguém?

Embora esteja preocupado com quem poderia estar nos espionando, não posso deixar de notar como parece abalada.

— Achei que tivesse, mas não era nada.

— Tem certeza? — Ela esquadrinha pela floresta, como se esperasse que alguém saltasse sobre nós a qualquer momento.

Coloco a mão em seu ombro. Estranho, mas sinto o impulso de protegê-la.

— Tenho, sim. Acho que era a minha cabeça me pregando uma peça.

Os músculos de Alora relaxam sob meus dedos.

— Ah, OK. — Ela me dá um pequeno sorriso. — Sabe, preciso voltar para casa. Tenho umas coisas para fazer.

— É provavelmente uma boa ideia.

Conversamos enquanto fazemos o caminho de volta pela floresta. Ela ainda parece estressada. Tento tirar seus pensamentos do que quer que a tenha assustado no rio. Não consigo me livrar da impressão de que algo mais lhe aconteceu recentemente nesse mesmo lugar. Algo que não quer me contar.

Não sei o que poderia ser, mas sei uma coisa. De agora em diante, ficarei perto de Alora. Vou tentar entender por que os pais aparentemente a abandonaram.

21

ALORA
13 DE ABRIL, 2013

Sela faz a curva para entrar no longo caminho pavimentado que leva até a casa de Levi. Quanto mais nos aproximamos, mais forte meu coração martela e mais desejo ter ficado em casa. E se Trevor tentar começar alguma confusão? Esfrego o braço onde ele me segurou poucos dias atrás. Há uma pequena marca arroxeada nele.

Carros e caminhonetes ocupam o espaço. Sela estaciona e tira o celular da bolsa. Os dedos voam pela tela.

— Para quem está mandando mensagem? — pergunto.

— Jess.

Ah, sim. Não podemos nos esquecer das Gêmeas Descerebradas.

Um momento depois, o telefone apita e Sela lê a mensagem.

— Jess e Miranda estão esperando na porta.

— Ótimo — resmungo. Ao sair do carro, a barra de meu vestido sobe, e dois garotos passando por perto veem. Um deles lança um olhar sugestivo a mim. Abaixo o tecido, desejando ter escolhido calça jeans para vestir. Sinto-me vulgar demais nesta coisa.

— Estou bonita? — indaga Sela, aproximando-se de mim. Alisa a saia do vestido e arruma a parte de cima, certificando-se de que o decote está no lugar. Ela é bem dotada nessa parte. Pode ter perdido muito peso, mas os seios permaneceram.

— Está linda. — Tento sorrir, mas tenho certeza de que parece mais uma careta. Tudo em que consigo prestar atenção é a casa de Levi e a música abafada que sai de lá. Algumas pessoas estão do lado de fora, conversando e rindo. Eu me pergunto onde estará Trevor.

Bridger sai do banco de trás e se junta a nós.

— Então, senhoritas, prontas?

Não. E pela expressão em seu rosto, aposto que ele também não está.

— Ah, com certeza — responde Sela, agarrando meu braço e o de Bridger. — Vamos logo, vocês dois. Estou louca para dançar!

Meus pés andam adiante, mas a cabeça grita para ficar no carro. Não sei se consigo fazer isto.

— Está tudo bem. Estou aqui com você — sussurra Bridger, o hálito quente fazendo cócegas em minha orelha.

— Obrigada. — É engraçado, mas isso me deixa um pouquinho melhor. Posso não conhecê-lo bem, mas preferiria estar com ele a quase todas as pessoas aqui.

As Gêmeas praticamente atacam Sela quando nos veem. Abraçam-na e tagarelam sobre o quanto estão se divertindo. Claro, me ignoram, mas abrem sorrisos estonteantes e plásticos para Bridger.

Depois de apresentá-las, Sela toca no braço dele.

— Promete que vai dançar comigo?

Bridger desvia os olhos para voltá-los a mim.

— Ahn... Claro.

É, Sela não é nada sutil, definitivamente.

Quando entramos, não consigo ouvir coisa alguma, muito menos pensar. De onde estamos olhando, parece que cada centímetro da casa está abarrotado de pessoas, muitas delas segurando copos plásticos ou garrafas de cerveja. Supostamente, Levi convida apenas um grupo seleto para suas festas, mas parece que a escola inteira compareceu. E o cheiro... Digamos apenas que imagino que o vestiário masculino tenha um odor parecido. Quero voltar lá para fora, mas Miranda tem outra ideia — ela nos guia até uma sala ampla de onde se origina a música.

Sela agarra minha mão outra vez.

— Vamos dançar!

Balanço a cabeça. Posso não conseguir me lembrar de meu passado, mas estou certa de que jamais dancei antes. Tenho certeza de que pareceria alguém tendo convulsões.

Sela franze a testa.

— Ah, vem!

— Pode ir — diz Bridger. — Eu fico aqui com Alora. — Ele coloca a mão em meu ombro. A pele formiga sob o toque.

Sela revira os olhos.

— Faça o que quiser, mas vai ficar deprimido se ficar aí parado a noite inteira. — Em seguida, desaparece na multidão com as Gêmeas Descerebradas em seu encalço, me deixando com a sensação de ter sido abandonada.

Minha coluna se retesa — tudo o que quero é sair daqui. Quase decido fugir, mas o calor irradiando de Bridger me traz de volta à realidade. Não. Não vou sair correndo como uma garotinha mimada. Estou aqui e vou dar conta da situação da melhor forma possível.

De algum jeito.

Começo a falar com Bridger, mas sua expressão me faz parar. Os olhos voam de uma pessoa a outra, quase como se estivesse procurando alguém em particular. Provavelmente alguém que não seja tão chato quanto eu.

Subitamente, olha para mim.

— Sabe, você está com cara de quem quer ir para lá.

— Não, não quero — respondo, voltando a atenção para Sela. Que agora está rindo com aquelas idiotas.

— Não acredito em você. E sabe o que mais? Acho que não quer ir porque acha que todo mundo vai achar você estranha demais.

Lanço-lhe um olhar penetrante. É quase como se pudesse ler meus pensamentos.

— Como pode saber?

— Eu entendo. Também era assim quando comecei a frequentar uma boate lá na minha cidade, mas superei. Achei que todo mundo ficaria falando de mim, que parecia um louco dançando. Depois, vi que ninguém estava nem aí. Só queriam se divertir. E eu queria me divertir. — Ele toca a ponta de meu nariz. — E acho que você quer se divertir.

Meu coração está galopando. Seus olhos são tão intensos, é como se conseguisse ver minha alma. Mas isso é complemente ridículo e clichê. Ainda assim, ele tem razão. Jamais fui convidada para uma festa antes. Já fiquei satisfeita, mas não me lembro de ter ficado realmente feliz.

Quero ficar feliz.

Quero me divertir, ainda que seja apenas por uma noite.

Bridger me puxa pela mão.

— Quer dançar?

Faço que sim com a cabeça e os dedos dele se fecham com mais força ao redor dos meus. Antes que possa me dar conta, estou no meio da pista, rodeada por dúzias de corpos sacolejantes.

Fico congelada, me sentindo uma idiota.

Bridger diz:

— Relaxe. Esqueça todo mundo e preste atenção em mim.

Ele começa a se movimentar com a música. Hesito, mas Bridger me puxa para ele, tão perto que não posso deixar de me mover junto. Sinto-me estranha no começo, mas depois me concentro apenas em Bridger enquanto seu corpo se ajusta ao meu, se movendo em perfeita sincronia comigo. Depois que me desligo, tudo em volta evapora. Somos apenas nós dois. Rio, me sentindo mais viva do que em qualquer outro momento há um bom tempo.

Dançamos por mais duas músicas até que avisto uma figura conhecida abrindo caminho pelo aglomerado de pessoas.

Trevor.

Os olhos estão fixos em mim. E ele não parece feliz.

— Tudo bem? — indaga Bridger.

Não tenho tempo de responder antes de Trevor nos alcançar. Seus olhos passam por meu corpo de uma forma que me faz querer tomar um banho de alvejante.

— Ei, Alora. Está a fim de dançar? — A fala é arrastada, e mesmo com o consumo em massa de álcool que acontece em volta, o cheiro de cerveja nele é insuportável.

A boca de Bridger se contrai em uma linha fina ao encará-lo. Ele é obrigado a olhar para cima. Trevor é de oito a dez centímetros mais alto que Bridger, mas ele não se deixa intimidar por isso. Empertiga-se e endireita a postura.

— Ela está dançando comigo.

Trevor mal olha para ele.

— Não perguntei a você.

— E eu não ouvi a Alora aceitar. — Bridger cerra as mãos em punho.

Eu me recuso a deixá-los brigarem no meio da festa. Vai estragar tudo. Fico entre os dois e coloco as mãos em seus peitos, empurrando.

— Parem com isso.

Os olhos de Bridger vão de Trevor para mim.

— Não vou fazer nada.

Trevor aponta o dedo para ele.

— Claro que não vai. Ninguém vai se meter comigo.

Agora estou furiosa. Trevor está muito acostumado a conseguir o que quer, mas já está mais do que na hora de entender que não sou um prêmio que pode ganhar.

— Me deixe em paz de uma vez. Não quero dançar com você.

A esta altura, as pessoas a nosso redor já notaram que há algo acontecendo. Param de dançar e encaram, mas ninguém faz coisa alguma para ajudar. Imagine.

Trevor não responde em um primeiro momento. Toma um longo gole da cerveja e dá de ombros.

— Dane-se. Você não passa de uma vadia mesmo.

Depois, vai embora, dirigindo-se para os fundos da casa. Com sua saída, todos recomeçam a dançar.

— O que foi isso? — indaga Bridger.

Balanço a cabeça, me sentindo murchar.

— É uma longa história.

— Por que a gente não sai um pouco e você me conta?

Parece perfeito.

Enquanto tentamos nos espremer para sair da sala, procuro Sela. Ela está do outro lado do cômodo com as Gêmeas Descerebradas, conversando com um grupo de meninas, inclusive Kate. Ciúmes me apunhalam.

Lá fora, o ar noturno é mais frio, mas é bom depois do abafamento da casa.

Não há onde sentar no pátio, então Bridger me leva para os fundos da casa. Uma grande luz externa ilumina a área inteira. Um deque e espreguiçadeiras circundam a piscina. Todas, exceto uma, estão ocupadas. Ele segue direto para a única livre.

Sentados ali, conto-lhe tudo o que Trevor fez, até a parte em que me seguiu na floresta.

Bridger esfrega o punho com a outra mão.

— Alguém precisa dar uma boa surra nesse cara.

— Não — digo. É a última coisa que quero. Quero dizer, Bridger acabou de chegar aqui e tem seus próprios problemas a resolver. Não precisa se preocupar com minhas questões. — A melhor coisa é ignorar. Ele vai sacar e encontrar outra garota para correr atrás daqui a pouco.

As palavras soam bem. Queria acreditar nelas.

Bridger olha de relance para a casa.

— Parece que temos companhia.

Sela está perto das portas francesas que dão para o deque, examinando o quintal. Aceno até que me veja.

— Oi — diz quando chega até nós. Desaba entre mim e Bridger, forçando-nos a abrir espaço. — Estava procurando vocês.

Com certeza estava.

— Estava quente demais lá dentro — explica Bridger.

— Pode crer — concorda ela, abanando-se. — Parece até um forno.

— Onde estão Jess e Miranda? — indago. Não é do feitio delas ficar longe de Sela.

Ela solta um suspiro dramático.

— Estão dançando com dois caras que a gente acabou de conhecer. E eu não queria ficar lá sozinha.

— OK — falo devagar. Então as novas melhores amigas a abandonaram. Por algum motivo, não consigo me sentir mal por ela.

Sela fica tagarelando sobre isso e aquilo por alguns minutos. Bridger e eu respondemos quando pergunta algo, caso contrário apenas a deixamos falar. Em seguida, do nada, ela diz:

— Ah, quase esqueci! Vocês ficaram sabendo da Naomi?

— Não. Por quê? — indago.

— Saca só. Kate contou para a gente que Naomi não parava de chorar e se lamentar desde que Trevor terminou com ela. E quando tentou falar com ele ontem depois da escola, acabaram brigando feio. Bem, ela nem se deu ao trabalho de voltar para casa, e ninguém a viu o dia inteiro hoje.

Um arrepio corre minha pele. Não deve ser nada. Não sou nenhuma fã de Naomi, mas me pergunto por que teria feito um dramalhão tão grande, especialmente por causa de um babaca como o ex-namorado. É ainda mais estranho que não tenha contado a Kate aonde ia.

— Os pais dela ligaram para a polícia? — inquiro.

— Kate não disse, mas imagino que já, a essa altura. Ela com certeza está enfiada em algum hotel, enterrando a cara no sorvete para afogar as mágoas. — Sela encena um estremecimento exagerado como se a ideia de comer sorvete fosse terrível demais para se imaginar. — A história toda é ridícula. Os garotos não valem tudo isso. Sem querer ofender, Bridger.

— Não ofendeu — responde ele.

Sela olha para a casa como se fosse uma daquelas vitaminas de fruta pelas quais está sempre babando.

— Estou entediada. — Fica de pé em um pulo e encara Bridger. — E *você* prometeu que ia dançar comigo. Lembra? — Estende a mão para ele.

A boca de Bridger se molda em um "O" perfeito, e ele olha para mim como se eu pudesse tirá-lo daquela enrascada, mas conheço Sela. Não vai calar a boca até dançarem juntos.

— Vai lá. Vou ficar bem aqui.

— Não sei — diz vagarosamente.

— Você pode vir também. — Sela se vira para mim. — Ninguém falou que tinha que ficar aqui sozinha.

Balanço a cabeça. A última coisa que quero é voltar. Trevor adora ser o centro das atenções, o que significa que provavelmente vai continuar na casa com o restante dos convidados.

— Ah, pelo amor de Deus! — exclama Sela. Ela agarra a mão de Bridger e puxa. — Alora já é grandinha. Pode tomar conta de si mesma por alguns minutos.

Sorrio para os dois.

— Verdade. Não preciso de babá.

Bridger não para de olhar para trás em minha direção, enquanto Sela o leva de volta para casa. Não consigo deixar de sorrir. É engraçado estar sendo tão protetor. Sequer me conhece.

Mas acho que eu gostaria de conhecê-lo melhor.

O pensamento me surpreende. Devo estar enlouquecendo. Não deveria estar pensando nele de qualquer outro jeito que não como amigo.

Um grupo de garotos repentinamente emerge da casa. Fazem muito barulho, rindo de algo provavelmente idiota.

Trevor está entre eles.

Meus músculos se retesam, e rapidamente olho ao redor do quintal, tentando encontrar algum lugar onde me esconder. Se tentar dar a volta para a frente da casa, serei vista. Se continuar aqui, serei vista. A única opção restante é seguir para a pequena casa de hóspedes atrás de mim.

Eu me forço a andar. *Tente parecer despreocupada*, digo a mim mesma. Ninguém vai me notar se continuar calma. Fui bem-sucedida em permanecer invisível na escola a maior parte do ano. Talvez consiga repetir o feito aqui.

Estou trêmula quando chego ao prédio. Pressiono as costas na parede de tijolos e abraço meu corpo, tentando me acalmar. Trevor estava com os amigos. Com certeza não me viu à beira da piscina.

— O que você está fazendo? — indaga uma voz arrastada.

Meus olhos se viram sobressaltados para a esquerda, onde Trevor está parado no canto da casa. Saio de onde estava encostada e recuo alguns passos.

— Já falei para me deixar em paz.

— Por que você tem que ser assim? — pergunta, avançando para mim. — Eu só queria dançar. — Seu rosto está duro e feio. Raivoso. — Mas não, você se oferece para o primeiro cara que aparece. Kate estava certa. Você é só mais uma piranha.

Deveria correr, mas não consigo me mover. Ainda estou tremendo, mas não só de medo. De algum lugar escondido dentro de mim, uma chama se acende.

— E você é só mais um cretino egocêntrico. Acha que é só resolver que quer sair comigo que vou cair de quatro na sua frente? Pensa melhor. Nunca vou sair com você.

A satisfação por ter dito o que realmente sinto não dura. Ele dispara até mim, passando do limite aceitável. É necessária toda a minha coragem para me obrigar a permanecer parada.

O cheiro de cerveja me atinge em cheio quando ele passa, batendo em meu ombro.

— Você vai se arrepender de dizer isso.

22

BRIDGER
14 DE ABRIL, 2013

No café da manhã do dia anterior, Alora havia limpado o prato e se servido novamente. Hoje, está mexendo na comida, sem comer. Aconteceu alguma coisa. Ela não quer dizer o que foi, e é isso que mais me deixa irritado.

Fecho os olhos e penso na festa. O mar de rostos nadando diante de mim começou a se misturar em uma massa indistinta depois de um tempo. Qualquer um deles poderia ser seu futuro assassino. Se tivesse que apostar em alguém, no entanto, escolheria Trevor. E aposto que ele é a razão por que está tão quieta agora. Queria apenas poder fazer algo para fazê-la se sentir melhor.

Grace entra na sala de jantar com uma jarra de suco de laranja. Ao encher os copos, franze a testa para a sobrinha.

— Querida, está tudo bem?

— Tudo — responde numa voz monótona. — Só não consegui dormir direito.

Parece mesmo cansada. Mas conheço uma desculpa no estilo me--deixe-em-paz quando ouço uma.

— Talvez você devesse tentar meditar um pouco — diz a mulher louca, a Sra. Jamison. — Faz maravilhas, não é, Charles?

— Ah, sim. Relaxa corpo e mente. — Ele olha para o relógio de pulso e bate amorosamente na mão da esposa. — Já terminou, querida? Se quisermos sair na hora hoje, devíamos começar já.

Por "começar", eles se referem a percorrer a propriedade novamente em busca de fantasmas. Foi o que fizeram o dia inteiro de ontem e pela noite adentro, de acordo com Grace. Quero tanto revirar os olhos. Ela deve estar desesperada financeiramente se deixa pessoas assim ficarem hospedadas aqui.

Ela não trai qualquer emoção ao dizer:

— Boa sorte.

— Obrigada. Os espíritos estão inquietos hoje. Consigo sentir isso nos ossos — afirma a Sra. Jamison.

Depois de saírem, o Sr. Palmer diz:

— Eu devia ir andando também.

— Achei que fosse ficar até o fim do dia. — Grace deixa a jarra na mesa e leva a mão ao quadril.

— Vou precisar sair mais cedo do que achei. — Passa os dedos pelos cabelos ao se levantar. — Embora deteste ter que deixar para trás companhias tão maravilhosas.

— Você é mais do que bem-vindo para ficar. Especialmente porque mal o vi ontem — diz Grace.

— Não, preciso mesmo ir.

— Precisa de ajuda com as malas?

— Não. — A voz do homem é dura e reverbera pelo cômodo. Em seguida, sorri. — Desculpe. Quis dizer que consigo dar conta sozinho.

— Ah, certo. Pelo menos me deixe acompanhá-lo até a porta.

Ele parece desconfortável; o sorriso é forçado. Acena com a cabeça para mim antes de ir para o saguão. Grace o segue.

Quando estão longe o bastante para não ouvir, Alora deixa escapar um suspiro.

— Que bom que ele está indo embora.

— Por quê? — Ainda que o Sr. Palmer tenha um quê de estranho, não é nada que chame demais a atenção. Quase não o vi desde que cheguei aqui.

— Não sei — diz, dando de ombros. — Deve ser porque estou cansada de ver a tia Grace se comportando como adolescente quando está com ele.

— Ou é porque simplesmente não gosta dos óculos dele. — Tento fazer o comentário soar como piada, mas estou falando sério. As pessoas do passado dependiam de óculos. Em minha época, estão praticamente extintos, a não ser pelos usados por aqueles Puristas idiotas.

Pela primeira vez desde ontem à noite, ela abre um sorriso ·

— É, vai ver é isso mesmo. São as coisas mais ridículas que já vi.

Agora que sua expressão deixou de ser a de quem está esperando o fim do mundo, quero que permaneça assim. Mesmo que esteja morrendo de curiosidade para saber o que a deixou chateada para começar.

— Então, o que vai fazer hoje?

— Preciso mesmo estudar para essa prova que tenho amanhã — responde, as sobrancelhas se erguendo.

— OK, então por que estou com a sensação de que você está pensando em outra coisa?

Alora dá uma olhada para o saguão, onde Grace continua falando com o Sr. Palmer. Então sussurra:

— Porque estou.

Sussurro de volta:

— E no que seria?

— Já liguei para todos os John Millers da Geórgia que consegui achar, mas ajudaria muito se eu soubesse onde exatamente ele morava.

Reflito um pouco e sorrio, me dando conta do que tem em mente.

— Você quer entrar no sótão de novo.

— É, mas tia Grace vai ficar aqui o dia inteiro e ela não me deixa subir lá.

— O que quer que eu faça?

Ela morde o lábio.

— Será que você pode distraí-la um pouquinho? Uns quinze ou vinte minutos para eu poder entrar lá de novo.

Meia hora depois, ainda estou sentado na sala de jantar com Grace e os caça-fantasmas.

Alora subiu assim que o Sr. Palmer partiu. Sua desculpa era tirar um cochilo. Quando a tia voltou para tirar os pratos da mesa, perguntei se teria tempo para me contar sobre a história da pousada. Ela ficou surpresa, mas concordou. Os Jamison chegaram pouco depois e se juntaram a nós.

Grace está no meio de um conto a respeito de um soldado da Guerra Civil, que, em tese, foi enterrado no térreo quando avisto Alora na escada. A garota gesticula para que me junte a ela.

— Desculpa — digo, interrompendo Grace. — Esqueci que tinha que... ligar para uma pessoa agora.

— Mesmo? — pergunta ela.

— É. É sobre o meu pai. — digo, já de pé.

— Bem, OK. — Ela olha para os Jamison. — Vocês querem ouvir o resto?

Depois de terem entusiasticamente a encorajado, Grace continua a história enquanto saio depressa.

— Aquilo foi bem sutil — comenta Alora quando chego ao topo da escada.

— Ei, mas funcionou.

Pela maneira como está radiante, sei que encontrou algo.

— O que você conseguiu?

— Vem, vou te mostrar.

Ela me guia até seu quarto e tranca a porta. Inspiro o aroma de algo floral. É o mesmo que está sempre em Alora. E não consigo parar de olhar fixamente para tudo. É tão roxo.

Vika teria odiado.

Fecho os olhos e digo a mim mesmo para me controlar. Alora e Vika são duas pessoas distintas que vivem — ou viviam — em dois séculos distintos. Claro que são diferentes.

Ela pega um livro azul da escrivaninha e o leva para a cama. Sento-me a seu lado.

Examinamos a capa primeiro. É de um azul marmorizado com uma águia prateada e as palavras ESTES SÃO OS DIAS... 1988 estampadas na frente. A lombada faz um ruído quando é aberta, e um cheiro de mofo sobe ao ar enquanto ela folheia as páginas.

— É o anuário do papai. — Volta ao começo. As primeiras folhas estão repletas de recados e assinaturas de alunos que estudaram com seu pai. Ela encontra o que queria na primeira página impressa: o nome da cidade natal do pai.

Larkspring, Geórgia.

O lugar sobre o qual sua tia não lhe contava.

Alora entrega o livro a mim, volta à escrivaninha e liga o laptop.

Um minuto depois, digita algo.

— Era disso mesmo que precisava. Estava achando resultados demais para John Miller, mas isso vai me ajudar a filtrar melhor.

Eu seria provavelmente capaz de encontrar a informação bem mais depressa do que ela usando o computador. Mas não posso simplesmente sacar meu DataLink ali. Junto-me a ela na mesa.

Quando consegue um resultado, solta um gritinho triunfante e pega o celular.

— Ele mora em Covington agora, bem perto de Atlanta — diz enquanto disca o número mostrado na tela do laptop. A transformação da tristonha Alora para esta é boa. Surpreendo-me sorrindo com ela, e meu pulso se acelera.

Digo a mim mesmo que é porque estamos mais próximos de obter respostas.

Seus olhos se arregalam depois de alguns segundos.

— Oi, é John Miller?

Escuto enquanto faz perguntas e responde algumas em retorno, ficando cada vez mais animada. Enquanto fala, me pergunto se teria alguma coisa no quarto que pudesse me ajudar a descobrir algo sobre seu passado. Observo tudo. A cama arrumada com esmero, a cômoda cujo topo é salpicado de coisas de menina, a escrivaninha. Nela estão o notebook e a pilha de anuários. Há também algo mais, um caderno roxo-escuro. Não há coisa alguma escrita na capa. Imagino se poderia ser um diário.

— Uau! — exclama a menina com voz aturdida. Giro para encará-la. Ainda segura o telefone. As bochechas estão rosadas.

— Então era o cara certo?

— Era. Ai, meu Deus, nem acredito que o encontrei.

Sem aviso prévio, ela salta para fora da cadeira e joga os braços a meu redor. Não consigo me mover. Tudo em que consigo me concentrar é em seu corpo imprensado contra o meu. Tenho consciência de cada curva e cada contorno. Vika foi a última pessoa a me tocar assim.

Ela se afasta, olhando para mim.

— Tem alguma coisa errada?

Sim. Tudo.

— Não — sussurro.

Nenhum de nós consegue desviar os olhos. Detenho-me estudando os detalhes de seu rosto. A preocupação em seu olhar. O ângulo do nariz. A curva dos lábios. Não consigo parar de fitar aqueles lábios.

Batidas altas quebram o momento.

Nós nos separamos, as cabeças viradas para a porta.

— Alora, o que está acontecendo? — indaga Grace com voz severa.

Os olhos da menina se desviam para o anuário.

— Esconda — sibila enquanto fecha o laptop. Pego o livro e o jogo para baixo da cama enquanto ela tira um grande livro escolar de uma mochila e o deixa sobre a escrivaninha.

— Pronto? — sussurra.

Faço que sim com a cabeça.

As sobrancelhas de Grace estão quase unidas quando Alora abre a porta. Sua expressão evolui rapidamente de preocupação para confusão e fúria.

— O que vocês dois estão fazendo aqui?

— Bridger estava me ajudando a estudar.

Grace volta sua atenção para mim.

— Achei que tivesse dito que precisava fazer uma ligação para falar do seu pai.

Sinto meu rosto corar. Isto está indo de mal a pior. É como se estivesse sendo interrogado por minha mãe. Mas não posso culpá-la. Um garoto novo na cidade pego trancado no quarto da sobrinha não parece nada bom.

Alora interrompe antes que eu tenha que mentir outra vez.

— Ele já tinha terminado, e eu precisava que alguém fizesse as perguntas para mim. Ele disse que você estava ocupada com os Jamison lá embaixo. E você sabe que preciso ir bem na prova. Então...

O rosto de Grace relaxa um pouco, mas ainda não parece convencida.

— Está bem. Mas não sei por que trancaram a porta. Para estudar não precisa *disso*.

23

ALORA
15 DE ABRIL, 2013

Limpo as mãos na calça jeans quando o ônibus se aproxima da escola. Não consigo parar de pensar na ameaça de Trevor. E se tentar começar alguma confusão comigo? Não quero mais lidar com seus problemas.

E também tenho que encontrar uma maneira de ir a Covington para conversar com o Sr. Miller. A única solução em que consigo pensar é pedir a Sela que me leve, o que significa inventar mais uma mentira.

Detesto a forma como tenho mentido ultimamente.

Bridger não entendeu por que eu não poderia pegar a caminhonete de tia Grace emprestada, mas ele não a conhece como eu. Raramente me deixa dirigir seu carro, e, quando deixa, tem que ficar sabendo exatamente aonde vou e a que horas volto. Se achar que vou passar o dia todo com Sela no sábado, não vai me interrogar.

Os alunos desembarcam em fila do ônibus, perdidos em uma névoa sonolenta. Paro em meu armário sem falar com ninguém e sigo para a aula. Durante o primeiro período, sou invisível. Estão todos agitados porque os pais de Naomi notificaram a polícia de seu desaparecimento. Quando chego para a segunda aula, tudo muda. Alguns garotos olham fixamente para mim como se tivessem notado minha existência pela primeira vez. A terceira é ainda pior. Corro para o banheiro feminino entre uma aula e outra para ver se tenho algo preso nos dentes ou coisa do gênero.

Com o aumento da frequência dos cochichos e olhadas durante toda a manhã, tenho certeza de que há um boato circulando a meu respeito. Também tenho certeza de que tem a ver com Trevor, mas não sei o que é. Ninguém se dispõe a me contar.

No almoço, basta olhar para a expressão horrorizada de Sela para saber que é ruim.

— Você ficou sabendo o que Trevor está espalhando para todo mundo? — pergunta quando desabo na cadeira a seu lado.

O peso opressivo em meu peito aumenta.

— Não — respondo lentamente, temendo o que tem a me dizer.

Ela sussurra:

— Ele disse que vocês dois transaram na festa do Levi.

— O quê?

— As coisas que ele falou que você fez são nojentas. — Retorce os lábios como se tivesse chupado um limão.

— Mas é mentira! — Meu rosto parece estar em chamas. — Ai, meu Deus... E todo mundo acreditou?

— Acho que sim — afirma Sela, franzindo a testa ao olhar para a mesa do garoto. Os amigos o escutam falar algo, provavelmente tendo orgasmos com a mentira que está lhes contando agora. Lança um sorriso totalmente imundo em minha direção.

Enterro o rosto nas mãos. Jamais pensei que poderia odiar alguém tanto quanto o odeio. E, para piorar, as Gêmeas Descerebradas chegam e continuam a cuspir cada detalhe específico do que supostamente fiz com Trevor.

— Para com isso, gente — diz Sela. — Alora nunca faria essas coisas.

— É, mas um monte de gente disse que viu o Trevor saindo de trás da casa de hóspedes e que a Alora saiu logo depois — pondera Jess.

Sela agita a mão para demonstrar ceticismo.

— Como se Alora fosse querer ir com ele para lá, para começo de conversa.

Miranda se intromete:

— Lisa, da minha aula de economia, disse que viu os dois também.

Meu estômago se revira tanto que tenho medo de que vá vomitar.

— Me dá nojo que vocês venham aqui e me digam essas coisas como se fosse tudo verdade — digo com a voz baixa. — Querem saber o que aconteceu? Fui para lá porque estava sozinha no lado de fora, enquanto vocês estavam na casa dançando. — Sela se retrai como se eu tivesse lhe dado um tapa. — Quando Trevor saiu, me escondi atrás da casa de hóspedes porque ele tinha começado uma confusão comigo mais cedo. Mas ele viu e me seguiu. Disse para me deixar em paz, que nunca sairia com ele, depois Trevor falou que eu ia me arrepender. Fim da história.

Olho feio para as Gêmeas antes de marchar para fora do refeitório, ignorando os olhares queimando minhas costas.

Sela me alcança no corredor.

— Ei, desculpa, mas eu nunca disse que acreditava em nada daquilo. Além do mais — argumenta, colocando as mãos nos quadris —, você nunca me falou que Trevor tinha ameaçado você. Por que não disse nada?

— Porque estava com medo. Achei que se contasse o que tinha dito, Bridger ia arrumar briga com ele. E se isso acontecesse, você sabe que seria o inferno na Terra, e alguém ia acabar chamando a polícia.

— Por que não disse nada ontem?

— Só queria esquecer o assunto. — Olho para o refeitório. — Acho que agora vai ser impossível.

Sela me dá um abraço.

— Sinto muito mesmo. Alguém devia cortar as bolas daquele babaca fora. — Ela me solta. — Então, quer voltar e terminar de comer? Estou morrendo de fome, na verdade.

Balanço a cabeça.

— Não, acho que não ia conseguir segurar nada no estômago. E ainda tenho aquela segunda chamada de história hoje, então acho que é melhor estudar.

— Se você precisa mesmo... — diz com um sorriso amarelo. — A gente se vê depois da aula.

Antes de ela sair, decido lhe pedir para me levar a Covington. É melhor resolver a questão de uma vez.

— Pode me fazer um favor no sábado?

— Talvez — responde, arrastado.

— Preciso que você me leve a um lugar — digo, esfregando a nuca. Minha cabeça está a mil, tentando pensar em uma desculpa. É então que a mentira perfeita se materializa com clareza. — Bom, eu e Bridger, na verdade. Ele conseguiu uma pista sobre o pai, mas precisa ir até Covington.

Sela morde o lábio inferior por um segundo.

— Não dá. Já tenho um compromisso.

— Tem?

— Ia te contar. Os testes para líder de torcida são daqui a duas semanas, por isso marquei de treinar o dia inteiro no sábado e no domingo com Jess e Miranda. E quero muito que você venha também. Ia ser tão legal se todo mundo conseguisse entrar.

Não posso acreditar. Depois de tudo o que me aconteceu hoje, ela só consegue se importar com os treinos para um teste? Balanço a cabeça.

— Não.

Sela pisca.

— Mas você prometeu que ia tentar entrar comigo.

— Era você quem queria entrar para o time. Só fui na sua onda porque você queria.

— Sério, Alora? Você estava super a favor na semana passada, depois bum... Um cara novo aparece e você muda de ideia de repente. Que conveniente.

Subitamente, preciso ficar só. Longe dela e de todos.

— Sabe do que mais? Esqueça que pedi ajuda. Vai treinar com as suas amiguinhas. Não me importo.

Eu me viro e saio.

Ao fim do dia, minha cabeça dói como se alguém a estivesse apertando. Tenho certeza absoluta de que não vou passar na segunda chamada da prova de história, não consigo me lembrar de coisa alguma que o professor ensinou, não estou falando com minha melhor amiga e todos na escola acham que sou uma piranha.

Lindo.

Vários garotos me pedem para fazer coisas nojentas com eles enquanto caminho até o armário. Quando chego lá, tenho que piscar para forçar as lágrimas para dentro.

Mal acabo de abrir a porta quando uma voz atrás de mim diz:

— Então, teve um bom dia?

Giro e encaro Trevor. Adoraria arrancar aquele sorriso de seu rosto a tapas.

— Não, graças a você. Por que contou aquelas mentiras?

Ele ergue as sobrancelhas.

— Que mentiras? Não contei mentira nenhuma.

Vários garotos ao redor abafam risadinhas.

— Vão a algum lugar, vocês dois? — alguém diz.

O sorriso dele se alarga.

— Não — respondo de pronto, irritada.

Isto é ridículo. Ele está adorando a atenção. Aposto que ia gostar ainda mais se eu começasse a chorar. Piscando rapidamente, pego os livros de que preciso para os deveres de casa e bato a porta. Quando tento passar por Trevor, no entanto, ele coloca as mãos nos dois lados do armário, bloqueando minha saída.

— Aonde você vai? — Sinto uma lufada de colônia e suor misturados enquanto se inclina e sussurra: — Vai lá, vai correndo de volta para o seu namoradinho novo. Divirta-se com ele. Mas fique sabendo que estou só começando.

Assim que recua, passo apressada por ele. Aperto os livros contra o peito, esfrego os olhos e fujo para o banheiro feminino mais próximo. Já é ruim o bastante que todos ao redor da área dos armários tenham me visto chorar. Não vou deixar que o restante da escola veja também.

Ao menos o lugar está vazio. Uso a porta para me escorar, ainda agarrada com firmeza aos livros, e tento sufocar os soluços. Não é justo. Algum garoto estúpido inventa um monte de besteiras a meu respeito e todos acreditam nele sem sequer questionar.

Fecho os olhos enquanto a pressão na cabeça cresce. A opção de voltar com Sela hoje não existe. Terei que pegar o ônibus ou andar. Meu Deus, queria estar em casa. Por um segundo, visualizo a pousada como se estivesse parada no jardim da frente.

Minha cabeça parece leve. Mantenho os olhos fechados, torcendo para que a sensação de desmaio passe.

Quando volto a abrir os olhos, estou na frente da pousada. O sol brilha. Pássaros chilreiam. Meu queixo cai e derrubo os livros no chão. Fico de joelhos e passo os dedos pela terra, sentindo a grama pontuda. É real.

Estou na pousada.

— Alora!

Levanto os olhos. Bridger desce correndo os degraus da varanda. Ele me ajuda a ficar de pé quando me alcança.

Meu peito sobe e desce freneticamente enquanto olho em volta. A última coisa de que me lembro é de estar no banheiro da escola. E agora estou em casa.

— Como foi que cheguei aqui?

O olhar do menino desvia para o chão.

— Não sei.

— O quê? Você estava na varanda. Não viu nada?

Ele engole em seco e volta a me fitar, o rosto sem expressão.

— Estava... Lendo na hora. Só vi você alguns segundos atrás.

24

BRIDGER
17 DE ABRIL, 2013

Uma brisa quente sopra enquanto espero em frente à escola de Alora, do outro lado da rua. Saí da pousada algumas horas atrás. Disse a Grace que ia procurar pistas de papai na cidade. Em vez disso, vim até aqui.

Faz dois dias desde que Alora fez o salto. Dois dias em que quase não falou com Grace ou comigo. Dois dias que a deixei sofrer em silêncio. Morri por dentro, observando-a sofrer tanto. E isso me deixa furioso. Os sentimentos dela não deveriam significar coisa alguma para mim.

Mas significam.

Não consigo parar de pensar em como ficou logo depois do salto. Seu rosto estava tão pálido. Devia estar perto de ter um surto, mas ainda assim não lhe contei a verdade. Não podia. Não quando não sei de que maneira poderia afetar a linha do tempo. Por isso a deixei pensar que havia algo de errado com ela. Agora me sinto um babaca de merda.

Uma campainha alta ressoa na escola — minha deixa para começar a andar. Atravesso a rua e sigo para onde os ônibus estão parados. Grace me disse que é Sela quem geralmente a traz para casa, mas Alora admitiu ontem que tinham brigado na segunda-feira. Não me surpreendi. Estou aqui há menos de uma semana e já notei um desentendimento entre elas. Mais precisamente, aquelas duas meninas que se encontraram conosco na festa.

Alunos jorram do prédio principal. Enquanto procuro Alora, escuto alguns deles cochichando sobre uma menina desaparecida. O medo nas vozes é inconfundível. Isso me faz imaginar se o futuro assassino de Alora está aqui com ela. Meus instintos ainda me dizem que só poderia ser Trevor. Mas posso estar errado. Pode ser qualquer um. Só queria ter certeza.

Tenho de desviar os olhos um momento quando finalmente avisto Alora. A tristeza que a envolve me dá vontade de fazê-la sorrir novamente. Balanço a cabeça para afastar o pensamento. Alora é o objeto de minha missão. Sua felicidade deve ser irrelevante.

Mas quando me vê e uma sombra de sorriso toca seus lábios, surpreendo-me sorrindo.

— O que você está fazendo aqui? — indaga ao me alcançar.

— Achei que ia gostar de ir andando até a pousada hoje.

Ela dá uma olhada para o céu cinzento.

— Não, obrigada. Parece que vai chover.

— Pode ser, mas também pode ser que não — pondero, dando de ombros. — Você pode muito bem escolher o caminho seguro e ir de ônibus, mas aí qual seria a graça?

— Sério, Bridger? — indaga, os lábios tremelicando.

— Sério. Viva um pouco, ande comigo.

Ela finge refletir por um momento.

— Bom, se você insiste.

É estranho como me sinto leve, quase como se a gravidade não existisse, enquanto atravessamos o campus. A sensação, no entanto, evapora quando um garoto se aproxima de nós. A boca está retorcida em um sorrisinho malicioso. Ouço Alora inspirar fundo, com dificuldade.

— Ei, Alora, você acha que consegue me arranjar um horário na sua agenda da semana? — indaga, olhando para mim de relance. — Parece que está em serviço agora.

O rosto de Alora fica escarlate.

— Que diabos? — digo, me virando, com vontade de estrangulá-lo.

Ela agarra meu braço e sibila:

— Fica fora disso.

Encaro-a boquiaberto.

— Por quê? Ele insultou você.

— Não é nada — afirma, a voz tensa.

— É alguma coisa sim. Por que ele disse aquilo?

— Por favor, esqueça isso.

Duas vozes gritam dentro de minha cabeça. Uma delas me diz para acabar com o garoto. E se for ele o suposto assassino? A outra diz que tenho que esquecer, pois não posso alterar a linha do tempo. Não mais do que já alterei.

— OK. Mas você me deve uma explicação.

A testa de Alora se franze.

— Como é? *Devo* uma explicação? Não me lembro de ter pedido para você vir aqui hoje.

O argumento que já tinha formulado se vai. Tem razão, eu simplesmente apareci aqui. Ela nunca me pediu que a levasse em casa. Ainda assim, não é certo deixar aquele idiota insultá-la e não a defender.

O silêncio entre nós é pesado e constrangedor ao longo de vários quarteirões. Finalmente, não posso mais suportar.

— Desculpa. Não devia ter falado nada lá.

— Tudo bem — diz, os olhos fixos no chão.

— Não, não está tudo bem. É só que... — Paro de caminhar e pouso a mão em seu braço. Ela congela e juro que estremece sob o toque. — Tem alguma coisa errada com você. Grace acha que foi por causa da sua briga com a Sela, mas tem mais coisa aí. Tipo o que quer que esteja acontecendo na escola. E a forma como você chegou em casa na segunda.

Alora balança a cabeça.

— Não quero mesmo falar disso.

— Manter segredos pode piorar as coisas. Talvez devesse contar a alguém o que está acontecendo.

A boca se abre e fecha diversas vezes antes de conseguir falar:

— Estava na escola na segunda à tarde... No banheiro. Estava tonta. Lembro que desejei poder ir para casa. E aí... estava lá.

— Isso já aconteceu antes? — Soube quando se materializou diante de mim na semana passada que a habilidade de fazer o salto estava emergindo. O que não sei é há quanto tempo vem acontecendo.

— Já. A primeira vez foi na segunda da semana passada. Foi por isso que tive que fazer a segunda chamada de história. Apaguei na escola e acordei no meu quarto. — Ela sopra uma baforada de ar. — Segunda agora foi a quarta vez.

Se tivesse me dado um tapa, não teria me surpreendido mais do que isso. Fez quatro saltos em uma semana? Não pode estar correto. Um Talento nato como Alora provavelmente se desenvolve de maneira diferente. Mas quando os Talentos se manifestam em minha época, começam devagar. Talvez um incidente por semana durante alguns meses enquanto o dom se intensifica. Pergunto-me como suas habilidades estão emergindo tão depressa. Como as manteve escondidas da tia.

— Você já contou para Grace?

— Não. Ela ia me arrastar para o médico, e a gente não tem dinheiro para isso. E agora estou ficando meio louca. Legal, né? — Ela dá uma risada seca e recomeça a andar.

Eu a sigo, processando tudo o que sei. Talvez não devesse continuar forçando, mas ela finalmente voltou a falar comigo.

— Olha, sei que tem alguma coisa acontecendo entre você e Sela. Se ainda quiser falar com o amigo do seu pai, vai ter que achar outra pessoa para dar carona... ou ligar para ele.

— Já disse que quero conversar com ele pessoalmente.

— É, mas tem sempre a opção de fazer um... — Não completo a frase imediatamente, tentando lembrar como se chamava a tecnologia nesta época. — Uma chamada de vídeo.

Alora bufa com irritação.

— É, até tem, mas não *quero* fazer isso. Não é a mesma coisa que olhar alguém olho no olho. Só vou conseguir saber mais do Sr. Miller se a gente se encontrar pessoalmente.

Penso por um momento.

— OK. Mas vai ter que pegar a caminhonete da Grace, a menos que tenha alguma outra ideia.

— Ela não vai deixar. É loucamente possessiva com aquela caminhonete — diz ela no instante em que uma grossa gota de chuva cai. — Ah, que ótimo — resmunga.

— O quê? É só água — digo, sorrindo. — Você não vai derreter.

— Bem, pode ficar aqui fora se quiser. Não vou ficar esperando.

Alora começa a correr, e eu a sigo. Mal cobrimos a distância de dois quarteirões quando uma tempestade começa a cair. Ao chegarmos na pousada, estamos encharcados e tremendo. Alora abre a porta da frente e chama pela tia.

Um minuto depois, ela sai e nos entrega duas toalhas felpudas.

— Céus, é melhor vocês correrem e se secarem logo, senão vão pegar um resfriado.

Sufoco um sorriso. É um comentário tão arcaico.

Quando já paramos de pingar, Grace nos empurra para dentro. Ordena que nos troquemos e depois a encontremos na cozinha. Não discuto. Toda tarde tem algo quentinho saindo do forno. De jeito nenhum vou recusar. Jamais voltarei a receber esse tipo de tratamento quando voltar a meu século.

Grace preparou três canecas de chocolate quente e deixou fatias grossas de pão caseiro esperando na mesinha da cozinha. Envolvo a caneca quente com os dedos e tomo um gole.

Ela se senta a minha frente.

— Como foi que vocês dois pegaram tanta chuva?

— Eu estava voltando para cá e acabei passando pela escola da Alora na hora em que o sinal da saída tocou. Pensei que podia querer andar comigo em vez de pegar o ônibus hoje. — Ao menos não estou mentindo. Jamais andei em um daqueles veículos antes, mas imagino que seja semelhante a pegar uma das naves da Academia: tumultuado, barulhento e cheirando a axila.

— Aham. E você conseguiu alguma pista nova sobre o seu pai?

— Não exatamente.

— Como assim?

Droga, ela não vai me deixar em paz. Respostas possíveis para enrolar Grace disparam em minha cabeça. Sou salvo quando Alora entra no cômodo.

— Do que vocês estão falando?

— Estava fazendo umas perguntas ao Bridger — responde a tia, com os olhos cravados em mim.

Alora se senta entre nós e ataca sua fatia de pão. Fascinado, eu a encaro enquanto ela praticamente engole o primeiro pedaço e corta um segundo.

— Você não almoçou? — indaga Grace.

— Não — diz a menina, o olhar fixo no prato. — Tinha que estudar.

— Não minta para mim. Você não foi almoçar para evitar Sela?

— Não, eu estava mesmo precisando estudar.

O olhar de Grace se endurece.

— Verdade? Então por que tenho a sensação de que os dois estão escondendo alguma coisa de mim?

Alora fica em silêncio. Penso no babaca que a insultou e minhas mãos se cerram em punhos sob a mesa. O que ela está escondendo de nós?

Uma batida alta interrompe o momento. A cabeça de Grace se volta para a frente da casa.

— Quem será?

Alora e eu ficamos sentados enquanto Grace vai verificar.

Ela empurra o prato e comenta:

— Lá se vai meu apetite.

— Sua tia é sempre assim?

Alora suspira.

— Sempre. Eu a amo muito, mas ela é tão superprotetora às vezes. Nunca me incomodou antes, mas agora me sinto tão... sufocada.

Sei exatamente o que quer dizer.

Ouvimos a voz irritada de Grace da cozinha.

— O que diabos ela quer agora?

Alora ergue as sobrancelhas e rapidamente se levanta.

— O que foi? — indago, seguindo-a para fora do cômodo.

— Tia Grace só pragueja quando Celeste vem aqui.

Começo a perguntar quem é Celeste, mas já estamos quase no saguão. Uma bela mulher de cabelos negros está gritando com Grace. Ela responde algo, mas então a mulher nota nossa presença.

Endireito a postura quando passa por Grace, apontando o dedo para Alora.

— Não sei qual é o seu tipo de joguinho, mas é melhor ficar longe do meu filho. Não vou deixar uma vadia que não vale nada arruiná-lo!

Alora tropeça para trás, como se as palavras tivessem a ferido fisicamente. Cerro os punhos. Cansei de deixar a tratarem como lixo hoje.

Grace se coloca entre a sobrinha e a mulher.

— Celeste, você não pode entrar na minha casa atirando acusações absurdas.

Celeste aperta a ponta do nariz e expira sonoramente pela boca.

— Se você atendesse a porcaria do telefone, eu não teria que entrar aqui assim.

— Estava ocupada.

— Tenho certeza de que estava — ironiza Celeste.

As narinas de Grace se arreganham.

— Bridger, Alora, vocês podem nos dar um pouco de privacidade?

Com prazer. Desejando poder fazer mais para proteger a menina daquela louca, entrelaço os dedos nos dela. Depois, saímos para a cozinha. Quando chegamos lá, ela se desvencilha de mim.

Não digo coisa alguma a princípio. Escutamos enquanto Grace e Celeste falam em tom baixo e urgente. Pergunto, enfim:

— Do que aquela mulher estava falando? Quem é o filho dela?

Alora expira, trêmula.

— Ela é mãe do Trevor.

— E por que ela ia acusar você de correr atrás dele? — pergunto, cruzando os braços.

— Não sei — responde ela, os olhos enchendo de lágrimas. — Talvez porque ele espalhou boatos sobre mim na escola.

Quando termina de me inteirar a respeito das histórias que Trevor contou a todos, sinto que eu teria um enorme prazer em me certificar de que o garoto jamais consiga procriar. A raiva queima meu corpo. Preciso de todo meu autocontrole para não voltar correndo para o saguão, mas sei que resultaria em nada. Celeste é obviamente uma daquelas mães estúpidas que não conseguem enxergar a verdade a respeito dos próprios filhos.

Assim, faço a única coisa que posso. Acabo com a pequena distância que há entre mim e Alora e a envolvo em um abraço. Ela instantaneamente se derrete contra mim. Os ombros tremem enquanto chora em meu peito.

Um nó pesado, já familiar, cresce em meu peito. Preciso de uma dose de Apaziguante. No entanto, não posso deixar Alora assim. Então me concentro nela e em como seu corpo se ajusta perfeitamente ao meu. Em como cheira a lavanda e chuva. O peso começa a diminuir.

Não sei quanto tempo ficamos assim — talvez segundos, talvez minutos —, mas não me importo. Parte de mim sabe que me sinto atraído por ela por causa de sua semelhança com Vika. Mas Vika morreu. E, tecnicamente, Alora também. É um fantasma. No entanto, estou aqui e agora com ela, que está sofrendo, e eu só quero fazer a dor parar.

Se pudesse ao menos lhe contar a verdade sobre suas habilidades... Poderia ajudar um pouco.

Mas não posso. Simplesmente não posso.

Alora corta o contato quando a porta da frente bate e murmura um pedido de desculpas.

Momentos depois, a tia irrompe na cozinha.

— Não posso acreditar no que aquela mulher acabou de me falar.

— O que ela disse? — indaga Alora.

Grace desaba na cadeira mais próxima. Narra como Celeste ficou sabendo dos boatos que correm pela escola por sua esteticista. Foi a filha da mulher quem lhe contou o que Trevor vinha dizendo. E, claro, a mente deturpada de Celeste atribuiu a culpa a Alora.

Grace parece ter envelhecido uma década quando termina, com direito a detalhes gráficos e tudo.

— Por favor, me diz que nada disso é verdade.

— Não é. Nunca faria nada disso.

— Não achei mesmo — diz a tia com um sorriso fraco. — Mas às vezes a verdade não importa nesta cidade. É o que todos *acham* que é verdade que importa. É provavelmente por isso que Sela não está falando com você, não é?

Interessante. Grace também não sabe qual foi o motivo da briga. Queria que Alora se abrisse para nós, mas ela apenas olha para o colo.

Grace deixa um som de reprovação escapar.

— Posso até não sair muito, mas ouvi por aí que a mãe dela anda puxando o saco de todos aqueles mandachuvas da cidade. — Ela solta uma risada de deboche. — Nunca achei que Sela agiria como a mãe. Acho que estava errada. Sinto muito por você estar tendo que aguentar tudo isso, querida. Não é justo.

Alora volta a cair no choro e Grace a acolhe em um abraço.

— Se precisar de qualquer coisa, me diga. Sei que você dependia de Sela para várias coisas, mas vou fazer o que puder para ajudá-la.

Os olhos de Alora estavam fechados, mas, quando ouve a parte a respeito de precisar de algo, imediatamente se abrem. Sei o que está pensando.

Deveria pedir a caminhonete emprestada agora ou esperar e arriscar perder a oportunidade?

Alora arqueia as sobrancelhas, como se quisesse que eu lhe dissesse o que fazer.

Não hesito.

Peça o carro, digo apenas com o movimento dos lábios.

25

ALORA
20 DE ABRIL, 2013

Estou enjoada — digo ao pegar a entrada que leva até a Starbucks onde finalmente me encontrarei com John Miller. Minhas mãos estão suadas, e as esfrego uma de cada vez na calça jeans.

— Eu diria para você parar, mas não acho que seja uma boa ideia nestas circunstâncias — comenta Bridger, espiando pela janela do carona. Tem razão. O trânsito de sábado de manhã em Covington é pior do que esperava. Além disso, não estou acostumada a dirigir em períodos de tráfego intenso. Na verdade, não deveria sequer estar aqui.

Tia Grace acha que estou levando Bridger até Athens para seguir uma pista que leva ao pai. Foi a primeira coisa em que consegui pensar quando lhe pedi o carro e, felizmente, funcionou. Ela concordou sob a condição de que voltássemos até as três da tarde e que eu lhe desse notícias de uma em uma hora. Até agora, já ligou duas vezes.

Quando encontro a cafeteria e estaciono, minhas mãos estão tremendo.

— Não sei se consigo fazer isso.

Bridger pousa a mão quente em meu ombro. Quase dou um pulo quando uma onda elétrica inunda meu corpo.

— É só nervosismo. Assim que começar a falar com o Sr. Miller, vai ficar tudo bem.

— Mas e se não ficar? E se eu fizer papel de imbecil completa?

— Você tem que parar de se preocupar. É isso que você queria. Agora tem que entrar lá e falar com ele, ou voltar para casa e continuar sem ter ideia de nada. A escolha é sua.

Enquanto ele me encara, esperando que eu decida, percebo que estou em uma daquelas encruzilhadas a respeito das quais sempre se ouve falar. Tome um caminho, e sua vida segue de uma maneira; tome outro, e ela será totalmente diferente. Sinto-me quase tentada a permanecer no carro e continuar vivendo minha vida como sempre. É segura e confortável, como um cobertor macio. Ou era, até eu começar a ter aqueles apagões.

Endireito os ombros e abro a porta.

— Vamos fazer isso.

Entramos, e imediatamente identifico o Sr. Miller. Disse que seria o homem de óculos e boné dos Atlanta Braves. Está sentado a uma cabine, olhando algo no celular.

— Quer que eu vá com você? — indaga Bridger.

— Não, preciso fazer isso sozinha.

Ele dá um pequeno sorriso.

— OK. Vou estar bem aqui se precisar de mim — garante, acenando com a cabeça para uma mesa próxima o bastante da do Sr. Miller para que eu possa vê-lo, mas distante o bastante para nos dar privacidade. — Quer alguma coisa para beber?

— Não – recuso, enquanto o estômago se revira novamente. — Provavelmente não conseguiria segurar na barriga.

Parte de mim deseja poder ir com Bridger quando ele se dirige ao balcão. Mas não posso me acovardar. Obrigo-me a caminhar para a cabine do Sr. Miller.

— Oi — digo com a voz esganiçada. Muito bom... Pareço ter cinco anos de idade.

O Sr. Miller desvia os olhos do celular. Sorri, mas, em seguida, o sorriso se torna uma expressão de confusão.

— Você é Alora?

— Hum, sou. — Uau, pareço um gênio.

Ele fica de pé, avultando-se sobre mim, e estende a mão.

— Sou John Miller.

Aperto-a e me sento diante dele. Minha língua parece pesada e grossa. Tento umedecer os lábios, desejando ter dito a Bridger para pedir um frappé para mim. Olho melancólica para a frente da cafeteria, onde ele ainda está esperando na fila.

— Então quer dizer que você é a filha do Nate. Como posso ajudar? — A voz do Sr. Miller parece cautelosa.

— Acho que é melhor começar dizendo que não me lembro de nada sobre ele, nem sobre minha mãe. Moro com minha tia Grace desde que tinha seis anos, mas ela não quer me dizer o que aconteceu com eles.

O Sr. Miller une as pontas dos dedos e franze levemente a testa.

— E imagino que você acha que posso dar algumas respostas, correto?

— Isso.

— Você tem alguma foto do seu pai?

— Tenho. Deixa eu pegar aqui. — Procuro desajeitadamente dentro da bolsa até encontrá-las.

A mão treme ao lhe estender os retratos. Ao estudá-los, ele arqueia as sobrancelhas.

— É, somos mesmo eu e Nate. Isso é que é um exemplo de "de volta para o passado".

Começo a relaxar.

— Você podia me contar como ele era? Ou quando foi a última vez que falou com ele?

O Sr. Miller aperta os lábios, tornando-os uma linha fina, e me devolve a fotografia. Então fica em silêncio, o que me desencoraja.

— O que foi? — indago.

— Estou tentando entender o que está acontecendo. Você definitivamente lembra Nate e Grace. Mas... — Ele para e inclina a cabeça para o lado. — Já disse que Nate nunca comentou que tinha uma filha.

Minha pele formiga com a certeza de que o que quer que tenha a dizer a seguir não será bom.

— E sabe em que mais estou tendo dificuldade para acreditar? Que você é mesmo a filha dele.

— Mas você disse que me pareço com ele.

— Verdade, mas se parece com Grace também. Talvez seja filha dela.

O calor aflora em meu rosto.

— Se fosse verdade, por que ela me diria que Nate é meu pai?

Ele dá de ombros.

— Não sei. Precisa perguntar a ela.

Quero gritar.

— Você não me ouviu? A tia Grace não quer me contar nada sobre o meu passado. Acha que vai me traumatizar.

— Como já falei, não sei. Talvez seja mesmo filha de Nate e ele não sabia de você.

— Não, não faz sentido — retruco. — Tia Grace disse que foi ele quem me levou para a casa dela. Me deixou lá dez anos atrás e disse que voltava para me buscar, mas nunca voltou.

Repentinamente, o Sr. Miller se levanta e pega o café.

— Não sei que tipo de golpe você está tentando dar, mas não estou achando graça.

Encaro-o, confusa.

— Não estou entendendo. Não estou querendo dar golpe nenhum. Só quero saber mais sobre o meu pai, só isso.

— Você acabou de me contar uma mentira, por isso sei que Nathaniel Walker não pode ser seu pai.

— O que você está dizendo? Ele *é* o meu pai.

— Impossível. O Nate Walker que conheci morreu em 1994.

Permaneço sentada, atordoada demais para me mover, e observo o Sr. Miller irromper porta afora. Suas últimas palavras reverberam em meus ouvidos junto com outro pensamento.

Como Nate Walker poderia ser meu pai se morreu em 1994?

Eu nasci em 1997.

26

ALORA
20 DE ABRIL, 2013

Tia Grace já espera por mim na varanda dos fundos antes mesmo que eu consiga estacionar a caminhonete, as mãos nos quadris e o rosto contorcido em uma expressão assassina.

— Está pronta? — indaga Bridger, mantendo os olhos fixos nela.

— Estou — respondo.

Normalmente, a visão de uma tia Grace raivosa faria meu pulso acelerar, mas, neste momento, não me importo. Tive a viagem de volta de Covington inteira para digerir o que descobri com o Sr. Miller.

E estou muito irritada.

Minha mente está cheia de perguntas, a maioria relativa ao fato de que tia Grace vem mentindo sobre mais do que eu pensava. Na volta para Willow Creek, Bridger argumentou que poderia ser o Sr. Miller quem estava mentindo, mas não acredito. Bridger não viu a expressão chocada que fez quando eu lhe disse que papai me deixara com a irmã. Não ouviu a angústia em sua voz quando revelou que o amigo morrera em 1994.

Assim que estaciono, digo:

— OK, o clima provavelmente vai ficar pesado antes de eu conseguir arrancar alguma coisa dela, então seria melhor ter essa conversa sozinha.

— Tem certeza? Eu fico se você quiser.

Quero pedir para ele ficar. Confrontos de qualquer espécie não fazem meu estilo, e prefiro evitá-los a todo custo. Mas hoje não posso fazer isso, não quando diz respeito a algo que desejo há tanto tempo.

— Tenho. Assim que terminar, conto tudo para você.

Ele massageia a nuca.

— Se precisar de mim, vou estar no quarto.

Tia Grace aguarda agora ao lado do automóvel. Assim que abro a porta, grita:

— Onde vocês estavam e por que não atendeu o celular?

— A gente só está meia hora atrasado.

— Quando combinar um horário para voltar com o *meu* carro, espero que esteja de volta exatamente naquela hora. Da mesma forma que espero que você atenda quando eu ligar.

Bridger ainda está ao lado da caminhonete. Dou a ele o que espero que seja um sorriso tranquilizador e digo:

— Vou ficar bem.

Ele parece querer dizer algo, mas aperta os lábios e se arrasta para a varanda.

Grace o observa se distanciar.

— Só isso? Deixo vocês pegarem o *meu* carro emprestado para correr atrás de uma pista do pai dele e nem um "obrigado" recebo? — Quando entra, ela gira nos calcanhares e volta a me olhar ameaçadoramente. — O que tem a dizer em sua defesa, mocinha? Não saberia se vocês tivessem sofrido um acidente ou se tivessem sido raptados. Esqueceu que Naomi Burton ainda está desaparecida?

Sinto nós e borboletas crescendo em meu estômago. Um momento atrás, estava decidida a confrontá-la, mas agora o conhecido desejo de querer fugir toma conta.

— Bem, não fique aí parada, fingindo inocência. Me responda!

A incerteza evapora quando diz isso. Desde que moro com tia Grace, tento fazer tudo como manda. Sou grata por ter estado aqui para me criar. Sempre confiei nela. Mas essa confiança foi destruída hoje.

Arranco a bolsa de dentro da caminhonete e fecho a porta com força.

— Quer saber onde eu estava? Fui visitar um velho amigo do meu pai hoje. Você se lembra de John Miller?

Por um instante, tia Grace continua a me olhar com olhos apertados, mas em seguida absorve o significado da pergunta. Seu queixo despenca, e ela engasga de leve.

— Como ficou sabendo dele?

— Eu o vi naquelas fotos do *meu* pai que você escondeu de mim.

A compreensão surge em seu rosto.

— Você estava no sótão na semana passada. — Ela fecha os olhos enquanto tenta estabilizar a respiração. Quando volta a abri-los, indaga: — E aonde você foi para encontrar com John?

Meu coração faz uma dança frenética em meu peito. Como odeio isso. Odeio. Isso. Tenho que me obrigar a dizer:

— Bridger e eu fomos até Covington. É lá que o Sr. Miller mora agora.

— Você foi aonde? — indaga ela, cada palavra mais alta que a anterior. — Pelo amor de Deus! Não posso acreditar que vocês dois fizeram isso comigo. Confiei em vocês, e é esse o agradecimento que recebo.

— Não coloque a culpa em Bridger. Ele estava com pena de mim porque sabe como é não ter o pai presente. Pedi para me ajudar.

— Não muda o fato de que os dois mentiram para mim — acusa.

— Do mesmo jeito que você sempre mentiu?

Tia Grace encurta a distância entre nós. Recuo e bato as costas na caminhonete.

— O que você fez? — murmura.

— Como assim, o que eu fiz?

— Pense nas consequências. E se isso tiver algum efeito ruim sobre você?

— Como descobrir sobre meu passado pode me fazer mal? Parece que é você quem tem medo de descobrir. Isso, ou não quer que eu saiba.

— O que exatamente ele disse a você?

— Que meu pai morreu em 1994, o que não faz sentido nenhum, considerando que nasci em 1997.

Ela balança a cabeça.

— John nunca foi muito normal. Deve ter confundido Nate com alguma outra pessoa.

— Ah, não, nem tente isso. Ele foi categórico. Mostrei a ele algumas fotos que achei, e mesmo assim continuou dizendo que eu não podia ser a filha de Nate Walker.

— Isso é loucura!

— Será? Ou existe outra razão para você estar mentindo? Você me sequestrou?

— Alora, como você pode dizer isso?

— Por que não falamos com a polícia? Aposto que vão me ajudar a descobrir a verdade. — A expressão no rosto de tia Grace me deixa péssima. É choque, raiva e algo mais. Esperava medo, mas é diferente. O olhar é tão triste, que instantaneamente me arrependo de tudo o que disse.

— Como fui deixar isto acontecer? — geme ela, cobrindo o rosto com as mãos. Ela não fala por um tempo. Quero gritar para que diga algo, mas logo me dou conta de que está chorando. Os ombros tremem à medida que fungadas abafadas escapam. Jamais a vi chorar, não sei o que fazer. Deveria tentar confortá-la? Ou apenas deixá-la sozinha?

Decido guiá-la pelo braço até a varanda dos fundos, onde nos sentamos nos degraus.

— Não enlouqueci depois de falar com o Sr. Miller. Você não acha que mereço saber a verdade agora?

Ela esfrega os olhos com as costas das mãos para se livrar das lágrimas.

— Não queria dizer nada porque não sabia como você reagiria. Seja lá o que tiver acontecido com você, tem que ter sido muito ruim, e não queria que revivesse tudo. E... Nate também me pediu para não contar.

Ouvir a última frase me deixa gelada por dentro. Engulo em seco algumas vezes e espero que continue. Tia Grace, porém, permanece quieta e fita o espaço diante de si, como se estivesse vendo o que aconteceu no passado.

Finalmente, começa:

— Nate se alistou no exército assim que saiu da escola. Na época, pensamos que era a melhor coisa que podia ter feito, levando em consideração que sempre se metia em encrenca. Matava aula, ficava até tarde fora fazendo Deus sabe o quê. Enfim, quando tinha 24 anos, estava em serviço no Iraque e o caminhão em que estava passou por cima de uma mina terrestre. — Tia Grace inspira com dificuldade, o fôlego entrecortado. — John estava em outro caminhão atrás de Nate. Me contou depois que viu o comboio explodir. Nos disseram que não havia sobreviventes.

Recordo a reação do Sr. Miller quando disse que papai tinha morrido em 1994. O rosto estava contorcido pela raiva, mas os olhos contavam uma história diferente. Tinham uma expressão assombrada, como se a lembrança fosse penosa demais.

— Por isso fiquei em choque quando Nate apareceu em 2002, e justo no dia do meu aniversário. Eu estava sentada no píer do rio, sentindo pena de mim mesma. Na época, mamãe, papai e Darrel já estavam todos mortos. Nate quase me matou de susto, porque sequer o vi chegar. Eu me lembro de ter pensado que finalmente tinha enlouquecido. — Ela solta uma risada rouca. — Mas ele era real. Claro, quis saber o que tinha acontecido, mas ele disse que era confidencial. Tudo o que disse é que tinha uma vida nova e que precisava vir me ver por um tempo. Acabamos conversando durante horas, como se ele nunca tivesse ido embora. Quando disse que precisava ir, quase partiu meu coração. Prometeu que voltaria no ano seguinte, no meu aniversário. E ele honrou a palavra.

Ela volta a cair em silêncio, desta vez sem dizer mais nada por um longo tempo. Começo a ficar impaciente e chego à conclusão de que é melhor incentivá-la antes que decida entrar.

— Não entendo. Se ele tinha essa vida nova e tudo era informação confidencial, por que me deixou com você?

Tia Grace encara as mãos, as fechando e abrindo no colo.

— Essa é a parte estranha. Ele nem mencionou a sua existência quando me visitou aquela primeira vez. Mas quando voltou no ano seguinte, estava tão empolgado... Disse que finalmente havia se livrado da pessoa que o mantinha preso àquela missão e que ia trazer a família para morar aqui por perto. Fiquei tão feliz por ele. Darrel e eu não tivemos filhos, então imagina como me senti quando descobri que tinha uma sobrinha.

— Ele não disse que ia me trazer?

— Não, e o mais estranho é que veio duas vezes naquele dia. A primeira foi de tarde, quando me contou sobre os planos. Depois, na mesma noite, ele apareceu na pousada. Você estava desacordada. E ele parecia que tinha ido ao inferno e voltado. Disse que você e sua mãe tinham sido atacadas e que só tinha tido tempo de tirar você de lá. Disse que ia deixá-la comigo para poder voltar e descobrir o que tinha acontecido a ela.

— E ele voltou depois?

Ela franze a testa.

— Não. Só me pediu para cuidar de você. E me deu uma chave antes de ir. Disse que era de um cofre de banco e que só deveria ser aberto se ele não voltasse. Implorei que me contasse o que tinha acontecido, mas ele se negou. Me fez prometer que nunca contaria o pouco que sei a você. Foi a última vez em que o vi.

Tento engolir, mas minha boca está absolutamente seca.

— Então, isso é tudo — diz tia Grace. Ela fica de pé e estende a mão para mim. Eu a pego e a deixo me puxar. — Me desculpa ter escondido a verdade, mas só fiz isso porque era o que Nate queria. O que aconteceu com você e sua mãe deve ter sido horrível. Horrível o bastante para enterrar as lembranças lá no fundo da sua mente. E, conhecendo meu irmão, sei que preferiria que você não lembrasse. — Ela toma minha outra mão e a envolve com a sua. — Querida, jamais faria nada para machucá-la intencionalmente. Você é a única família que me resta. Faria de tudo para protegê-la.

Não consigo formular palavras. Encaro tia Grace, incerta do que estou sentindo. Pela primeira vez, entendo por que mentiu para mim. E, por mais que deteste isso, não a culpo.

Sequer sei por onde começar a processar o que me contou. Minha vida poderia ser o enredo de um filme. A única peça faltando é um louco maligno, senão seria perfeito.

— Está tudo bem? — indaga ela em voz baixa.

— Acho que sim — respondo, recordando algo que disse. — Você mencionou um cofre. Onde é que estava mesmo?

— Em Atlanta.

— O que tinha lá?

Uma pausa densa se segue.

— Não tinha nenhuma informação nova a respeito do que o Nate tinha feito todos aqueles anos. Só a papelada de que eu precisaria para cuidar de você. Sua certidão de nascimento, documentos de identificação, coisas assim.

— Só isso?

— Só isso.

— Posso ver?

Tia Grace solta minhas mãos e suspira.

— Juro, são só documentos legais, nada que você precise examinar. Deixo-os guardados por questões de segurança.

— Será que você pode pelo menos me dizer o nome da minha mãe?

— Claro — concorda em voz baixa. — É Addie. Mas nem se dê ao trabalho de procurar informações sobre ela. Já pesquisei e não consegui nada.

Imagino se está mentindo outra vez. Provavelmente. Em vez de acusá-la, porém, estampo um sorriso no rosto e a abraço.

— Desculpa mesmo por ter mentido e saído escondido hoje.

— Desculpa por não ter contado o que sabia. — Tia Grace me aperta e se afasta. — Acho que estamos quites, hein?

— É, acho que sim.

— Está tudo bem mesmo?

— Está, sim, senhora. Recuperei uma parte da minha vida.

— Sinto muito não saber mais. Ainda tenho esperanças de que Nate volte um dia.

— Eu também.

— Bom, vamos tentar esquecer tudo isso por enquanto. Não dá para ficarmos sentadas esperando que ele ou sua mãe apareçam de surpresa. Temos que viver as nossas vidas, ou vamos enlouquecer.

Sigo-a para dentro da casa, pensando que está certa. Já me sinto melhor, como se as pecinhas do quebra-cabeça de meu passado estivessem se encaixando. Ainda não estou completamente satisfeita, no entanto, e não vou ficar até ter o retrato completo.

Meus pais não iriam querer que eu ficasse deprimida pelos cantos, lamentando a perda da vida que deveria ter tido, mas isso não significa que tenho que parar de buscar mais respostas. Porque conheço tia Grace, e sei que não há qualquer motivo bom o suficiente para que não queira me mostrar aqueles papéis, já que são apenas documentos legais.

Ela está escondendo algo mais.

27

BRIDGER
21 DE ABRIL, 2013

Um raio prateado de luar ilumina o quarto. O relógio mostra 12h03. Alora deve entrar a qualquer instante. Ela queria se certificar de que a tia estava dormindo antes de nos esgueirarmos para o térreo. Está convencida de que Grace está escondendo algo dela. E tem certeza de que, o que quer que seja, estará no cofre oculto do escritório.

Depois de me contar o que Grace admitiu saber, achei que surtaria. E se os militares deste tempo tivessem descoberto que pessoas com Talentos existem? Poderia ser esta a razão pela qual o pai de Alora estava com eles? Mas não faz sentido. De acordo com tudo o que aprendi na Academia, os governos do mundo sequer sabiam sobre os Talentos até que cientistas começaram a modificar geneticamente as pessoas. No passado, aqueles que nasciam naturalmente com as habilidades as escondiam.

Uma batida suave à porta me arranca de meus pensamentos. Pulo da cama e abro.

Alora está de robe e pantufas. É difícil distinguir qualquer cor no corredor mal-iluminado, mas o robe é definitivamente algo claro. Parece quase angelical na escuridão ao redor.

Tenho que parar de pensar desta maneira.

— Está tudo bem? — indaga, inclinando a cabeça para o lado.

— Tudo — respondo depressa. — É só que... Não sabia que ia estar vestida assim.

Ela parece surpresa, olhando para o robe, depois abre um pequeno sorriso.

— Ah, você achou a minha roupa ridícula? E a sua, Sr. Milico? Se tia Grace pegar a gente lá embaixo, com certeza vai perguntar por que está vestido assim.

Ela está certa. Estou de uniforme. Achei que, se precisasse me esconder, a melhor opção seria o manto. Mas não posso dizê-lo a Alora. Em vez disso, sorrio e falo:

— Bom, é melhor do que usar o que costumo vestir para dormir.

Seus olhos desviam para meu peito. Pergunto-me se está corada porque está se lembrando de ter me visto apenas de roupas íntimas. E isso me faz sorrir.

— Bom, use o que quiser. Só fique quieto. — Ela se afasta de mim, usando o celular para iluminar a área adiante. Fecho a porta e me apresso em alcançá-la.

No térreo, ela para em frente a uma porta fechada no corredor, diante da cozinha. Tira um grampinho do bolso e estende o celular para mim.

— Fique com a luz na maçaneta, OK?

As pontas dos meus dedos mal roçam sua pele ao pegar o aparelho. Mas é como a descarga de um Estuporador, só que sem a dor. Puxo a mão, pensando que vou surtar de verdade se continuar com isso por muito mais tempo. Não posso deixar acontecer. Não posso desenvolver qualquer sentimento por Alora. Ela não é Vika, é um fantasma. Nada além.

Alora esfrega a mão antes de inserir o grampo na fechadura.

— Pode segurar a luz com firmeza? Isto aqui não é fácil.

— Achei que fosse boa em abrir fechaduras.

— Só fiz isso duas vezes, e sempre durante o dia. Então me desculpe se não for rápida o suficiente para você.

Por um momento, me preocupo que Alora possa estar irritada comigo, mas o canto de sua boca logo se curva para cima. Concentro-me em seus lábios enquanto trabalha. Assim que para de sorrir, mordisca o lábio inferior. Depois, o umedece com a língua.

Tenho que desviar os olhos.

Finalmente, ouço um pequeno "clique" e depois um triunfante:

— Isso!

Alora tranca a porta ao entrarmos e acende a luz. O cômodo é de um tom azul esfumaçado. Não tem muito espaço para móveis. Apenas uma escrivaninha antiga diante da única janela, duas estantes estreitas apinhadas de livros de ambos os lados da lareira e uma cadeira que parece confortável no canto.

— Aqui. — Alora atravessa o espaço até a estante mais próxima e desliza a mão pela lateral da madeira escura. — Ano passado, tia Grace decidiu me contar onde guarda a papelada importante para o caso de alguma coisa acontecer com ela. Foi ao médico porque estava sentindo dores no peito. Descobriram que eram causadas pela ansiedade. — Ela baixa o olhar, como se a lembrança fosse dolorosa. — Enfim, disse que tem um cofre na parede aqui atrás.

— Você sabe a senha?

— Sei, é o aniversário de casamento dela. Então o que precisamos fazer é afastar isso.

Observo a estante.

— Ela chegou a mostrar exatamente como abrir o cofre?

— Não, só falou que era para digitar os números em um teclado.

Parece fácil o bastante. Se tem algo que aprendi, no entanto, é que as coisas que deveriam ser fáceis raramente o são. Posiciono-me ao lado de Alora e seguro a lateral da estante acima dela.

— Você puxa a parte de baixo e eu puxo a de cima. Pronta?

— Pronta — afirma em um suspiro. Quase solto o móvel. Ela pareceu tanto Vika ao falar.

Juro que estou perdendo a cabeça.

Mas sigo em frente. Mesmo com a ajuda de Alora, a estante não quer se mover. Demoramos alguns minutos, progredindo lentamente, antes de abrirmos espaço o suficiente entre o móvel e a parede para revelar o cofre.

— Não dá para acreditar que estou nervosa assim — comenta ela ao se ajoelhar diante dele. Corre os dedos pelas teclas e volta a me fitar. — E se tiver alguma coisa muito ruim aqui? Tipo, ela falou que papai não quereria que eu soubesse.

Ajoelho-me ao lado dela e coloco a mão em seu ombro. Entendo o que está sentindo. É a mistura de empolgação e temor que se tem quando se dá conta de que está para descobrir algo que pode mudar tudo. Foi assim que me senti pouco antes de ler as informações no DataDisk de papai.

— Tudo bem — sussurro. — É normal se sentir desse jeito. Mas, sabe, se você desistir agora e não abrir o cofre, vai se arrepender depois. Vai ficar se perguntando todos os dias o que tem aí dentro.

— Eu sei — responde. — É só que... É meio surreal.

Ela desvia os olhos de mim antes que eu possa responder e digita o código. Prendo a respiração.

Nada acontece.

Ela franze a testa e repete a operação.

Ainda nada.

— Anda! — Ela tenta outra vez.

— Você disse que a senha era o aniversário de casamento da sua tia, não foi?

— É. Ela se casou no dia 26 de junho de 1996.

— Então você está colocando os números 26, 6, 96?

— É, tentei isso. Deixa eu ver se consigo com 06. — Os dedos voam sobre o teclado.

Nada.

Ela bate com o punho ao lado do cofre.

— Não entendo. Ela me disse que era a data do casamento. E se mudou a senha? — Encosta a testa na parede e resmunga: — Mas que ótimo.

Massageio a nuca, refletindo. Não faz sentido que Grace tenha mudado a combinação sem contar a Alora. Especialmente se queria que a sobrinha tivesse acesso a ele em caso de emergência.

— E se você tentar os números na ordem contrária?

Ela digita novamente. Desta vez, a luz ao lado do teclado pisca, verde. Alora leva a mão ao peito.

— Isso. — murmura.

Solto a respiração que não tinha me dado conta de estar segurando.

Em seguida, ela abre a porta.

Meu coração martela enquanto observo por cima de seu ombro. Uma pilha alta de envelopes descansa sobre algumas pastas. Bem no topo, porém, está uma caixa de madeira polida. Alora a retira primeiro.

Afasto-me para que possa sair de onde estava atrás da estante. Ela coloca a caixa no colo e abre a tampa. Quero me aproximar e revirar o que quer que esteja lá também, mas me forço a esperar. São coisas do pai dela.

Alora tira um papel e o examina.

— É a minha certidão de nascimento — diz, olhando para cima. — O nome da minha mãe é *mesmo* Addie. Pelo menos tia Grace não estava mentindo sobre isso. E nasci em Denver. Que estranho, né? Não seria legal se meus pais conhecessem os seus?

Apenas sorrio.

Ela deixa o documento no chão e investiga o restante da papelada.

— São exames médicos antigos. Por que será que o papai ia querer esconder isso de mim? Não faz sentido. — Ela solta um suspiro pesado, mas em seguida os olhos se arregalam. Eu me pergunto se é uma fotografia de sua família. Ela puxa o objeto de sua atenção.

E, por um instante, me esqueço de respirar outra vez.

Ela segura uma corrente de prata delicada com um pingente de uma pedra negra lisa. Algo que já vi antes, quando o professor March nos deu uma aula sobre contrabando de tecnologia em meu tempo — uma Joia de Ilusão.

Como foi que o pai de Alora conseguiu pôr as mãos em algo que não existe ainda?

Fico me perguntando se teria sido meu pai quem lhe deu aquilo. Grace recuperou aqueles itens quando Alora chegou aqui. Mas por que papai voltaria no tempo e entregaria uma Joia ao pai da menina e depois tentaria salvá-la este ano?

Não me surpreende que o pai de Alora não quisesse que tivesse acesso a isto. Pressionar a pedra por 10 segundos ativa o manto. Posso imaginar o caos que criaria se ela o fizesse em público.

— O que foi? — indaga a menina.

201

Ao som de sua voz, meus olhos se voltam para ela.

— Só estava pensando que é um bonito... colar.

Péssimo, Creed. Péssimo.

— É lindo. Será que era da minha mãe? — Alora ergue a Joilu diante dos olhos. Ela balança levemente, reluzindo sob a luz. — Sabe de uma coisa? Vou ficar com ele. — Abre o fecho e pendura a corrente ao redor do pescoço. Preciso de toda a minha força de vontade para não arrancá-lo dela.

Porque tem algo de que estou absolutamente certo: Alora não deve se meter com uma Joilu.

Tenho que tirá-la dela. Mas como?

28

ALORA
6 DE MAIO, 2013

O segundo ponteiro do relógio se arrasta como se estivesse coberto de melado. Estou mais do que pronta para sair daqui. Não só as aulas de biologia me entediam, como também a sala inteira cheira a substâncias químicas e algo mofado. Tento prestar atenção ao professor, mas minha mente insiste em voltar ao que tia Grace me contou sobre papai.

Tiro o colar de dentro da gola da blusa e envolvo o pingente com os dedos. É reconfortante ter algo que veio de meus pais. Gosto de pensar que é um presente deixado por eles. Talvez tenha sido a última coisa que me deram.

Mas por que papai iria querer escondê-lo de mim?

A caixa de som faz um ruído de estática acima de nós, Kate é convocada a comparecer à secretaria para ser liberada. Enquanto junta suas coisas, observo sua aparência. Os cabelos não estão cuidadosamente penteados, não está usando maquiagem alguma e parece exausta. Acho que o desaparecimento de Naomi surtiu efeitos ruins nela. Sai depressa sem olhar para ninguém.

O professor recomeça a aula. Dez minutos depois, outra aluna é chamada a sair, desta vez uma das melhores amigas de Kate e Naomi. Sua aparência não está nem um pouco melhor do que a de Kate. Ninguém consegue se concentrar na aula depois disso. Alguns alunos lançam olhares furtivos à carteira que já estava vazia — a de Naomi.

Durante a primeira semana depois de seu desaparecimento, todos achavam que tinha simplesmente ido embora porque estava aborrecida por ter terminado com Trevor, mas agora não. Não depois de ficar tanto tempo sem sequer contatar os pais ou amigos.

Já faz três semanas desde que sumiu.

Depois de o sinal tocar, corro para o armário. Quase todos falam sobre Naomi. Alguns chegam até a dirigir olhares desconfiados quando passo, como se fosse eu a responsável por seu desaparecimento. Perto do armário, escuto uma aluna dizer que os pais já não a deixam ir a lugar algum sozinha. Entendo bem. Tia Grace também tem estado no limite.

Quando chego para a aula de história, me preparo para encarar Trevor, mas ele não está lá. Não é surpresa alguma — geralmente entra no último minuto.

Mas ele não aparece. Talvez tenha sido liberado com Kate. Não sei e não me importo. Eu me acomodo e tento ouvir a aula, mas a caixa de som volta a zunir.

Desta vez, sou eu a convocada.

Sentindo todos os olhares em mim, rapidamente junto meus livros e me lanço para fora da sala, imaginando o está acontecendo. Não pode ser coincidência que Trevor não esteja na aula e que, antes disso, as duas melhores amigas de Naomi tenham sido chamadas.

Ao chegar na secretaria, estou toda arrepiada. Tia Grace está sentada em uma cadeira preta, apertando a bolsa com as mãos. Levanta-se de um pulo ao me avistar.

— Por que você está aqui? — indago.

— Agora não — sibila. Os olhos desviam para o balcão, onde ambas as secretárias sequer tentam disfarçar que estão nos ouvindo. Tia Grace marcha para a porta e a segura aberta para mim.

Quando já estamos na caminhonete, ela bate com a mão esquerda no volante.

— Não consigo acreditar no que está acontecendo.

— O que foi?

— Recebi uma ligação agora há pouco. O delegado quer te fazer algumas perguntas sobre Naomi Burton.

— Por que ele quer falar comigo? — indago, embora tenha uma boa ideia do motivo. Está tudo ligado a Trevor. Meu Deus, como o odeio. Por que tinha que ficar estranhamente obcecado por mim?

— Não sei, querida — responde. — Só disse para levá-la até lá imediatamente.

Meu estômago se revira com os nervos à flor da pele quando estacionamos na delegacia. Ao entrarmos no saguão, tenho que prender a respiração para não vomitar. Parece que esfregaram o chão com uma esponja podre. Tia Grace franze o nariz antes de cumprimentar o policial atrás de uma janela à prova de balas. Enquanto esperamos que avise o delegado sobre nossa chegada, examino a área.

Estou surpresa e aliviada por Trevor e Kate não estarem aqui. Já é ruim o suficiente que queiram me interrogar, mas ser obrigada a estar aqui com os Monroe seria o mesmo que cutucar meus olhos com agulhas quentes.

— Podem se dirigir para a sala do delegado — avisa o policial quando retorna. Ele nos impele a passar por uma porta a nossa esquerda. Entramos com ele, que nos acompanha até a sala do delegado.

O delegado Lloyd, um homem alto com uns cinquenta e poucos anos, está sentado à mesa. Tem olhos fundos e parece que passou as mãos pelos cabelos grisalhos algumas vezes. Ele fica de pé e estende a mão para tia Grace.

Ela não a toma.

O olhar dele endurece.

— Por favor, sentem-se — diz, e espera até que o tenhamos feito. — Acho que estão querendo saber por que chamei as duas até aqui.

Tia Grace se recosta e cruza os braços.

— Ah, sim, isso com certeza passou pela minha cabeça. — Juro que aquela voz poderia cortar metal. Ela me contou que o delegado tivera a ousadia de lhe dar algumas cantadas semanas depois do funeral de Darrel. E ficou com raiva por ter sido rejeitado.

Então, sim, ele é um babaca, ou ao menos costumava ser um.

— Bem, vamos começar. — Volta a atenção a mim. — Alora, quando foi a última vez que viu Naomi Burton?

Lá vamos nós. Esfrego o pescoço.

— Foi mais ou menos três semanas atrás. Na sexta depois da escola, no dia 11 de abril. — Eu me lembro da data porque foi um dia antes da festa de Levi. — Vi Naomi indo para o estacionamento.

— Você falou com ela?

— Não, senhor. Eu estava com... Sela. Sela Perkins. — Um nó se forma na garganta. Quase disse minha amiga Sela.

É engraçado o quanto tudo pode mudar em poucas semanas.

— Como Naomi parecia estar para você?

— Estava chateada.

— Chateada? Mas zangada ou triste? — Inclina-se para a frente e apoia um braço na beirada da mesa.

Visualizo como Naomi parecia naquele dia. Como estava chorando. E penso no dia anterior àquele, quando a ouvi dizendo algo sobre seguir Trevor e precisar dele.

— Triste, com certeza — respondo. — O namorado tinha terminado com ela.

— E tem certeza de que não teve nenhum contato direto com Naomi? Tia Grace bufa de raiva.

— Ah, pelo amor de Deus, ela acabou de dizer que não falou com a menina.

O delegado Lloyd dispara um olhar férreo a ela.

— Vou pedir que saia da sala se não permanecer calada.

Se tia Grace pudesse lançar raios laser pelos olhos, o homem estaria queimado neste momento. Respondo a pergunta e muitas outras mais, todas relativas ao comportamento de Naomi durante a semana anterior a seu desaparecimento. Até mesmo como ela e Kate interromperam minha suposta sessão de estudos com Trevor.

— E tem certeza de que você e a Srta. Burton não tiveram uma briga mais expressiva aquela semana? Algo referente a uma disputa por Trevor Monroe.

— Não, já contei ao senhor o que aconteceu. — Meu corpo inteiro está tenso. Queria que me liberasse.

O delegado arqueia uma sobrancelha enquanto estuda meu rosto e diz:

— Isso é... interessante.

— Isso o quê? — indago.

— Não foi o que o Sr. Monroe disse.

— Seja o que for que aquele cretino disse, é mentira — interrompe tia Grace, apertando os apoios de braço da cadeira.

— Estou começando a me perguntar isso também — responde ele.

Dizer que fiquei perplexa é o eufemismo do ano.

Tia Grace solta a cadeira.

— Bem, fico contente que você tenha senso o bastante para perceber isso.

Eu olho para titia de forma repreensiva, desejando que ela deixasse a amargura de lado, e pergunto:

— O que ele fez?

— Não posso discutir as ações do Sr. Monroe. — Então verifica algo no computador. — Tem algo a acrescentar antes de ser liberada?

Quase respondo que não para poder sair, mas lembro do que Trevor me disse pouco antes de agarrar meu braço.

Olha, não se preocupe com Naomi. Vou cuidar dela.

As palavras estão a ponto de escapar de minha boca, mas as engulo outra vez. Tenho medo. Quer dizer, veja só o inferno pelo qual Trevor me fez passar quando não quis sair com ele. Não quero fazer algo que possa chamar sua atenção de volta a mim. É por isso que digo:

— Não, senhor. Isso é tudo.

— Se tem certeza, então acredito que é tudo por enquanto. — Ele se levanta e diz a tia Grace: — Obrigado por tê-la trazido. Se tiver mais perguntas, eu ligo para você.

— O prazer foi meu — responde ela, o sarcasmo pingando das palavras ao tirar a bolsa do chão. — Falando nisso, conseguiram encontrar Naomi?

O maxilar do delegado se retesa.

— Conseguimos.

— Que boa notícia — digo, lançando um olhar curioso a tia Grace.

Ela pergunta justamente o que estou pensando:

— Então por que me pediu para arrastar Alora até aqui se vocês já a encontraram?

De repente, sei por quê. Meu coração martela no peito antes de escutar as palavras do delegado.

— Porque o corpo de Naomi foi encontrado esta manhã. Esta é agora oficialmente uma investigação de homicídio, e temos que seguir cada nova pista.

Meu Deus.

Naomi está morta.

Naomi está morta.

Naomi está morta.

As palavras piscam como um letreiro em neon em minha cabeça. Não sou absolutamente uma fã da menina, mas ainda assim é difícil receber a notícia. Desabo na cadeira, sentindo-me nauseada.

— Ah, não, querida. Você está bem? — indaga tia Grace, o rosto contorcido de preocupação.

Quero dizer que não. Não consigo acreditar que seja real. Quero me encolher e chorar.

O delegado Lloyd limpa a garganta.

— Posso fazer alguma coisa? — Ele parece preferir estar em qualquer outro lugar a estar aqui comigo.

— Não... Vai ficar tudo bem — minto. Minha língua parece letárgica. Queria água, mas prefiro sair daqui, rápido.

— Tem certeza? — insiste Grace. — Não quero você desmaiando antes de voltarmos ao carro.

— Estou bem. Mesmo. — Forço a voz a soar mais forte, mais segura.

Ela me ajuda a levantar e forço as pernas a se enrijecerem, desejando que o estômago pare de dar saltos loucos. Não consigo acreditar. Uma garota está morta. E se for Trevor o assassino? Claro, não tenho qualquer prova exceto aquelas palavras que me disse sobre Naomi.

Minutos antes, não pareciam tão importantes. Agora, fazem toda a diferença do mundo.

— Bom, então, vamos. Você precisa descansar um pouco — chama tia Grace.

— Obrigado por virem — agradece o delegado, nos acompanhando até a porta. — E lembre-se: se pensar em qualquer outra coisa, pode me ligar.

Quero lhe contar ali mesmo o que Trevor disse. Sei que deveria contar. Hesito, porém. Se realmente tiver matado Naomi, o que faria comigo se descobrisse o que falei? Quero correr o risco?

Ou deixo um possível assassino sair impune?

Saímos da sala, e me dou conta de que estou fugindo. Da mesma forma como estive fugindo de meus medos por tantos anos. Obedeci a tia Grace e ignorei o desejo de buscar respostas sobre meu passado porque, no fundo, tinha receio do que poderia descobrir.

Estou cansada de ter medo.

Antes de poder mudar de ideia, me desvencilho de tia Grace e volto à sala do delegado. Ela chama meu nome, mas a ignoro.

O delegado desvia o olhar dos papéis em que mexia, surpreso.

— Esqueceu alguma coisa?

Minha voz treme ao dizer:

— Sim, senhor.

29

BRIDGER
6 DE MAIO, 2013

Eu me jogo na cama e esfrego os olhos. Acabei de desperdiçar duas horas pesquisando na internet. Não sei por que continuo a procurar informações sobre os pais de Alora. Mas continuo. Qualquer coisa que consiga me manter ocupado.

Tento pensar em algo mais que possa fazer, mas não consigo me concentrar. Começo a sentir a pele pegajosa. Fecho os olhos e penso em Alora e tudo o que sei a seu respeito. E subitamente me sinto um pouco melhor. Mas não importa quantas vezes repasse os fatos, não consigo compreender por que papai queria que a salvasse. O que ligaria um homem de 2146 a um fantasma de 2013?

O que estou deixando passar?

Tenho que sair deste quarto antes de surtar. Vou para o corredor, pensando que deveria descer, mas uma ideia invade minha mente. É algo que pensei em fazer antes: entrar escondido no quarto de Alora.

Talvez ela guarde algo lá que possa me ajudar. Algo que talvez nem saiba. Ou poderia verificar se deixou a Joilu em casa hoje. Não deveria ter tecnologia futura em sua posse. Mas a vem usando ao redor do pescoço todos os dias desde que abrimos o cofre de Grace. É um milagre que não tenha ativado o manto ainda.

Se vou mesmo fazer isso, precisa ser agora, enquanto Grace não volta. Ela recebeu uma ligação urgente horas atrás e teve que sair apressada. Antes que eu mude de ideia, sigo pelo corredor até a porta de Alora e giro a maçaneta.

— Merda — resmungo, batendo a palma da mão na porta. Está trancada.

Corro para o banheiro de Grace e Alora e reviro as gavetas. Estão cheias de itens femininos. Maquiagem, substâncias viscosas para pentear os cabelos e coisas que sequer reconheço. Por que precisam de tudo isso? Finalmente, na última gaveta, encontro alguns grampos.

Não demoro muito a abrir a fechadura. Ainda assim, continuo nervoso ao entrar. Seu cheiro de lavanda está em todos os cantos, e sinto um impulso avassalador de sair. Não entendo. Fiz centenas de viagens ao passado. Mexi nos pertences de outros fantasmas. Escutei conversas particulares e as gravei. E isso jamais me incomodou até hoje. Agora, me sinto um pervertido.

Afasto o sentimento. É idiota de minha parte sequer me sentir desse jeito. Especialmente quando tenho uma missão a cumprir.

Estudo o cômodo. Tudo continua cuidadosamente organizado, exatamente como estava quando entrei aqui pela primeira vez. Lembro exatamente o que senti quando ela me abraçou. A lembrança de seu corpo contra o meu me inunda com uma descarga de melancolia.

Merda! Tenho que parar de fazer isso.

Decido começar pela escrivaninha. Passo alguns minutos procurando pelas gavetas. Estão repletas de objetos comuns. Na última, encontro uma pequena caixa de madeira. Abro-a, e, descansando sobre a superfície aveludada, estão os retratos do pai de Alora. Observo-os com atenção, pensando em como Alora se parece com ele. Tem os cabelos do mesmo tom escuro de louro. O mesmo formato de rosto. A mesma cor de olhos.

Ainda não consigo superar o quanto ela e o pai são parecidos com Vika. Fecho os olhos por um instante. Tenho que parar de compará-las.

Verifico se a caixa tem compartimentos secretos antes de colocá-la de volta em seu lugar dentro da gaveta. Começo a procurar pela cômoda em seguida, mas avisto uma pequena mochila encostada na escrivaninha. O caderno roxo-escuro que vi no quarto antes se projeta para fora dela. Alora estava desenhando nele semana passada. Ela nunca me apresentou para que eu desse uma olhada.

Tenho, assim, que ignorar a facada de culpa enquanto folheio as páginas. Estão cheias de desenhos. Os esboços no início são mesmo muito bons. São de pouco mais de um ano, datados com números pequenos e cuidadosamente traçados.

As imagens mais recentes são ainda melhores. Há muitas representações do rio e da doca. Até mesmo algumas de Grace e Sela. Também reconheço o pai de Alora.

Duas em particular chamam minha atenção. Desenhos de duas mulheres. Meu queixo cai. A mulher de cabelos escuros me parece familiar.

O da outra, uma loura, é o que me deixa estupefato. Se não soubesse que não é possível, juraria que Alora desenhou a mãe de Vika, a coronel Fairbanks.

30

ALORA
6 DE MAIO, 2013

Tia Grace estaciona atrás da pousada e eu me arrasto para fora, fitando as fofas nuvens brancas salpicando o céu. Sempre me lembram algodão doce, tão leves e despreocupadas. Parada aqui, no entanto, observando-as flutuar enquanto uma brisa sopra, não posso deixar de pensar como parecem deslocadas. O cenário deveria ser de trovoadas, raios e escuridão.

— Vem, querida — diz tia Grace. Ela está mantendo a porta dos fundos aberta para mim. — Talvez você devesse ir se deitar um pouquinho. Você sofreu um choque.

Passo por ela, aliviada por estar relaxada desde que deixamos a delegacia. Ficou horrorizada ao descobrir que quase saí sem contar ao delegado Lloyd o que Trevor me dissera, mas, depois de confessar que ele havia me seguido até o rio, ela entendeu. E ficou irada. Perguntou ao delegado se havia como conseguir uma ordem de restrição para mantê-lo afastado de mim, o que fez eu me sentir melhor e pior ao mesmo tempo. Não há como saber como ele reagirá quando souber.

Caminho com o olhar perdido pelo corredor, incerta do que quero fazer. É como se estivesse em um pesadelo. Espero que as coisas não piorem mais.

— Quer comer alguma coisa? — indaga tia Grace. Viro para encará-la e a encontro parada de pé na porta da cozinha, com um sorriso um pouco largo demais no rosto. É assim que lida com notícias ruins, pinta um retrato bonito para todos e espera que a realidade se conforme a ele. É o que eu costumava fazer também.

E estou cansada.

Não me entenda mal, sou grata pela vida que ela me deu. Agora, no entanto, parece tudo falso. Não quero mais continuar fingindo.

— Não, vou para o quarto. Quero ficar um pouco sozinha.

— Bem, OK — concorda, o sorriso se esvaindo. — Vou estar aqui se precisar de mim.

É um alívio sair de perto dela. Em seguida, encontro Bridger esperando por mim no corredor do andar de cima. Normalmente, meu pulso teria se acelerado ao vê-lo. Ao longo das últimas semanas, comecei a ficar dependente de sua amizade, especialmente por estar tão solitária nesse departamento agora.

Mas nem mesmo vê-lo ajuda.

— Ei, está tudo bem? — indaga, seguindo atrás de mim.

Por um instante, o antigo instinto se acende e quase respondo que sim.

— Não.

— O que foi?

A ideia de voltar a pensar em Naomi me dá náuseas.

— Acabei de voltar da delegacia. A garota que ficou desaparecida pelas últimas semanas foi encontrada morta esta manhã. Alguém que estava correndo viu o corpo em um bosque em Walton County.

— É a garota com quem Trevor terminou antes de começar a correr atrás de você, não é? — Faço que sim com a cabeça e Bridger passa as mãos pelos cabelos. — Por que a polícia queria falar com você?

Minha voz parece inexpressiva enquanto explico o que Trevor me disse.

Paramos em frente a meu quarto e ele coloca a mão em meu ombro. O toque faz uma onda de calor varrer meu corpo.

— Olha, sei que está se culpando, mas não pode fazer isso.

— É, mas e se tivesse contado tudo antes? — indago, dando voz a outro medo que cruzou minha mente a caminho de casa. — O Trevor disse que ia resolver o problema com a Naomi na quinta, antes de ela desaparecer. Ainda poderia estar viva se eu tivesse falado para alguém.

Bridger balança a cabeça.

— Acho que não. Talvez fosse a hora dela.

Olho para ele com incredulidade.

— Como pode dizer isso? Ela foi assassinada. Eu podia ter evitado se não tivesse sido tão idiota.

— Ninguém pode prever o futuro. Você tem que esquecer isso.

— É, mas...

— Esqueça isso — sussurra ele.

Sua expressão é tão intensa, quase angustiada. Não consigo mais olhá-lo nos olhos. Não entendo por que está sendo tão legal, não quando sou parcialmente culpada.

— Alora, olha para mim — pede.

Tenho que tirar os olhos dos pés para encontrar seu olhar firme. Parece procurar alguma resposta, uma que tenho certeza de que não tenho.

— A culpa não é sua.

Quero protestar, mas ele pousa um único dedo sobre meus lábios. Eles formigam sob o toque.

— Apenas me ouça. Você tem certeza de que foi Trevor quem matou Naomi? — indaga.

— Não, mas o delegado insinuou que o depoimento do Trevor tem algum detalhe que não se encaixa. E todas aquelas coisas que ele disse para mim?

— Isso não prova nada. Até você ficar sabendo que ele foi acusado, não suponha nada. Nunca se sabe, outra pessoa pode ter matado Naomi.

Aquele pensamento nunca me ocorreu. Pareceu simplesmente tão óbvio que tinha sido Trevor. E se o verdadeiro assassino ainda estiver por aí? Isso não é exatamente tranquilizador, mas por alguma razão me deixa um pouco melhor. Porque se for verdade, isso me libertaria de qualquer culpa. Mas duvido que seja o caso.

— Olha, vou deitar um pouco. — Começo a entrar no quarto, mas a expressão em seu rosto me faz parar. — Você queria alguma coisa?

Ele esfrega o pescoço.

— Isso pode esperar.

— Tem certeza?

Ele abre o sorriso que mostra suas covinhas.

— Tenho. Você teve um dia ruim. A gente se fala quando levantar.

— OK, me dá uma hora e sou toda sua.

Ao seguir em frente, ele olha com melancolia para trás. Quase grito para voltar.

Já no quarto, me dou conta de que Bridger poderia ter descoberto algo importante, mas escondeu de mim porque pensou que eu estava muito chateada. Mais uma razão para me sentir culpada. Sento-me na cama e tento esvaziar a mente, mas não consigo. Uma imagem não deixa minha cabeça desde que saí da delegacia — a do corpo em decomposição de Naomi jogado ao relento. Claro, o delegado não nos mostrou fotografias da cena do crime, mas minha imaginação está dando o seu melhor para pintar o pior cenário possível.

Após meia hora tentando dormir, desisto. Pensei que ficar sozinha ajudaria, mas há algo de sufocante em meu quarto. Preciso de ar. Preciso correr. Visto meu short e tênis de corrida e desço.

Tia Grace está na cozinha, pressionando um amontoado de carne moída para moldar um hambúrguer grosso.

— Ei, amor. Está melhor?

— Mais ou menos. Queria avisar que vou sair para dar uma corrida.

— Tem certeza de que é uma boa? Não fico muito feliz com a ideia de você ir para longe, pelo menos até essa confusão com o Trevor estar resolvida.

Está pensando o mesmo que eu, em como ir até o rio sozinha já não é mais seguro para mim.

— Vou ficar perto de casa, ou talvez vá correr perto da estrada.

Ela reflete por um instante, depois solta um suspiro pesado.

— Certo. Mas não demora muito. O jantar vai estar pronto daqui a pouco.

— Sim, senhora. Volto no máximo em meia hora.

Lá fora, lanço um olhar nostálgico ao caminho que leva ao rio. Trevor provavelmente nunca mais me seguirá até lá. Mas não quero ir sozinha, não por enquanto. E isso me deixa tão enfurecida. O cretino me tirou o único lugar que sempre foi capaz de fazer com que eu me sentisse melhor.

Começo a correr pela entrada da pousada. Quase volto quando chego na estrada, pensando que Trevor ou alguém da família poderia passar de carro por mim a qualquer momento. Mas seria estupidez pararem e me confrontarem. E realmente não estou pronta para voltar para casa ainda. Viro à direita e corro na direção da cidade. A pousada fica a cerca de 800 metros depois dos limites da cidade. Não demorarei a chegar lá.

Quando alcanço a placa que diz BEM-VINDO A WILLOW CREEK, gotas de suor escorrem de minha testa e por minhas costas. Mas já me sinto bem melhor. A cabeça está mais clara e a sensação de letargia que vem me sufocando desde que descobri sobre Naomi sumiu. Estou quase na entrada da pousada outra vez quando vejo uma caminhonete conhecida correndo em minha direção.

A caminhonete de Trevor.

— Ah, não — murmuro. Olho em volta em desespero, mas não tenho para onde ir, não tenho onde me esconder. Talvez ele não me reconheça.

Mas aparentemente não tenho sorte.

Os pneus cantam ao pisar no freio. Estou paralisada, imóvel. Espero que alguém passe por aqui logo.

Meu pulso já está acelerado quando Trevor sai do carro. Marcha até mim, apontando o dedo.

— Sua vadia! O que você falou para a polícia?

— Não sei do que você está falando.

— Mentirosa — rosna. — Nem pense em se livrar dessa. Você vai consertar as coisas. Agora. — Trevor está a menos de trinta centímetros de mim, a face contorcida pela ira.

O ronco de um carro se aproximando o interrompe. Uma fagulha de esperança passa por mim. Farei algo para atrair a atenção do motorista para que Trevor seja obrigado a me deixar em paz.

Um pequeno carro preto entra em meu campo de visão. A esperança evapora imediatamente — é Kate. Ela desacelera ao se aproximar, mas quando percebe que Trevor está falando comigo, volta a correr.

Quando a irmã passa, Trevor ordena:

— Entre no carro.

— Não! — Ele perdeu a cabeça? É a última coisa que farei nesta vida.

Mas ele não me dá escolha. Certifica-se de que não há nenhum outro automóvel vindo e me segura pelo braço, enterrando os dedos em minha carne, e me arrasta para a caminhonete.

— Me solta!

Ele abre a porta com violência e me joga lá dentro. Tento sair, mas ele crava um olhar frio em mim.

— Se mover um músculo, vai se arrepender.

Meu corpo treme quando Trevor entra. Ele afunda o pé no acelerador, e o carro rabeia antes de se lançar à frente.

— Para onde está me levando? — indago, a voz soando rouca.

— Não sei que mentira você contou ao delegado, mas eu *não* matei Naomi. Que inferno, ela me implorou para protegê-la. Disse que tinha alguém a seguindo, mas eu não acreditei. Achei que era só um truque para a gente voltar. — A voz falha na última palavra.

Fito-o, chocada. Naomi pensava que havia alguém a seguindo? Volto a pensar no dia em que a vi discutindo com Trevor na escola. Definitivamente escutei a palavra "seguindo", mas simplesmente presumi que falava sobre ter seguido Trevor ao Java Jive aquele dia em que nos encontramos. E se entendi errado? Será que poderia realmente estar sendo seguida por alguém? Alguém que a matou?

Desvio os olhos de Trevor e me forço a engolir o pânico que cresce dentro de mim. E é quando noto como está dirigindo rápido. A paisagem passa em uma massa indistinta de verdes e marrons. Tudo em que consigo pensar é o que nos acontecerá se não desacelerar. Quero gritar para que vá mais devagar. Como se fosse adiantar. Não há como tentar ser razoável com alguém tão fora de controle quanto ele está agora.

— Sabe, eu realmente fiquei a fim de você um tempo — diz finalmente.

Abraço meu corpo com força.

— E não consigo acreditar em você, sentada aí de nariz empinado, como se não ligasse para nada. Achei que devia ser tímida, ou sei lá o quê, mas estava errado. Você simplesmente fica feliz fazendo acusações absurdas para todo mundo ouvir quando nem sabe do que está falando. — Ele olha para mim com olhos frios. Mortos. — Eu devia ter escutado Kate. Porra, devia ter escutado Naomi.

Isso magoa. Tive que suportar muita coisa na vida, e ele está distorcendo os fatos para me pintar como a pior pessoa na face da Terra. Mas não sei como reagiria se me defendesse. Preciso que se acalme.

— Sinto muito — sussurro.

— Você sente muito! Vai lá e conta um monte de mentira para a polícia e é essa a sua defesa? — Trevor vira o volante com violência para pegar o cruzamento perto da escola, depois grita: — Eu estava fazendo um favor convidando você para sair. Você tinha era que me agradecer, mas não, depois começou a andar por aí toda convencida. Ou será que foi por causa daquele seu novo namorado? Ele tem que ser muito bom mesmo se preferiu ficar com um nada fracote que nem ele em vez de ficar comigo.

Suas palavras deixam claro que ele acha que há algo não tão inocente acontecendo entre mim e Bridger. Isso me deixa irada. Ainda assim, permaneço calada.

Pisco para me livrar das lágrimas enquanto encaro a estrada a minha frente. O sinal do cruzamento muda para o amarelo.

Meus olhos se viram para o pedal do acelerador. Trevor ainda pisa fundo. Não está soltando. Abro a boca para pedir que desacelere. É então que o vejo.

Um automóvel em velocidade vindo em nossa direção pela direita.

Volto a encarar o sinal, agora vermelho. Aperto os olhos com força, desejando estar em casa. Qualquer lugar menos aqui. Quero apenas estar em segurança.

Não quero morrer.

31

BRIDGER
6 DE MAIO, 2013

— Você viu a Alora? — pergunto a Grace quando desço as escadas. Procurei no quarto antes, mas estava vazio.

Grace tira os olhos do celular e me encara.

— Saiu para correr. Estava mandando uma mensagem para ela agora, porque está atrasada. Era para ter voltado há dez minutos. — Grace tenta manter a voz leve, mas a preocupação está gravada em seu rosto.

Uma agitação nervosa toma meu estômago.

— Ela pegou a trilha para o rio?

— Não, disse que ia correr ao longo da estrada.

— Vou procurá-la — digo. Preciso de muito autocontrole para não sair em disparada da casa.

Correndo pela entrada de carros da pousada, desejo poder simplesmente saltar para a estrada de uma vez. Pensamentos terríveis correm por minha mente. Todos referentes àquele cretino e sua obsessão por Alora. Tentei fazer com que ela se sentisse melhor lembrando que alguém mais poderia ter assassinado aquele fantasma. Meus instintos, no entanto, me diziam o tempo inteiro que tinha de ser Trevor. Mais um erro que cometi em minha época. Deveria ter estudado cada um dos homicídios cometidos pelas redondezas nos meses antes da morte de Alora para verificar se havia um padrão.

Sou um fracasso. Papai não teria cometido esse tipo de erro.

Não vejo Alora quando chego aos limites do terreno da pousada. Ativo o rastreador do DataLink. Pontos vermelhos piscam na imagem holográfica, mas estão todos concentrados em casas. Um deles corre em minha direção vindo da cidade. Olho para a frente e avisto um veículo vindo para mim.

Estudo os pontos novamente. Alora não iria fazer uma visita aos vizinhos. Nunca fez algo assim durante todo o período em que estive aqui. Ela não tem outros amigos. Não faz sentido que não esteja por perto.

A menos que alguém a tenha levado.

Caminho um pouco na margem da estrada que leva a Willow Creek. Em seguida, congelo. Marcas de derrapagem riscam o chão, junto com pedaços de grama arrancada onde alguém acelerou.

Corro de volta à pousada para contar a Grace o que descobri. E juro que se Trevor estiver com Alora, não sei se conseguirei me controlar para não machucá-lo.

— Vou matá-lo — repete Grace quando chegamos aos limites da cidade.

Estamos indo para a delegacia. Mesmo sem provas, estamos convencidos de que Trevor sequestrou Alora. Deve tê-la visto na lateral da estrada e a forçado a entrar em seu veículo. Mas para onde a levou?

Passamos pela escola, mas logo chegamos a uma fila de carros parados na rua a nossa frente.

Grace franze a testa.

— Deus do Céu, devia ter pegado uma das ruas laterais. — Estica o pescoço para a frente e depois olha para trás. — Não tem como voltar agora.

Abaixo o vidro da janela e me inclino para fora. O ar cheira a fumaça e gasolina. Mal consigo enxergá-lo, mas há algo que parece uma pilha de metal retorcido sob o sinal de trânsito logo ali na frente. Chamas lambem as laterais. Diversos bombeiros tentam apagá-las com jatos d'água. As pessoas nos outros veículos estão olhando pelas janelas abertas. Alguns estão parados em frente a uma barricada que foi montada.

Grace abaixa o vidro e gesticula para uma senhora que volta de lá. Reconheço-a da confeitaria a qual Alora me levou algumas vezes.

— Ei, Sra. Randolph — chama Grace.

— Ah, olá, Grace.

— O que está acontecendo ali?

A senhora balança a cabeça.

— É terrível. Uma caminhonete avançou o sinal fechado e foi pega na lateral por um carro. Tão triste.

— Sabe quem eram as pessoas nos carros?

— Bem — começa a outra, olhando de volta para as ferragens. — O homem que estava no carro morreu com o impacto. Estava só de passagem pela cidade. Mas o outro era o garoto dos Monroe.

Vivenciei dois momentos antes em que parecia que o tempo havia parado. Nos dois, não conseguia respirar. O primeiro foi quando soube que papai estava morto. O segundo, quando descobri que Vika estava morta.

E agora.

A voz de Grace é estridente ao perguntar:

— Você está falando de Trevor Monroe?

— Isso. Foi ele quem avançou o sinal.

Um veículo vermelho que lembra um aerobarco surge à frente. As hélices rugem e agitam o ar. Aterrissa no estacionamento pouco depois de onde estamos.

Grace dispara para fora da caminhonete, em direção à barricada. Eu a sigo logo atrás, sentindo que meu coração poderia explodir e sair do peito. Ela tenta abrir caminho, mas um policial a bloqueia.

— Você não entende — diz, lágrimas correndo pelas bochechas. — Acho que a minha sobrinha está lá dentro.

— Senhora, se puder se acalmar, verei o que consigo descobrir. Mas não posso deixá-la ir até lá. A senhora entende?

Ela assente e se volta para mim quando o policial se afasta. Ele fala por um aparelho de comunicação portátil antiquado.

— Ai, meu Deus — exclama Grace. — Devia tê-la obrigado a ficar em casa. É tudo culpa minha.

— Não tire conclusões precipitadas. A gente não sabe se ela estava mesmo lá dentro — digo, esperando que seja verdade. Mas não consigo refrear o sentimento de medo que se apoderou de mim.

Isto não pode estar acontecendo. Se Alora estiver morta, significa que mudei a história. Ferrei com a linha do tempo. Quero morrer. Passo a mão pela cabeça e tento me acalmar. A respirar devagar. Grace e eu, junto com outros fantasmas barulhentos, observamos os paramédicos empurrarem uma maca coberta por um lençol branco e a colocarem dentro da ambulância. Outra maca é colocada na aeronave vermelha.

Mas se Alora estava lá dentro, onde está agora?

O policial volta até onde estamos, o rosto endurecido pela irritação.

— Senhora, não sei onde sua sobrinha pode estar, mas não estava naquela caminhonete.

Grace pisca algumas vezes.

— O quê? Tenho certeza de que estava com Trevor.

Pneus cantam em algum lugar atrás de nós. Todos se viram para olhar, tentando localizar a fonte do ruído. Um veículo branco acaba de estacionar, e três pessoas saem de lá.

O restante dos Monroe.

Correm para a barricada, parecendo desesperados.

O homem berra:

— Onde está meu filho?

Reconheço a mulher e a garota com ele como sendo a mãe e a irmã de Trevor. As duas soluçam incontrolavelmente e sequer olham em nossa direção. Policiais os levam para um círculo de paramédicos agrupado perto da ambulância.

Depois que a aeronave decola, alguns motoristas voltam para seus veículos. A maioria permanece lá. Grace está tão imóvel quanto uma estátua. Está perplexa pelo que restou dos veículos no cruzamento. É um milagre que Trevor tenha sobrevivido.

A família Monroe se distancia trôpega da ambulância depois da saída da aeronave. O homem envolve Celeste e Kate com os braços. É tão estranho ver Celeste daquela maneira. Recordo o que aconteceu algumas semanas atrás. Quando surtou e acusou Alora de tentar arruinar o filho. Ainda assim, sinto pena dela. De todos eles. Sei pelo que estão passando.

Grace deve estar pensando o mesmo que eu. Dá um passo na direção deles e diz:

— Celeste, Rob, sinto muito pelo que aconteceu. Se há algo que eu possa fazer, por favor, me digam.

Eles param e olham para ela como se fosse uma sujeira que deveria ser tirada da sola de seus sapatos. O homem diz:

— Vou dizer o que pode fazer. Se eu descobrir que sua sobrinha é a responsável por isso, é melhor você arranjar um advogado.

— Espera, como é? Como a minha sobrinha poderia ser responsável? Estava a caminho da delegacia porque ela não voltou da corrida e encontramos marcas de pneu perto da estrada. Concluí que o seu filho só podia ter obrigado Alora a entrar no carro dele.

— Que engraçado — diz Rob, os olhos semicerrando-se. — Porque o paramédico nos disse que a primeira coisa que Trevor falou quando o tiraram lá de dentro foi que tinha sido tudo culpa da Alora.

Juro que teria dado um soco naquele cretino se pudesse. Agora sei de onde Trevor puxou sua arrogância. Mas antes que eu possa dizer algo, ele leva Celeste e Kate de volta ao seu veículo.

Grace os encara enquanto partem.

— Não entendo. Se estão dizendo que isso foi culpa de Alora, então onde ela está?

— Não sei. — Ao menos não estou mentindo, porque tenho certeza de que Alora fez o salto se estava mesmo na caminhonete.

Mas aonde terá ido?

32

ALORA
6 DE MAIO, 2013

Abro um pouco os olhos, com medo do que verei. Fico espantada ao descobrir que já é noite. A lua não passa de uma linha fina, um sorriso zombando de mim.

Tive outro apagão.

Minha pele se arrepia. Tento me sentar, mas meu corpo não coopera. Em seguida, os acontecimentos desta tarde invadem meus pensamentos. A notícia da morte de Naomi. Ser forçada por Trevor a entrar na caminhonete. O carro avançando em nossa direção no cruzamento.

— Ah, não — sussurro, olhando para onde estou. Mesmo à luz da lua, percebo que estou próxima do píer no rio.

Um peso esmagador comprime meu peito. O ar sufocante se fecha sobre mim, me asfixiando. Rolo para ficar de lado e me encolho, arquejando e lutando contra as lágrimas. A mão encontra meu colar, e o seguro com força, sentindo a superfície lisa da pedra.

O que há de errado comigo?

Não entendo nada disso. Não sei como saí do carro, como não estou no hospital neste exato momento, ou, ainda pior, morta. É como se as regras da realidade tivessem mudado. Não é normal escapar de um acidente sem se machucar. Forço-me a sentar e procurar ferimentos. Não há sangue. Sequer um arranhão. Apenas meu braço dói, mas no lugar onde Trevor me segurou.

Estou até preocupada com ele, apesar do que me fez. Pergunto-me se está bem.

Tia Grace deve estar tendo um ataque. Preciso me esforçar muito para ficar de pé, fora que sou obrigada a permanecer imóvel por um tempo antes de estar firme o bastante para caminhar. As outras vezes em que apaguei, acordei me sentindo tonta, mas nada assim.

Enquanto meio que ando, meio que tropeço pela floresta, uma coruja pia em algum ponto acima de mim. Folhas e galhos farfalham e crepitam a cada passo que dou, cada um soando como um disparo de revólver. Mas não me importo. Não é como se houvesse alguém aqui fora querendo me machucar a esta hora da noite.

Solto um ruído que parece uma mistura de risada estrangulada e bufo. E depois choro. Me apoio numa árvore até as lágrimas cessarem.

É, tia Grace provavelmente me levará arrastada para um hospital psiquiátrico quando eu chegar em casa. Sou uma aberração. Sortuda, mas ainda uma aberração.

Outro pensamento me ocorre. Não tenho que contar a ela que apaguei. Poderia deixá-la pensar que Trevor me libertara, ou que escapei e me escondi dele. Pode comprar minha história. Então não precisará me levar para examinar minha cabeça. Poderia continuar fingindo que está tudo bem.

Ainda que não esteja.

Esfrego o rosto e continuo.

No limite da floresta, paro. A pousada está totalmente iluminada, lançando luz sobre a caminhonete de tia Grace e vários carros. Merda, não preciso disso. Suponho que seja de se esperar, uma vez que fui levada contra minha vontade, mas não quero escutar uma série de perguntas se não tenho as respostas para elas.

Antes de me dar conta, estou quase na varanda dos fundos. Espero ouvir vozes saindo aos berros lá de dentro, mas, em vez disso, um silêncio estranho encobre a casa.

Uma figura solitária está sentada no primeiro degrau. Deixo escapar um suspiro aliviado quando percebo que é Bridger. Está debruçado, com os braços apoiados nas pernas, esfregando uma das mãos. Não me viu ainda.

Eu corro para ele, chamando seu nome. Não tinha percebido o quanto queria vê-lo até agora.

Sua cabeça gira rápido e os olhos se arregalam, depois ele pula os degraus. Quando me alcança, jogo meus braços ao redor de seu pescoço. Os braços dele me envolvem, ele me abraça forte. Sinto-me segura, como se aquele fosse o meu lugar.

Em choque, me afasto, com rosto e pescoço queimando.

— Onde você estava? — pergunta ele.

Não consigo responder. Ainda não sei o que dizer. Se devo contar a verdade ou mentir. Será mais fácil se tia Grace pensar que encontrei um meio de escapar de Trevor. Isso significaria que não haveria visitas ao médico, nem despesas a mais.

Mas há um problema: já tinha me decidido parar de fingir. Ir ao médico será financeiramente ruim para Grace, mas não posso continuar ignorando os apagões. Quer dizer, e se estiver morrendo? Não vale a pena guardar algo assim só para mim. Até porque, dentro da caminhonete de Trevor, quando o carro corria em nossa direção, tudo o que eu queria era viver.

— Tive outro apagão. Um minuto, estava no carro com Trevor, e depois, quando abri os olhos, estava no rio. — Engraçado, enquanto conto tudo a Bridger, uma leveza se espalha por mim. É uma sensação maravilhosa, e as palavras não param de jorrar.

Ele passa a mão pela boca.

— Então você não se lembra de nada que aconteceu entre a hora que estava no carro e a que acordou no rio?

— É — afirmo, me perguntando até onde quero ir com aquilo.

— Você sabe que está desaparecida há cerca de quatro horas?

— Não — digo, começando a ficar nervosa. Quatro horas. O que fiz durante todo esse tempo?

— Procuraram você por toda a parte. Vasculharam a floresta, Grace os fez passar um pente fino na área ao redor do píer porque é o seu lugar favorito. Voltaram meia hora atrás, e você não estava lá.

A leveza evapora, confirmando que estou louca ou morrendo. Ou os dois.

— Bridger, com quem você está falando? — pergunta alguém da varanda. É tia Grace. De onde está, sei que não pode nos ver enquanto estamos engolidos pelas sombras.

Não espero ele responder. Corro em direção a ela, chamando seu nome.

— Ah, amado Deus! — Ela desce os degraus voando e me envolve em um abraço apertado. É difícil respirar, mas não me importo. Quando finalmente me liberta, agarra meus ombros. — Achei que nunca mais veria você outra vez. Onde você estava?

Meu olhar se volta para Bridger, que faz um leve aceno de cabeça. Assim, me permito me abrir e contar a verdade. Mesmo sabendo que tia Grace vai me arrastar para os psiquiatras.

Esperava que gritasse comigo por ter escondido os apagões, mas ela não grita. Apenas me puxa para perto novamente. A voz está embargada de emoção quando diz:

— Vamos nos preocupar com isso depois, amor. Agora só estou feliz que esteja segura.

— Eu também. Falando nisso, como está Trevor? A última coisa de que lembro é o carro vindo em nossa direção. Não sei como ele fez para não baterem na gente.

Bridger desvia o olhar, mas tia Grace inspira atordoada.

— Quer dizer que você ainda estava no carro aquela hora?

— Bom, estava. Ele deve ter acelerado mais ou coisa do tipo.

— Mas... como é possível? — pergunta.

— Como assim? — Desvio os olhos dela para Bridger.

A cabeça de Grace se vira para ele.

— Você não contou a ela?

— Não.

— Contou o quê?

— O carro bateu na caminhonete do Trevor — revela tia Grace com a voz trêmula. — Ele está no Emory, em Atlanta, na UTI. — Troca um olhar com Bridger antes de continuar. — E parece que, antes de o levarem para o hospital, ele disse que era tudo culpa sua.

33

BRIDGER
8 DE MAIO, 2013

— Então, como foi a consulta? — pergunto a Alora assim que entra na sala de estar.

— Foi tudo bem. — Ela senta na cadeira a minha frente. Os olhos têm uma expressão vazia.

Pelos últimos dois dias, desde que ela finalmente admitiu para todos que vinha tendo apagões, estou em guerra comigo mesmo. Queria contar a ela que não há nada de errado. Na verdade, quase contei várias vezes. Em todas as ocasiões, me forcei a parar. E, em todas as ocasiões, a culpa me corroeu. Sinto como se a estivesse traindo. Mas que escolha tenho? Não posso chegar até ela e dizer: *Ei, você não está doente e não está maluca... Você é uma Manipuladora de Espaço.* Estou certo de que acharia que o louco sou eu.

— OK. — Inclino o corpo para a frente e junto as pontas dos dedos, em meditação. Não quero que pense que estou querendo me intrometer em suas questões pessoais. Ah, que se dane isso. — Mas o que o médico disse?

Ela me olha sobressaltada. É como se tivesse esquecido que estou no mesmo ambiente que ela.

— Desculpa. Só estou distraída, acho. — Alora dá um pequeno sorriso. — Enfim, ele não acha que estou maluca, mas quer que eu vá a um neurologista.

Ela cai em silêncio. Nós dois sabemos o que isso significa: novos exames. Exames que sei que não precisa.

Concentro-me em minhas mãos cerradas.

— E quando vai ser a consulta?

— Segunda que vem. — Ela suspira e diz: — Pelo menos as aulas estão quase acabando. Se descobrirem algo errado em mim, posso começar os tratamentos no verão.

Ela acha que tem um tumor cerebral. Quase ri quando me contou ontem, mas ela falava sério. Tudo o que pude fazer foi dizer que estava sendo exagerada. Não foi um comentário muito feliz.

— Alora, onde você está? — chama a tia dos fundos da casa.

— Aqui — responde.

Os passos de Grace ecoam pelo corredor. Em seguida, ela projeta a cabeça pela entrada da porta.

— Oi, Bridger. Não sabia que estava aí.

É, onde mais estaria? Dou um aceno discreto.

— Estava perguntando sobre a consulta de Alora.

O sorriso da mulher se esvai.

— Foi tudo bem.

— É, foi tudo uma maravilha — resmunga a menina.

Um silêncio constrangedor recai sobre nós. Alora brinca com os dedos. Grace mordisca o lábio. Coço o pescoço, tentando pensar em algo a dizer. Algo que faça Alora se sentir melhor.

Finalmente, Grace limpa a garganta.

— Sabe, eu podia fazer uns sanduíches para um piquenique. Está bonito demais lá fora para ficarem enfiados aqui. — Seu olhar vai de mim a Alora repetidamente. — O que vocês acham?

Na verdade, acho perfeito.

— Eu estou dentro — digo.

— Ótimo. Vou preparar tudo. Volto num piscar de olhos.

Depois que Grace sai, observo Alora por alguns momentos. Agora me sinto ainda pior do que nos últimos dias. Círculos escuros rodeiam seus olhos, e ela está afundada na cadeira, como se houvesse um peso literalmente esmagando sua alma.

Não só acha que está doente, como também foi interrogada pela polícia diversas vezes sobre o que aconteceu com Trevor. Pelo menos não resultou em coisa alguma. O menino não se lembra de como Alora saiu do carro, tampouco ela. Concluíram que ele simplesmente a deixou sair antes de chegar naquele sinal vermelho.

Mas sei que não foi assim.

E agora quero livrá-la da dor. Queria poder.

Ela precisa de algo que a distraia. Algo que faça normalmente e que consiga desviar sua atenção dos problemas.

Algo como desenhar.

Desvio o olhar de Alora, lembrando como encontrei o caderno de esboços. O calor queima meu rosto. É como se estivesse a apunhalando pelas costas. Mas tive que fazê-lo. *Tive* que. E ainda preciso descobrir a respeito da mulher que ela desenhou.

Passo a mão pelos cabelos. Como posso lhe perguntar sobre os desenhos?

— Considerando que vamos fazer um piquenique, por que você não leva o seu caderno de desenho? Pode querer praticar um pouco enquanto estamos fora.

Isso foi sutil. Elijah e Zed morreriam de rir se estivessem aqui.

Alora, porém, não ri. A visão volta a entrar em foco.

— É, até que é uma boa ideia. Não tive tempo de desenhar nada esses dias. — Ela se levanta e se espreguiça, e não consigo deixar de notar como a regata azul-clara sobe, expondo a pele acima do short.

Desvio o olhar, esfregando a nuca. Eu me pergunto se Alora viu que estava olhando para ela daquele jeito.

Nada bom, Bridger. Nada bom.

— Vou ver se Grace precisa de ajuda enquanto você vai pegar as suas coisas — digo rapidamente. Sigo depressa para a cozinha. Se não fosse quem sou, pensaria que estou começando a sentir algo por Alora. Mas é impossível. Eu não faria algo tão estúpido assim.

— Onde está a Alora? — indaga a tia.

— Subiu para pegar o caderno de desenho.

— Que bom. Não a tenho visto desenhar ultimamente.

Grace se ocupa em preparar e arrumar uma quantidade muito maior de comida na cesta do que eu e Alora seremos capazes de comer.

Neste momento, ela se junta a nós. A pequena mochila onde encontrei o caderno está pendurada em seu ombro.

— Está pronto? — pergunta.

— Estou. — Começo a fazer o movimento para pegar a cesta, mas Grace a agarra primeiro.

— Não se preocupe, eu mesma levo.

— Você vem também? — indago, tentando não mostrar a decepção na voz.

Ela sorri.

— Bom, mas é claro. Não vou deixar vocês ficarem com toda a diversão.

Os olhos de Alora se arregalam.

Ótimo. Como conseguirei fazê-la falar sobre os esboços se Grace estiver junto, metendo o nariz em tudo?

Depois de terminarmos de comer, me deito de costas na manta que Grace estendeu no píer.

— Estou cheia que nem uma bola — diz ela, interrompendo o silêncio. Estica as pernas e suspira. — Tenho que vir mais aqui. Esse era o nosso lugar favorito, meu e do Darrel.

— É mesmo? — indaga a sobrinha. Está sentada de pernas cruzadas ao lado da tia, desenhando algo. — Nunca soube disso.

Uma expressão de dor cruza o rosto de Grace.

— É, não fui muito boa na tarefa de contar as coisas para você.

Espero que não resolva compartilhar sua história de vida com Darrel. Odeio me sentir tão egoísta, mas desde que Alora tirou o caderno da mochila, meus dedos coçam para pegá-lo.

— Não se preocupe. Você estava só cuidando de mim.

Grace bufa.

— É, e como isso fez bem.

Ainda que agora esteja irritado com ela, sinto pena também. Tudo o que fez foi para proteger a sobrinha. Ah, se mamãe agisse um pouco como Grace...

— Tenho que voltar para a pousada — anuncia. Levanta e pega a cesta de piquenique. — Nunca se sabe, um hóspede inesperado pode aparecer. — Pelo tom, não acredita naquilo. Não recebe novos clientes há mais de duas semanas.

— Não acabei aqui ainda — diz Alora. — Você também já quer voltar, Bridger?

— Não, até que gosto daqui.

— Estava esperando que vocês me fizessem companhia, mas se querem ser chatos assim... — Grace dá uma piscadela, mas fica séria ao me fitar. — Não a deixe sozinha, OK?

— Você sabe que não vou deixar — garanto.

A essa altura, Alora diz com exasperação:

— Sério mesmo, tia?

— Querida, você não pode ficar sozinha. Não sob as atuais circunstâncias.

Depois de Grace partir, Alora expira irritada e revira os olhos.

— Queria que ela parasse de me tratar que nem um bebê.

— Ela só está preocupada com você.

— Não começa.

— Começar o quê? — indago, inclinando a cabeça para o lado.

— A defender titia. Ela está me sufocando. Caramba, você disse que sua mãe faz a mesma coisa.

— Verdade, mas a diferença é que minha mãe está cuidando apenas de si mesma.

Alora descansa o caderno sobre o colo.

— E como sabe disso?

— Simplesmente sei. — Fito as ondulações e pequenas ondas que lambem a margem. É assim que mamãe é comigo. As críticas vêm em pequenas doses, mas em fluxo constante, nunca param.

— Talvez seja verdade, mas e se estiver errado? E se a sua mãe estiver tentando proteger você?

Bufo.

— Ah, é. Se há uma coisa que sei sobre Morgan Creed, é que só está interessada em proteger a si mesma e ao meu irmão.

— Acho que você está exagerando — retruca ela, arqueando a sobrancelha.

— Se você conhecer minha mãe um dia, não vai dizer isso.

Ela estampa uma expressão engraçada no rosto, toda sonhadora.

— Eu bem que ia gostar.

— Do quê?

— Conhecer sua mãe. Ela parece interessante.

Fico com a boca seca. Alora jamais poderá conhecer minha mãe. É outro lembrete de que não pertenço a este lugar.

— Tudo bem?

— Tudo, sim — afirmo. Não sei bem como chegamos àquele assunto, mas tenho que mudá-lo. Agora. Eu me inclino e espio a folha do caderno de Alora.

— Posso ver o que está desenhando?

Ela morde o lábio.

— Acho que sim, mas prometa que não vai rir.

— Prometo — digo, pegando o caderno.

Imaginei que estaria desenhando o rio. Por isso me surpreendo ao descobrir que estou olhando para um esboço ainda não acabado de mim mesmo.

— Uau.

Seu rosto fica rosado.

— Desculpa. Devia ter perguntado antes. Quer que eu pare?

— Não, tudo bem. Eu gostei — digo, sorrindo.

Sei que quer terminá-lo, mas tenho que fingir que é a primeira vez que vejo aqueles desenhos das duas mulheres. De modo que tento aparentar tranquilidade e passo por todas as folhas com movimentos casuais.

— Legal — digo. Quando chego ao que estou procurando, paro. — Estes aqui são muito bons. Quem são elas?

A expressão de Alora fica sombria.

— Não sei.

— Espera... Achei que você só conseguisse desenhar pessoas que já viu. Ela cruza os braços.

— Eu *já* as vi. Sonho com elas às vezes. Eu acho que uma é minha mãe, mas não faço ideia de qual das duas.

E como se fosse atingido por um raio, uma resposta se materializa em minha mente. A adrenalina corre por meu corpo. É claro! A semelhança com Vika. O fato de que Alora é uma Manipuladora de Espaço.

E se as duas forem irmãs? Ou, mais especificamente, meia-irmãs? Vika sempre teve uma ponta de inveja de meu relacionamento com papai — ela era o produto de uma doação de sêmen. E se o doador era o pai de Alora? E se Alora e Vika compartilharem a mesma mãe? Mas como e, ainda mais importante, por que a coronel Fairbanks iria querer ter um filho com alguém que vivia no passado? Com alguém que era provavelmente um Manipulador de Espaço nato? E por que ela teria chegado perto de Alora?

Estou deixando algo passar. Mas o quê?

— O que foi? — indaga Alora, arrastando minha atenção novamente para ela.

— Desculpa, estava só pensando.

— O que quer que fosse, devia ser bom. Você está alegre.

— Você não faz nem ideia. — Sorrio. A onda de empolgação correndo por minhas veias é inebriante.

Pela primeira vez desde toda a confusão de segunda-feira, Alora abre um sorriso genuíno. É lindo, iluminando todo o seu rosto. Adoro isso. Olho fixamente para seus lábios.

Quero beijá-la mais do que tudo.

Antes que possa me deter, pouso a mão em seu rosto e a encaro. Não deveria fazer isso. Minha mente grita para que pare. Não devo me meter com fantasmas. Mas não consigo parar. Meus lábios roçam os dela, silenciando os gritos. Isso parece tão certo. Tão perfeito.

Seu corpo fica tenso antes de relaxar. Ela envolve meu pescoço com os braços e pressiona o corpo para mais perto do meu. E quando a boca se abre... Ah, céus, quase enlouqueço. Minha língua se funde com a dela. Nossas mãos exploram um ao outro.

Então lembro o que estou fazendo. Quem estou beijando.

Não posso fazer isso.

Afasto-me. Instantaneamente, sinto falta do calor de seu corpo contra o meu. Pela expressão atordoada em seu rosto, ela se sente da mesma forma.

— O que foi? — indaga, sem fôlego.

Não consigo falar por um instante. Meu coração bate com violência demais. Quando volto a ser capaz de pensar, digo:

— Acho que a gente devia voltar para casa.

Ela franze a testa, mas não diz nada. Pega o caderno deixado de lado e o enfia na mochila. Quando se levanta, olha chateada para mim.

— Sabe, você não pode beijar alguém e depois se afastar fazendo de conta que não tem nada de errado. Eu fiz alguma coisa?

Fico de pé em um pulo e tomo suas mãos.

— Me desculpa. É só que... Me senti mal. Achei que estava me aproveitando de você.

— Não estava — retruca, irritada.

Tenho que ser inteligente ao lidar com esta situação. Alora acha que o problema é com ela, e não é verdade.

— Alora, você passou por muita coisa nos últimos dias. E ainda tem que ir a outro médico e fazer sabe lá quantos exames mais. — Inspiro fundo enquanto o sentimento de culpa dispara. — Não me sinto bem fazendo isso. Não agora.

Ela puxa bruscamente as mãos.

— Sabe de uma coisa? Preciso de um amigo. Preciso de alguém que goste de mim e queira ficar comigo. Não de outro protetor. Tia Grace já ocupa essa posição.

Ela gira nos calcanhares e sai marchando para longe, me deixando boquiaberto.

Devia segui-la, mas permaneço imóvel. Quero me matar por tê-la beijado. Agi como Zed. Não, pior. Ele só lança olhares maliciosos e fala muita besteira, mas nunca fez nada de verdade. Beijar Alora... isso foi estúpido.

E se ela não quiser voltar a falar comigo? Grace está depositando toda a sua fé em deixar os médicos encontrarem as respostas, mas eles não vão. É impossível detectar o gene manipulador de espaço. Alora será submetida a exame atrás de exame. Vão atormentá-la. Não quero que tenha que suportar tudo isso.

Mas e se tiver que passar por eles? Não devo mudar as coisas.

Isso tudo é tão difícil de entender, droga. Seria tão mais simples se pudesse apertar um botão e fazer suas lembranças de por que seus pais a abandonaram há todos aqueles anos voltarem.

Algo se encaixa quando penso isso. Já me perguntei se sua memória teria sido deliberadamente apagada. Pode ter sido o que aconteceu, especialmente se a coronel Fairbanks está envolvida. Ou Alora pode ter simplesmente esquecido por ter acontecido há muito tempo. De qualquer forma, posso ajudá-la a recuperar a memória. Um Apreensor de Lembranças poderia reverter os efeitos de um apagamento ou ajudar as recordações suprimidas a emergirem.

O problema é que eu teria que saltar de volta a 2146 para conseguir um.

34

ALORA
16 DE MAIO, 2013

— Você precisa terminar seu almoço — diz tia Grace, olhando para a metade do cheeseburger que embrulhei e joguei no painel da caminhonete.

Estamos de volta a Willow Creek depois de passarmos a maior parte da manhã no centro médico de diagnóstico por imagem em Athens. Demorou uma eternidade para me chamarem e mais uma hora para fazer a ressonância. Imagino se vão encontrar um tumor. Se bem que se não encontrarem coisa alguma também não será um alento, mas não ficarei sabendo antes de alguns dias. Exatamente o que eu queria, mais espera e dúvidas.

— Se preocupar não vai ajudar. Você precisa continuar forte.

Ignoro-a. Discutir com tia Grace é inútil. Ela não entende que forçar comida goela abaixo vai provavelmente me fazer vomitar. Ela é das antigas, acha que comer sempre resolve os problemas. Ou ao menos os diminui.

Queria poder conversar com Sela, mas ainda estamos brigadas. Apesar de tudo o que aconteceu, ela passa direto por mim na escola, como se eu fosse invisível. Da mesma forma que todos os outros. Mesmo que a polícia tenha investigado e declarado que não fui culpada pelo acidente de Trevor, todos ainda acham que sou responsável. Dizem que é conveniente demais que não consiga lembrar quando Trevor supostamente parou e me deixou sair em algum lugar, que é a conclusão a que o delegado chegou. Se Trevor disse que a culpa era minha, então essa *só pode* ser a verdade.

Olho para fora da janela e franzo a testa. Está claro e alegre demais para meu humor. Aposto que se abaixasse o vidro, os pássaros estariam gorjeando uma canção da Disney.

Tia Grace desacelera e entra no estacionamento da Gingerbread House.

— Por que você está parando aqui? — indago.

Ela me lança um de seus olhares *está falando sério?*

— Por que cansei de ver você deprimida.

— Tia, não estou...

Ela ergue a mão.

— Me deixe terminar. — Suspira, e a expressão se suaviza. — Sei que você não quer ter que fazer todos aqueles exames, mas se tiver algo de errado, temos que saber logo para conseguirmos curar. Você é tudo o que tenho no mundo, e vou fazer o que for necessário para garantir que fique bem.

— Mas e as contas?

— Não se preocupe com isso. Você é mais importante.

Abro a boca, pronta para discutir, mas, em vez disso, um soluço sufocado escapa. Ela se inclina em minha direção e me abraça, acariciando meus cabelos. Quando paro de chorar, olho para cima.

— Então, não se sente melhor? — indaga, sorrindo.

— Acho que sim.

— Essa é a minha garota. Deixar tudo isso preso aí dentro é tóxico. Você poderia desenvolver uma úlcera, se preocupando assim o tempo todo.

— Seria melhor do que um tumor no cérebro.

— Não tem graça — responde tia Grace com a voz inexpressiva. — Agora anda. Não tem nada que alguns cupcakes não resolvam.

Quando entramos, a Sra. Randolph fica sobressaltada.

— Ora, ora, olha só quem veio dar o ar de sua graça.

Normalmente, eu teria uma réplica, mas minha mente está vazia graças ao tumor que é mais do que provável que tenha.

— Eu sei. — É tudo em que consigo pensar para dizer.

Tia Grace vai direto até ela e começa a conversar. Com certeza está contando meus problemas enquanto a amiga compartilha as fofocas mais recentes. As alegrias da vida na cidade pequena.

Circulo pela loja, inspecionando as ofertas. O cheiro de pão fresco, cookies quentinhos e bolos me cumprimentam como se fôssemos velhos amigos. Meu estômago traidor não se importa. Revira e protesta. O suor brota em meu rosto.

Tia Grace e a Sra. Randolph sequer notam quando me esgueiro para o banheiro. Fecho a porta e apoio as mãos na pia, inspirando grandes porções de ar. Em seguida molho o rosto com água fria. Quando me sinto mais forte, endireito o corpo e me escoro na porta.

Uma de minhas mãos se arrasta e envolve o colar. Agora que sei a maior parte da verdade sobre papai, a pedra me conforta, como se fosse um presente dele perdido há tempos. Odeio ter que escondê-lo sob a camiseta. Apertando-o, fecho os olhos. Queria que fosse tudo diferente.

Tudo começou a desmoronar quando Trevor deu em cima de mim. Queria ter alguma maneira de voltar no tempo e me recusar a encontrá-lo naquela quarta-feira. Assim talvez ele não estivesse na UTI, próximo da morte, e Naomi continuasse viva. E eu não teria esse sentimento de culpa pesado para piorar a história toda dos apagões.

Uma onda de tontura muito familiar me toma. Droga, tinha que acontecer outra vez. Obrigo-me a permanecer quieta, respirar lentamente, mas não funciona. Em pânico, abro um pouco os olhos, mas está tudo escurecendo.

Quando volto a mim, ainda estou encostada na porta. Talvez não tenha apagado por muito tempo desta vez. Seria bom para variar, em vez de permanecer inconsciente por horas a fio.

Olho para meu reflexo no espelho. O rosto está totalmente sem cor, e marcas escuras circulam meus olhos. Meus cabelos estão uma bagunça. Tento rapidamente alisar as mechas rebeldes e franzo a testa. É engraçado como esta luz faz minha pele parecer cintilante. Ou pode ser minha imaginação. É possível, se tenho mesmo um tumor cerebral, certo?

O ar na confeitaria é mais frio do que no banheiro. Enquanto me apresso em voltar para a frente da loja, espero ouvir tia Grace e a Sra. Randolph ainda tagarelando, mas tudo o que consigo distinguir são os sons fracos de uma televisão.

No instante em que chego ao fim do corredor, congelo, incapaz de acreditar no que vejo.

Sou *eu*, parada do outro lado do salão, no caixa.

Quando recupero o fôlego, dou alguns passos hesitantes para a frente, pensando que a outra eu desaparecerá. Tem que ser uma alucinação. *Tem* que ser.

A outra Alora termina de falar com a Sra. Randolph e segue para a porta. Está vestindo uma camiseta cor-de-rosa e calça capri jeans de acabamento lavado — a mesma roupa que usava quando Trevor me convidou para sair pela primeira vez depois da detenção.

Meu Deus. O que está havendo comigo?

Sou atraída para ela como um ímã. Observo quando diminui o passo antes de sair e sonda a confeitaria. Lembro-me de fazer aquilo, achando que alguém me observava. Foi então que alguém me tocou. Estou tão próxima a ela que poderia tocá-*la*, mas tenho medo.

Olho para mim mesma. Ainda estou aqui, mas a outra eu não consegue me ver. Tem que ser uma alucinação, ou estou aqui em forma de espírito. Quase rio, pensando em como alguns dos hóspedes de tia Grace teriam adorado a ideia.

O rosto da outra Alora se franze ao se virar outra vez para a porta. Antes de poder mudar de ideia, estendo a mão. Não sei ao certo o que espero, mas quando meus dedos roçam a carne quente, um frio percorre meu corpo.

Ela grita, e a Sra. Randolph dá a volta no balcão, perguntando o que há de errado. Não fico para ouvir o resto. Tenho quase certeza de que vou passar mal.

Consigo voltar ao banheiro e me inclino sobre o vaso sanitário por alguns segundos, na expectativa de vomitar. Não acontece. Mas meu estômago ainda se revira.

Como seria possível? Fico repassando o episódio em minha cabeça. Talvez tenha imaginado tudo. Lembro-me, porém, daquilo ter acontecido semanas atrás. Como o toque parecia ter queimado minha pele. Achei que estava enlouquecendo na época, mas agora é ainda pior. A outra eu parecia tão *real*.

Uma pressão se instala em meu peito e arquejo, procurando ar. De novo, não. Largo a tampa do vaso e me sento, abaixando a cabeça entre os joelhos. Inspira. Expira.

Fecho os olhos e aperto o colar. Daria tudo para voltar para onde estava. Para apagar os últimos minutos que testemunhei.

A escuridão me engole.

A primeira coisa que faço quando volto a mim é vomitar. Passos ecoam pelo corredor, e a porta se abre com violência.

— Ah, meu bom Deus! — grita tia Grace ao se lançar a meu lado, o rosto pálido.

A Sra. Randolph permanece na entrada, parecendo horrorizada. Leva a mão ao peito e pergunta:

— Quer que eu chame a emergência?

— Não sei. Talvez eu mesma devesse levá-la ao hospital.

Tenho um sobressalto ao ouvi-la. Quero lhe contar a respeito da alucinação, mas a palavra "hospital" me faz perceber que não quero ir até lá. Se estiver morrendo, terei que passar tempo o suficiente naquele lugar no futuro.

— Está tudo bem, tia. Só estou nervosa.

Grace faz um som de reprovação e me ajuda a ficar de pé.

— Aquele cheeseburger provavelmente não ajudou em nada. Você precisa é de uma sopa.

A dona da loja se intromete:

— Ah, sim, isso vai melhorar as coisas.

Se ao menos fosse verdade.

Tia Grace me escolta até a caminhonete como se eu fosse uma inválida. Enquanto a espero entrar, não posso deixar de me perguntar se deveria ter lhe contado o que vi.

Imagino o que verei a seguir se as alucinações continuarem.

35

ALORA
16 DE MAIO, 2013

São quase 3 horas da tarde quando acordo do cochilo. Espreguiço-me sob as cobertas macias, me sentindo um pouco melhor, mas logo o incidente na confeitaria se acende em minha mente.

Mau humor instantâneo.

O quarto parece encolher. Pego a mochila com o caderno de desenhos e sigo para o rio. Ao menos não tenho que me preocupar com a possibilidade de encontrar Trevor.

Estou quase terminando um esboço de mim e da outra Alora quando Bridger sai do bosque. O calor se espalha por mim quando lembro do beijo da semana passada. Não sei por que, mas ele tem estado distante desde o acontecido, e isso machuca muito. Pensei que estivesse começando a gostar de mim *daquela* maneira. Acho que mudou de ideia.

— Ei, estava procurando você — diz quando me alcança. — Grace disse que não estava se sentindo bem.

— Já estou bem agora. Só precisava tirar um cochilo.

— Que bom.

— É.

Espero que diga algo mais, mas apenas cruza as mãos atrás das costas e se balança nos calcanhares. Não gosto da maneira estranha como age perto de mim agora. Mesmo só tendo chegado há um mês, parece que somos amigos desde sempre. Mas aquele beijo incrível e terrível mudou tudo. Desvio o olhar.

— O que você está desenhando? — pergunta, enfim.

Fecho o caderno depressa e o guardo na mochila.

— Não é nada.

Ele se senta a meu lado e fita as mãos, esfregando uma na outra.

— Desculpa.

— Pelo quê? — pergunto, surpresa.

— Pelo que aconteceu semana passada. Não devia ter beijado você. Eu me aproveitei da situação. — Ele continua evitando olhar para mim.

E agora me sinto ainda pior. Então acha que é o culpado por meu péssimo humor. Claro, o beijo me deixou nervosa, mas gostei também.

— Não se desculpe — digo, trazendo as pernas para perto do peito. — O beijo foi bom. — Ótimo, isso soou muito idiota. Quem diz que um beijo é bom? — Não, foi mais do que bom. Foi muito doce.

Não melhorou em nada a situação.

Bridger finalmente olha para mim, oferecendo um sorriso inseguro.

— Que bom. Achei que estava me odiando.

— Não ia te odiar por isso. Não se gostei do beijo. — É, queria poder voltar atrás e retirar a última parte.

Ele dá uma risada leve e volta a fitar as mãos.

— Eu também.

Mais silêncio constrangedor. Queria voltar a me sentir confortável perto dele, ser eu mesma. Preciso consertar as coisas.

— Desculpa não ter conversado muito no café da manhã. Estava preocupada com a consulta. E depois ainda tive outro apagão.

Ele ergue a cabeça em minha direção.

— O quê? Você acordou em outro lugar de novo?

Não sei se quero falar sobre o último incidente. Ainda queima em minha memória, um lembrete de que há algo de muito errado comigo.

— Não, fiquei no mesmo lugar.

— Não é tão ruim assim, então — diz, parecendo esperançoso. — Não deve ter ficado desacordada por muito tempo.

— É, mas... — começo e paro. Quero me xingar por ter quase vomitado o que aconteceu em seguida. Uma coisa é ter um apagão e não lembrar como se foi de um lugar a outro. Mas já entramos no território da loucura quando se acha que está vendo a si mesmo em um episódio ocorrido semanas no passado. Espero que não tenha notado o deslize.

244

— Mas o quê? — indaga, o rosto marcado de preocupação. Sinto minha determinação começando a fraquejar. Talvez não ache que sou louca. Talvez ainda queira ser meu amigo.

Engulo em seco e inspiro fundo. Ele sorri de maneira encorajadora, por isso conto o que aconteceu.

Quando termino, porém, Bridger não está mais sorrindo. Está tão imóvel quanto uma pedra.

— O que foi? — pergunto.

— Eu... É só que... — começa, esfregando a parte de trás do pescoço — Não estava esperando ouvir isso.

— É, quase pirei também.

— Dá para imaginar. Olha, tenho que ir. Tem uma coisa que preciso fazer.

Sinto um peso no estômago ao vê-lo ir embora. Sinto-me uma completa idiota por ter me aberto e contado a verdade, tão ingênua por confiar nele. Queria poder desfazer tudo.

Enquanto o observo se misturar à floresta, a raiva abre caminho e supera a mágoa. Como pôde agir como se estivesse todo preocupado e depois simplesmente virar as costas? Fugir com alguma desculpa esfarrapada não vai ser suficiente. Pego a mochila e corro atrás dele, gritando seu nome. A princípio, me ignora, mas não desisto, determinada a fazê-lo parar.

— Qual é o seu problema? — Eu o confronto quando o alcanço. — Por que você quis saber o que estava acontecendo comigo e depois foi embora no segundo em que contei tudo?

— Não foi assim. Me lembrei de uma coisa que tenho que fazer. — Não consegue me olhar nos olhos novamente.

— Com certeza, e eu sou uma princesa de conto de fadas. Não estou esperando que você entenda o que estou vivendo, mas não me trate assim. Seja lá o que for que tem de errado comigo, não é nada contagioso.

Seu rosto fica corado.

— Desculpa. Não quis deixar você chateada.

— Dane-se — resmungo. — Sei que você acha que sou maluca, mas podia pelo menos ter tido a decência de não sair correndo.

Tipo, você acha que gosto do que está acontecendo comigo? Não escolhi nada disso.

O rosto de Bridger é uma confusão de emoções.

— Sei que você não pode evitar. Você nasceu com isso.

Meu coração dá um salto estranho.

— Como assim?

Ele não diz nada por vários segundos desconfortáveis.

— E se você não estivesse tendo uma alucinação na confeitaria?

Bufo.

— OK, se não era alucinação, então o que era?

— E se eu dissesse que você voltou no tempo?

Meu queixo cai.

Ele se apressa em continuar:

— Você disse que, antes de apagar, desejou poder voltar à época em que nada disso estava acontecendo ainda, não é?

— E daí?

— Então esse pode ter sido o gatilho para enviá-la de volta no tempo. — Ele recua e arqueia as sobrancelhas, como se estivesse me provocando.

Não vou fisgar a isca. Afundo o dedo no peito dele.

— Você só pode achar que sou uma idiota.

— Não, não acho isso — defende-se ele, franzindo a testa.

— Acha, acha, sim. Quer dizer, sério, *viagem no tempo?* É a coisa mais ridícula que já ouvi. Se acha que sou maluca, então diga na minha cara. Não invente uma história absurda.

— Mas não estou...

Passo por ele.

— Me poupe — rosno por cima do ombro. — E não se preocupe mais em ter que ficar por perto. Não tenho interesse em continuar com essa suposta amizade.

36

BRIDGER
17 DE MAIO, 2013

É pouco depois das 2 horas na madrugada quando coloco o plano em ação. Ativo o manto do uniforme e me esgueiro para fora do quarto. O silêncio é sufocante enquanto ando pelo corredor. Minha mente ainda está frenética com a descoberta de que Alora é uma Manipuladora de Espaço *e* do Tempo. Um Duplo Talento.

Não deveriam existir.

Quando paro em frente a porta de Alora, meu pulso acelera. Merda, odeio fazer isso. Mas se vou mesmo saltar de volta a 2146 para conseguir um Apreensor de Lembranças, não vou partir sem a Joilu. Tecnologia do futuro não pode permanecer nesta época. E, se não conseguir retornar, ao menos saberei que a Joia não poderá ser usada para alterar a linha do tempo.

Antes que possa mudar de ideia, giro a maçaneta. Trancada. Já imaginava. Tiro um grampo do bolso e, em questão de segundos, a porta se abre. Com cuidado para não fazer ruídos, me esgueiro pela fresta aberta.

Olho em volta do cômodo antes de começar a me mover. Cheira a Alora — impregnado com aquele aroma de lavanda que ela sempre exala. Afasto o sentimento de culpa por invadir seu quarto outra vez. Permaneço imóvel até os olhos se ajustarem à escuridão.

Sequer me dou ao trabalho de vasculhar o espaço. Só preciso de duas coisas.

A primeira é fácil. Encontro a pequena mochila de Alora e tiro o caderno de lá com gentileza. Levo-o até a janela iluminada pelo luar e arranco o primeiro desenho da coronel Fairbanks e da mulher de cabelos escuros que encontro. O ruído que o papel faz parece trovejante, e meus olhos voam para Alora. Ela não se move. Aliviado, guardo a folha no bolso e devolvo o caderno. Em seguida, volto minha atenção novamente para ela. E a Joia.

Ela está encolhida, envolvida pelas cobertas como se fosse um casulo. Não será fácil. Minha mão treme acima dela.

Firme, firme, firme, repito para mim mesmo enquanto a descubro. Parece que estou me movendo em câmera lenta. Lentamente, seu pescoço é exposto. Deixo um pequeno suspiro escapar quando identifico a Joilu ao redor dele. Agora é a hora de tirá-la dali.

Tento não me concentrar em seu rosto enquanto afasto os cabelos, mas meus olhos não cooperam. Observo seu perfil, a maneira como respira suavemente. Ela franze a testa e solta um ruído triste. Deve estar tendo um sonho ruim.

Espero que não seja por minha causa.

A verdade é que nunca quis magoar Alora. O que estava pensando? Revelando daquela maneira que é uma Manipuladora do Tempo. Não é de espantar que tenha reagido daquele jeito. Coisas assim são ficção científica neste século. Queria que não tivesse me seguido quando saí mais cedo. Mas ela não podia esquecer aquilo e, por fim, falar a verdade foi um tiro no pé.

De repente, ela se vira. Tenho que pular para trás a fim de não ser atingido. Ela chuta o cobertor e se acomoda, deitada de costas. Um dos braços está jogado acima da cabeça, o outro, descansando ao lado do corpo. A corrente escorrega pela lateral do pescoço.

Meus dedos tocam a superfície lisa do pingente de pedra negra. Não consigo deixar de me perguntar como seu pai poderia ter conseguido isto. A coronel Fairbanks teria acidentalmente o deixado para trás?

Alora geme, e solto o colar. Ela se vira novamente, dando as costas a mim. Desta vez, sinto alívio. Posso ver o fecho. Não sei como, mas consigo abrir a corrente e puxá-lo de seu pescoço. Mal tenho tempo de pegá-lo quando ela se senta depressa, os olhos arregalados. Ela agita os braços e me acerta no peito.

E grita.

Um berro pungente, de gelar o sangue, que provavelmente seria capaz de estilhaçar vidro.

Eu me afasto dela e olho para meu corpo. Estou aterrorizado com a possibilidade de meu manto ter se desativado, mas ainda está funcionando.

Passos atravessam o corredor. Grace abre a porta. Alora parou de gritar. Está agarrando o cobertor no peito.

— O que foi, querida? — pergunta a tia.

— Pensei que tivesse alguém aqui. *Senti* alguém. — Seus olhos estão enormes.

Embora ela não possa me ver, desvio o olhar. Isto não é certo. Eu não deveria estar aqui.

— Deve ter sido um sonho — diz a tia com voz suave.

Em seguida, Alora apalpa colo e pescoço.

— Meu colar — suspira.

É a minha deixa para sair. Mas paro sob o batente da porta, observando a menina procurar a Joia em desespero pelas cobertas. Grace lhe pergunta sobre o que está falando.

Estou convencido de que a chave para o porquê de papai querer que eu a salvasse está trancada em seu subconsciente. Estou convencido de que tem algo a ver com o fato de ela ser um Duplo Talento. Apenas não entendo por que isso seria tão importante para as pessoas em meu tempo. Não é como se Alora pudesse saltar para o futuro. Manipuladores do Tempo só fazem viagens ao passado. Tenho que conseguir um Apreensor de Lembranças para ajudá-la a se lembrar.

Gravo cada parte de Alora com os olhos. Se vou mesmo fazer isto, será esta noite. E como os Apreensores são guardados no Departamento de Assuntos Temporais e na Academia, junto com os Cronobands, pode ser que eu não consiga pegar um.

Pode ser que eu não consiga voltar.

Esta pode ser a última vez em que a verei. Quero lhe dizer adeus. Quero senti-la outra vez, talvez dar um último beijo. Mas não posso fazê-lo se ela me odeia.

Tenho que me contentar com um adeus silencioso. E então saio do quarto. Provavelmente para sempre.

37

BRIDGER
22 DE ABRIL, 2146

Uma rajada fria de ar me abraça assim que surjo do Vácuo. Estou em um setor abandonado da Antiga Denver. O dia está claro e sem nuvens, como estava quando deixei o ano de 2013. A diferença é que, momentos antes, a área era calorosa e vibrante com todas as pessoas. Agora, é como um cemitério.

Inspiro fundo diversas vezes. Em seguida, desligo o DataLink e o manto. Sinto-me exposto, mas não posso arriscar que me rastreiem novamente. Naves do governo têm sensores que os detectam. Se uma delas estiver passando por perto, vai procurar automaticamente na lista de missões aprovadas que requerem mantos.

Ao partir em direção a Nova Denver, levo a mão ao bolso e seguro a Joilu de Alora. Como deve ter me odiado quando se deu conta de que a tinha levado. Penso nos minutos depois que deixei seu quarto. Só parei tempo o suficiente para pegar meu portacoisa antes de sair. Depois, tive que lutar contra mais culpa quando furtei a caminhonete de Grace. Foi difícil. Confiaram em mim, e olha o que lhes faço.

Abandonei o carro quando cheguei a Athens para pegar um ônibus até Denver. Ao menos deixei o dinheiro que sobrara na caminhonete. Espero que Grace o aceite — tenha aceitado — como um pedido de desculpas. Enfim, concluí que seria melhor se fizesse o salto aqui. O general Anderson manterá a área de Willow Creek sob vigilância até eu ser capturado.

É, parece que estou acumulando arrependimentos. Não posso, porém, me preocupar com o que fiz. Tenho que me concentrar em conseguir um Apreensor de Lembranças para recuperar a memória de Alora.

Farei tudo que puder para voltar. Porque, bem no fundo de minha mente, outra ideia brotou enquanto estava na viagem interminável para Denver. Insinuou-se a princípio, gradualmente ficando mais acesa.

Se posso salvar Alora como papai queria, quem sabe que não posso salvá-lo também?

Chego à Nova Denver quando o sol está se pondo. O céu é de uma coloração rosa e laranja. Queria poder enxergar as montanhas a distância. É difícil vê-las por entre os arranha-céus. É tudo tão distinto de Willow Creek. Tento imaginar como Alora reagiria se pudesse ver tudo isto. Poderia surtar em um primeiro momento, mas tenho a sensação de que adoraria.

A cidade vibra com barulho. Pessoas falando. O zumbido constante de naves ao passarem zunindo por cima de nossas cabeças. Os Jumbotrons bombardeando anúncios. É a vida seguindo, embora a minha esteja desmoronando. Noto um Jumbotron próximo mostrando imagens de pessoas procuradas pela Federação.

Estou lá.

Cerro os punhos. Estou mais encrencado do que pensava, se estão estampando meu rosto em todos os lugares. Há também uma recompensa colossal — um milhão de créditos. O suficiente para se viver por mais de um ano. Olho em volta, tentando avaliar se alguém me notou. Parece que não fui reconhecido, mas não quero ficar para descobrir.

Acabo no apartamento de papai. É um risco, mas não posso ir para a casa de mamãe. Ela teria me arrastado pessoalmente até o DAT. E não tenho certeza de que Shan me ajudaria. Estando aqui, posso ao menos mudar de roupa e usar a TeleNet para contatar o professor March.

Depois de tomar banho e vestir uma roupa básica, deixo a Joilu de Alora no compartimento secreto da escrivaninha. Se for pego, ao menos isto estará a salvo.

Na sala, ativo a TeleNet. Quase dou o comando para chamar o professor March, mas me contenho. Talvez exista algum outro conhecido de papai que possa me ajudar. Ordeno que abra a lista de contatos e a avalio. Há dúzias e dúzias de avatares, a maioria de pessoas com quem trabalhava. Estou quase fechando a relação de nomes quando noto um arquivo .AVI de uma mulher de cabelos escuros. Já a vi em algum lugar. Passo o dedo por ele e prendo o fôlego quando a imagem aumenta.

É quase idêntica à mulher que Alora desenhou.

Puta merda.

O nome que pisca abaixo do arquivo diz Adalyn Mason. Dou o comando para ativá-lo, e vários digigráficos surgem na tela. Seleciono o primeiro. Uma cena começa a rodar, mostrando a mulher e papai. Parecem estar no fim da adolescência ou com vinte e poucos anos. Estão em uma festa, e papai tenta convencê-la a dançar com ele. Ela se levanta com relutância, mas posso notar que está feliz. Juntam-se a alguns outros casais já na pista. Sorrio ao perceber que o professor March está entre eles.

O digigráfico termina e volta ao início. Assisto a alguns mais. São todos de papai e Adalyn. E eles estão obviamente apaixonados. O último forma um nó em minha garganta. Os dois estão cercados por muitas pessoas. Papai faz uma serenata para ela em uma voz fora de tom. Em seguida, se ajoelha e a pede em casamento.

Minhas pernas ficam bambas. Assistir aos digigráficos faz ressurgir uma lembrança esquecida. O dia em que mamãe levou a mim e Shan ao apartamento de papai para tentar convencê-lo a dar uma segunda chance a seu casamento. Esta mulher é a mesma que surpreendemos abraçando papai.

Era a mulher com quem estava antes de se casar com mamãe. Foi ela quem partiu seu coração.

Em algum momento, ela encontrou Alora.

Conversar com o professor March pode esperar. Dou o comando para procurar o endereço de Adalyn Mason.

Preciso falar com ela. Esta noite.

Hesito em frente ao prédio ao Adalyn. Não demorei a chegar — descobri que ela mora em um apartamento a dois quarteirões do prédio de papai. Eu me pergunto como vai reagir. Provavelmente sabe quem sou. Mas vai me ajudar ou me entregar ao DAT? Pressiono o dedão no sensor.

Momentos depois, a mulher atende, vestida com um terno verde-claro simples. O rosto está pálido.

— É você — murmura.

— Preciso falar com você — respondo.

Ela olha para o corredor antes de acenar para que eu entre. Ao passar por ela, noto uma leve cicatriz correndo da linha do cabelo até a bochecha esquerda. Pergunto-me o que lhe aconteceu. O que percebo imediatamente a seguir é o cheiro. Lavanda. Como o de Alora.

— Creio que esteja aqui procurando respostas — diz, após nos sentarmos na sala de estar. A mulher sabe como ir direto ao ponto. Gosto disso.

— É. Eu estava no apartamento do meu pai e encontrei alguns digigráficos antigos de vocês dois.

— É. Nós éramos... amigos. — Seus olhos tomam uma expressão distante.

— Parecia que eram mais do que isso — murmuro. Minha mente volta ao dia em que mamãe e eu os vimos juntos. Como ele olhava para Adalyn como se fosse tudo para ele. Não consigo me lembrar de tê-lo visto olhando para mamãe daquela forma. Por uma fração de segundo, sinto uma pontada de ressentimento. Não dura muito. É impossível conviver bem com mamãe.

Adalyn limpa a garganta antes de falar.

— Fomos noivos, mas isso foi há muito tempo. Logo depois de nos formarmos na Academia.

Escuto enquanto segue explicando como a insistência de papai em se alistar ao setor militar do DAT os separou. Ela não confiava nos militares na época, e continua não confiando agora.

— Então você trabalha para o ramo civil hoje? — pergunto quando termina.

— De certa forma — responde. — Programo Jogos de Simulação.

— Sério? Mas você não é uma Manipuladora do Tempo?

— Sou, mas não posso mais fazer saltos. — Aponta para a cicatriz.

— O que aconteceu?

Ela inspira fundo.

— O DAT tentou levar minha filha. Resisti.

— Quando isso aconteceu? — indago, sentindo a pele ficar fria.

— Há dez anos, quando ela tinha apenas 6 anos de idade.

— Qual é o nome dela?

— Alora.

Mesmo que eu já meio que soubesse o que a mulher ia dizer, sinto uma tontura estranha. Alora é filha desta mulher. Eu tinha tanta certeza de que sua mãe era a coronel Fairbanks. Sinto como se estivesse me assistindo de fora quando digo:

— Eu a conheci.

— O quê? Você... Como fez isso? Ela voltou para esta época?

— Como assim? — pergunto, me inclinando para a frente. — Ou melhor, o que você sabe?

Adalyn entrelaça as mãos e as encara.

— Alguns anos depois que terminei com Leithan, conheci o pai da Alora, Nathaniel. Namoramos pouco tempo e logo depois fizemos um pedido para firmar um contrato de casamento, mas foi negado. Nunca soubemos o porquê, mas continuamos nos encontrando em segredo. Alguns meses depois, as coisas começaram a mudar. Nathaniel ficou instável e paranoico. Disse que estava sendo seguido. Também disse que tinha descoberto que sua vida inteira tinha sido uma mentira. Que tinha sido clonado.

Ela faz uma pausa para expirar, trêmula.

— E o temperamento dele... Ah, era sempre uma explosão quando eu não concordava com o que dizia. Terminei o relacionamento, mas já estava grávida naquela época. Como eu já deveria estar separada do Nathaniel há um tempo, disse que usei uma doação de sêmen. Mas ele sabia a verdade.

Esfrego a testa.

— Espera, você está me dizendo que o pai da Alora vivia *neste* século? Não pode ser. Acabei de passar o último mês na mesma casa que a irmã dele, em 2013. Vi fotos dele.

— Eu sei, mas isso aconteceu há 17 anos. Eu não sabia a verdade na época.

OK, hora de calar a boca, digo a mim mesmo.

— Depois que Alora nasceu, Nathaniel entrava e saía de nossas vidas o tempo todo. Era ótimo com ela, mas ainda me assustava. Não parava de falar sobre como realmente era um habitante do passado. Fiz o melhor que pude para esconder aquela parte dele de Alora. Ela o amava tanto. — Adalyn passa as mãos pelos cabelos. — E tem outra coisa. Quando ela nasceu, descobri que carregava genes para manipular espaço *e* tempo. Isso me deixou aterrorizada. Não sabia o que o DAT faria se descobrisse.

— E o que você fez?

— Tenho uma amiga que trabalha nos laboratórios, ela me ajudou a encobrir tudo. Mas eu vivia com medo de o DAT descobrir o que fizemos.

— E Nathaniel? Ele sabia?

— Sabia. Quando descobri que estava grávida, ele confessou que podia manipular tempo e espaço também. Disse que tinha nascido assim. Não acreditei até me mostrar. Também disse que o DAT levaria Alora de nós se ficassem sabendo, e que jamais a veríamos de novo. Queria fugir conosco, mas me recusei. O DAT nunca teria nos deixado simplesmente ir embora.

Adalyn tem razão. É uma das poucas partes ruins a respeito de ser um Manipulador do Tempo. O governo tem que ter acesso a nosso paradeiro sempre. E não permitem que deixemos nossas responsabilidades como Manipuladores para trás, uma vez que não somos muitos.

— Então como Alora acabou no passado?

— Vários meses depois de seu aniversário de 6 anos, uma militar apareceu aqui com dois guardas. Disseram que uma auditoria tinha sido feita nos laboratórios de genética e que descobriram algo. Ela disse que Alora era especial e que precisavam levá-la com eles. Sabia o que queria dizer, mas me fiz de boba. Simplesmente perguntei por quê. — As narinas de Adalyn se dilatam e ela fecha os olhos por um momento. — Ela se recusou a responder, então tentei impedi-los. De repente, Nathaniel surgiu atrás de mim. A próxima coisa de que me lembro é estar caída no chão, sentindo dor, apenas dor. Quando acordei no centro médico, disseram que ele a havia levado.

Olho para ela com incredulidade enquanto penso em minha própria infância, em ter ouvido a respeito de uma menina que tinha sido sequestrada. Quer dizer que era Alora. E então me lembro do esboço da menina. Tiro-o do bolso e o entrego a sua mãe.

— Foi essa a mulher que tentou levar a Alora?

Ela examina o desenho e confirma com a cabeça.

— É, é ela. Nunca vou esquecer o nome. Coronel Halla Fairbanks. — Adalyn olha para mim. — Nunca gostei dessa mulher, mas sinto pena dela agora. Soube que a filha morreu recentemente.

Encaro o chão, o estômago se contraindo.

— É. Vika era minha namorada.

Adalyn se curva para tocar minha mão.

— Desculpa. Sei que ainda deve estar sofrendo.

Tem razão. Ainda estou, mas a dor não é tão aguda quanto era quando morreu. Está mais para uma dor anestesiada agora. Imagino se será por causa de Alora. Se ter passado um tempo com ela levou o sofrimento embora. Sinto-me um traidor. Como pude desenvolver sentimentos por outra pessoa tão pouco tempo depois da morte de minha namorada? O que isso diz sobre mim?

— Tem algo mais que você queira saber? — pergunta Adalyn alguns segundos depois.

— Sobre Vika... Você já viu alguma foto dela?

Ela faz que sim com a cabeça.

— Tenho apenas a foto do obituário da Alora, mas a semelhança entre as duas é assombrosa.

Hesito. Já fiz perguntas demais, mas preciso ter certeza.

— Elas são irmãs?

Adalyn dá de ombros.

— Não sei. É possível. Mas se Nathaniel era mesmo pai da Vika, não acho que estivesse ciente. É a coronel quem teria essas respostas.

É verdade. Vika sempre teve a impressão de ter sido o produto de uma doação de sêmen. Pode ter sido, mas qual seria a probabilidade de ser tão parecida com Alora e Nate?

Fico ruminando sobre o que a coronel Fairbanks está tramando. O que queria com Alora?

E outra coisa.

— Como meu pai acabou envolvido nisso tudo?

— Mais para o fim do nosso relacionamento, Nathaniel falava muita coisa sem sentido. Não só dizia ser um clone, como também dizia que era do século XX. Achei que estivesse apenas surtando, até que o DAT tentou levar Alora. Fico quase feliz que ele a tenha alcançado antes, mas nunca me disse para onde iria com ela. Achei que estivessem escondidos fora do país. Mas ano passado tentei investigar tudo isso e descobri um artigo sobre um Nathaniel Walker que foi morto em 1994. E depois isto. — Adalyn passa o dedo por sobre o DataLink e digita algumas instruções. Um holograma se materializa.

É o obituário de Alora.

Ela continua:

— Ela está usando o sobrenome de Nathaniel no passado, mas aqui é conhecida pelo meu. Acho que foi por isso que o DAT nunca a encontrou.

Meu estômago se revira de modo estranho.

— Vi isso no DataDisk que papai tinha no apartamento.

— Fui eu quem mandou. Sei que magoei o Leithan muito tempo atrás quando terminei o noivado, mas continuamos amigos. — Seus olhos se enchem de lágrimas. Rapidamente as seca. — Quando encontrei o obituário de Alora, sabendo que eu mesma não poderia voltar, precisei de alguém em quem confiava para fazê-lo por mim. A única pessoa em que consegui pensar foi ele. Ele prometeu que ia resgatar a minha filhinha. Ela não pertence a 2013. Não devia estar morta. Era para estar aqui.

Ela pega um digigráfico de uma mesinha perto de nós e o entrega a mim. É Alora. Parece ter 3 ou 4 anos. Está correndo por uma Zona Verde. Solta uma gargalhada quando se joga nos braços de um homem. Ele a gira, segurando-a firme contra o peito.

É o mesmo Nate Walker que vi nas fotografias de Grace. Nate, cuja morte foi supostamente fingida em 1994, que abandonou a filha com a irmã em 2003. Nate neste século.

Como é possível? Manipuladores do Tempo não podem saltar para o próprio futuro. E a clonagem foi proibida em 2109.

Será que foi mesmo?

Sentado aqui, entorpecido ao extremo, tento organizar tudo o que descobri. Parece impossível, mas aqui está, diante de mim. Alora e seu pai neste tempo. E meu pai pretendia impedir sua morte porque ela nunca deveria ter estado em 2013.

Mas por que ele me envolveu? Está de fato morto, ou há algo mais acontecendo?

Estou agitado demais para voltar ao apartamento de papai depois de deixar o de Adalyn. Já é tarde, mas preciso falar com o professor March. Ele tem que saber de algo. Quer dizer, ele me ajudou a escapar antes.

Percebo como andei descuidado pouco antes de chegar ao apartamento dele. Alguém aponta para mim. Antes de poder fugir, ouço uma voz conhecida atrás de mim.

— Ora, ora, nos encontramos de novo, Sr. Creed.

Giro depressa e descubro três Manipuladores de Espaço. Eles apontam Estuporadores para mim. Foi a do meio quem falou. É a mesma mulher que me capturou em Willow Creek.

38

ALORA
3 DE JULHO, 2013

As páginas do anuário do terceiro ano do ensino médio de papai farfalham enquanto as folheio, procurando uma com sua fotografia. Agora subo ao sótão pelo menos uma vez por semana e investigo o baú.

Desde o fim de maio — quando os exames revelaram que não há nada de errado comigo —, tia Grace abandonou a postura "lembrar o passado vai apenas piorar as coisas". Especialmente quando os médicos disseram que o estresse de não saber o que aconteceu a meus pais poderia ter sido o que deflagrou os apagões.

A porta range.

— Alora, preciso que você vá até a cidade para mim. Acabou o ketchup e o açúcar mascavo — grita tia Grace.

Solto um grunhido. O Grande Festival Anual do 4 de Julho é amanhã, e, este ano, tia Grace está determinada a vencer a competição dos churrasqueiros. Está obcecada em aperfeiçoar a receita de um novo molho desde que ficou sabendo que o grande prêmio do ano são quinhentos dólares.

— Vou descer em um minuto.

— OK — responde. A porta faz outro rangido como se estivesse sendo fechada, mas ela volta a gritar: — Por que não pergunta a Sela se ela quer vir dormir aqui? Não a tenho visto muito nos últimos dias.

Queria que tia Grace parasse de me dar indiretas para voltar a falar com Sela. Ela está agora na equipe de líderes de torcida, e suas novas amigas não gostam de mim.

Elas, e quase todos na cidade, dizem que *eu* sou a responsável pelo acidente de Trevor. Depois que o médico-legista anunciou que Naomi tinha sido estuprada e o DNA não batia com o de Trevor, as pessoas se uniram para apoiar o pobre astro de futebol americano que não poderia jogar no outono. Dizem que se eu nunca tivesse apontado o dedo para Trevor, ele jamais teria se machucado. Ninguém se importa com o fato de que o assassino de Naomi ainda está por aí em algum lugar.

O pior é que parte de mim acredita neles. Se tivesse simplesmente mantido a boca fechada na delegacia aquele dia, nenhuma dessas outras coisas teria acontecido.

A situação é toda absurda demais.

Corro um dedo pela fotografia de papai junto com seu time de beisebol. Não posso deixar de imaginar como minha vida teria sido diferente se ainda estivesse com ele e mamãe. Minha visão fica submersa sob mais lágrimas idiotas. Esfrego os olhos com força. Já chorei o bastante para encher um oceano durante o mês passado, e estou cansada disso. Mas ainda fico imaginando como as coisas seriam diferentes — melhores.

Seria tão bom se pudesse voltar no tempo e mudar tudo.

E isso me faz pensar em Bridger. Como se fosse possível, meu humor azeda ainda mais. Não consigo acreditar no quanto sinto sua falta, mesmo depois de ter ferrado comigo da forma como fez. Depois de tomar meu colar e roubar a caminhonete de Grace. Tudo bem, ele a abandonou em Athens com uma bolada de dinheiro, que tia Grace aceitou com alegria. E aquilo ajudou com algumas das contas médicas, mas não bastou.

Ela decidiu vender a casa para Celeste há algumas semanas. Disse que o dinheiro quitaria as dívidas e nos daria um novo começo. Eu queria que nos mudássemos para alguma outra cidade, mas ela gosta daqui. Provavelmente porque ainda tem esperanças de que papai retorne.

Quem sabe? Talvez Bridger volte também. Não pela primeira vez, uma voz irritante sussurra: *e se ele não estivesse sendo um babaca? E se estivesse dizendo a verdade?* Aquela alucinação foi tão real. Senti a outra versão de mim mesma.

Ou aconteceu apenas em minha cabeça?

As palavras dele voltam a mim: *Você disse que desejou poder voltar à época em que nada disso estava acontecendo ainda, não é?*

Antes que possa me impedir, fecho os olhos. Queria voltar ao tempo em que estava com meus pais. Queria voltar àquele dia quando ainda tinha 6 anos para ver qual foi a coisa horrível que nos aconteceu.

Os segundos viram minutos e nada acontece. Sentindo-me idiota por ter acreditado em Bridger, fecho o anuário com violência e me inclino para a frente, descansando os cotovelos no colo. A melhor coisa para mim seria não pensar mais nisso. Tentar esquecer meu passado. Passar pelos próximos dois anos, me formar e sair desta cidade. Então poderei recomeçar de verdade.

A porta do sótão range novamente e passos ecoam escada acima. Maravilha, agora tia Grace está vindo para me buscar. Tenho que ir de qualquer forma. Junto os pertences de papai e os empilho dentro do baú. Tia Grace se ofereceu para pedir a alguém que o levasse para meu quarto, mas recusei. Gosto de vir aqui. É reconfortante ter este espaço só para mim.

Os passos alcançam o fim dos degraus e, por alguma razão, os pelos da minha nuca se eriçam.

— Já estou indo — digo, olhando para trás, esperando ver tia Grace parada com as mãos nos quadris.

Mas não há ninguém lá.

Tenho a impressão de que há alguém aqui comigo, mas é impossível, a menos que a pessoa esteja invisível. É minha mente brincando comigo. Espero que não tenha mais alucinações ou apagões. Achei que tinham ficado no passado.

Desço correndo do sótão até o primeiro andar, onde o aroma de bolo recém-saído do forno flutua a meu redor. Meu estômago ronca sonoramente.

— Já estava mesmo na hora de você voltar — comenta titia quando entro na cozinha. Ela mergulha a colher no molho barbecue quente e prova. — Ainda tem alguma coisa errada — resmunga. — Venha cá. Me diga o que está faltando.

Olho melancólica para o bolo inglês descansando sobre a grelha de resfriamento ao pegar a colher que me é oferecida. O molho é maravilhoso, de alguma forma, doce e picante ao mesmo tempo.

— Está bom. Acho que vai vencer.

Ela balança a cabeça.

— Bom não é o bastante. Tem que estar perfeito.

— Então, do que você precisa do mercado?

Ela indica um pedaço de papel sobre o balcão.

— Só umas coisinhas.

Eu bufo quando o pego. As "coisinhas" de tia Grace consistem em uma grande lista de compras. Acho que vou ficar um tempo fora. Divertido.

— Ah, deixa eu só acrescentar mais uma coisa antes de você ir. — Ela vasculha uma gaveta e puxa uma caneta.

Enquanto a espero terminar, tento descobrir por que está tão animada com toda essa coisa do festival este ano. Começa amanhã de manhã com uma parada e continua ao longo do dia. Parece que alguém vomitou em vermelho, branco e azul por toda a praça do tribunal de justiça, e depois acrescentaram vendedores de arte e trabalhos manuais, comida gordurosa, atrações para as crianças e diversas bandas locais tocando uma música péssima após outra. O dia chega ao auge quando todos se deslocam até o centro de recreação para assistir aos fogos de artifício.

Ainda não consigo acreditar que comparecerei ao festival este ano. Tia Grace costumava me levar sempre quando eu era menor, mas não senti vontade de ir nos últimos anos. Em vez disso, ficávamos sentadas no píer do rio, assistindo enquanto os fogos explodiam acima das copas das árvores e comendo as sobras de seu bolo de aniversário. Simplesmente não queria ser a única adolescente que tinha que ficar com adultos por não ter amigos.

Este ano será diferente. Tia Grace decidiu que precisávamos fazer parte da celebração. Diz que preciso sair mais. Acha que estou sendo paranoica com a história de ser odiada por todos na cidade, mas sei que não é o caso. Já vi os olhares e ouvi os cochichos, mas não vou arruinar seu aniversário. Se quer participar do festival, estarei a seu lado. Ainda que eu deteste aquilo.

— Então, você vai perguntar se Sela quer vir? — indaga ela ao me entregar o cartão de débito.

— Talvez — respondo, apenas para tirá-la do meu pé. — Mas ela disse alguma coisa sobre ajudar a mãe na competição de amanhã. — Não sei se é verdade ou não. Não falo com Sela desde que as aulas terminaram.

Tia Grace franze o nariz.

— Mais um motivo para eu deixar esse molho barbecue perfeito. Não vou deixar ninguém levar o meu prêmio.

Pego as chaves, balançando a cabeça.

— Não acho que você tenha que se preocupar. — Começo a seguir para a porta dos fundos, mas me dou conta de que deixei a bolsa no andar de cima. — Já volto — digo por sobre o ombro.

A campainha toca quando chego ao saguão. Abro a porta e tento não deixar o queixo cair.

O Sr. Palmer está esperando do outro lado.

— Ah, oi, Alora — cumprimenta, erguendo a pequena mala. — Que bom ver você de novo. — Entra, me forçando a dar alguns passos para trás. — Senti falta mesmo deste lugar.

— O que está fazendo aqui?

Ele solta uma risada leve.

— Trabalho, minha querida. Me contrataram para tirar fotos do festival.

— Você falou com tia Grace? Ela está vendendo a pousada, então...

Uma expressão de pesar cruza seu rosto.

— Sim. É uma pena. Mas ela disse que como só vou ficar dois dias na cidade, eu podia ficar.

— Ah. Não sabia. — Ótimo, agora vou assistir enquanto tia Grace flerta com ele novamente.

— Está sozinha aqui? — indaga.

— Não, tia Grace está na cozinha. Vou lá buscá-la.

Antes que ele diga algo mais, disparo para os fundos da casa.

— Bem, isso foi rápido — brinca tia Grace assim que me vê, depois franze a testa. — Qual é o problema?

— O Sr. Palmer está aqui. Você disse para ele que podia ficar com a gente? — pergunto em voz baixa.

Ela ergue a sobrancelha para mim.

— Disse. Não é nada demais.

— Mas por quê?

Ela inspira fundo.

— Juro, não consigo entender você às vezes. O que importa? É um dinheirinho extra para a gente, e, além do mais, sinto pena dele. Me contou que está divorciado há muito tempo e que tem anos que ninguém faz comida boa para ele. — Agora sorri como se estivesse satisfeita consigo mesma.

Fico ali mais alguns minutos, com uma sensação estranha a respeito da situação, enquanto titia vai receber o hóspede. Eles conversam um pouco, e depois finalmente escuto passos subindo para o andar de cima.

Juro, se pegar tia Grace fazendo graça para ele, vou vomitar.

39

BRIDGER
23 DE ABRIL, 2146

A pequena cela em que estou preso é clara demais. Paredes e chão de um branco brilhante. Lençóis brancos na cama estreita. Luzes fortes. Vou ficar cego. E louco.

Creio que vai fazer duas horas que estou aqui, talvez três. Depois que os Manipuladores de Espaço me prenderam, me levaram a um edifício preto de cinco andares perto do quartel-general do DAT.

O Buraco Negro.

O local onde os federais jogam todos que desafiam o governo. Uma vez lá dentro, ninguém retorna, a menos que seja anulado. Ou executado.

Caminho de um lado a outro na cela pelo que me parece a centésima vez. Há apenas um buraquinho lamentável como janela. Nada que permita a um prisioneiro escapar. A única outra janela no lugar é a pequena abertura na porta. Sequer consigo olhar por ela. Paro para observar meu reflexo, perguntando-me se há alguém no corredor para me vigiar. Provavelmente não. Há duas câmeras no cômodo comigo. Não vão me ver fazer qualquer coisa de interessante. Eles me algemaram com um fino dispositivo metálico, um Inibidor, que me impede de fazer saltos.

Viro e faço uma careta para o jantar. Os restos de uma mistura de pasta que cheira a peixe estão espalhados pela parede e no chão. Cortesia do general Anderson. À lembrança de sua visita, me retraio.

Dizer que estava irado quando saiu é um enorme eufemismo.

Ele entrou com um sorriso. Nada parecido com o lunático de rosto vermelho aos berros que estuporei poucas semanas atrás. Mas não durou muito. Disparou uma pergunta após a outra, mas me recusei a responder. Então, jogou a bandeja no ar.

Papai nunca me disse que o general tinha esses problemas para controlar a raiva.

A porta desliza para se abrir. Forço-me a permanecer calmo. Se Anderson estiver de volta para mais uma rodada de loucura, estarei pronto para lidar com ele. A menos que tenha encontrado uma maneira de pular o julgamento e me mandar direto para a anulação ou execução. Espero que não cheguemos a isso. Com um julgamento, ao menos, tenho a chance de conseguir uma sentença mais leve.

É o professor March quem entra. Solto um suspiro de alívio.

Fica parado na porta e me lança um longo olhar inescrutável. Meu estômago pesa. Finalmente, ele diz:

— Não sei o que está acontecendo nessa sua cabeça, Bridger, mas você não faz a menor ideia do tamanho do problema em que se meteu.

A imagem de mim mesmo como procurado, estampada no Jumbotron, se acende em minha mente. Começo a andar outra vez e respondo:

— Tenho, sim, na verdade.

Ele esfrega os olhos. Em seguida vai até a mesa e se senta. Atrás dele, a porta se fecha silenciosamente.

— Por favor, sente-se — pede, indicando o assento a sua frente. — Não consigo ficar vendo você dando voltas e mais voltas.

Se fosse qualquer outra pessoa, ignoraria, mas estou em dívida com ele. A cadeira arranha o chão ao ser arrastada.

— Me diga a verdade, professor. Tem algum jeito de eu sair dessa encrenca?

— Me diga você. Não sei o que esteve fazendo. — Os olhos voam rapidamente para a câmera atrás de mim. — Não sei o que possuiu você para atirar em mim e no general Anderson. Não sei por que decidiu fazer um salto ilegal. É como se não o conhecesse mais.

Olho para baixo, para meu colo. Minhas mãos começam a tremer. Fecho uma delas e a esfrego com a outra.

— Sinto muito, senhor.

Sabia que teria de me fazer de inocente sobre o incidente com o Estuporador. É para o sentimento de culpa que me corrói por dentro que não estou preparado. Sinto como se o tivesse decepcionado. Queria que houvesse alguma forma de desativar as câmeras para que pudéssemos conversar em particular.

— Olha, sei que sente. Talvez eu consiga fazer algum acordo com o general. Apenas conte a eles o que querem saber. É tudo o que tem que fazer, e toda essa confusão será esquecida — diz com a voz inexpressiva.

Não vai acontecer, sem chance. Meu palpite é que o general ordenou que o professor March dissesse aquilo. Olho para meus punhos cerrados, repentinamente cheio de raiva. Raiva por estar nesta situação. Raiva por estarem obrigando o professor a fazer o papel de vilão. Raiva de meu pai por ter voltado ilegalmente no tempo em primeiro lugar. E, depois, de ter ressurgido de alguma forma após sua suposta morte, pedindo que eu terminasse o que começou. Minha vida estava encaminhada. Estar em uma cela de prisão agora não era parte do plano.

— Nós dois sabemos que isso não vai acontecer.

Acalme-se, Bridger.

Ergo a cabeça, surpreso.

Não! Volte a olhar para baixo. Faça-os acreditarem que está tendo dúvidas.

O que diabos está acontecendo? Como posso ouvi-lo dentro de minha cabeça? Obrigo minha respiração a desacelerar.

Ele continua a falar como se nada de estranho estivesse acontecendo.

— Você não tem como saber isso. Depois de tudo que fez, o melhor é cooperar conosco. Diga-nos para que ano saltou e por quê. — Ele relaxa a expressão, chega até a sorrir. — Talvez assim eu consiga fazer um acordo a seu favor.

As palavras são bonitas. Exatamente o que Anderson iria querer que dissesse. Em minha mente, porém, escuto algo diferente:

Fique calmo. Continue a olhar para baixo e deixe que eu fale, mas mantenha a mente aberta. Farei tudo o que puder para ajudá-lo, mas preciso saber a verdade. Basta que visualize, e conseguirei ver tudo.

É quase impossível de se fazer. Quero pular da cadeira e soterrá-lo com perguntas. Por exemplo, como pode ser um Manipulador de Tempo e de Mentes?

A Academia sempre nos ensinou que ninguém pode ter mais de um Talento. Mas já conheço três pessoas que têm habilidades duplas. O que me faz questionar quantas mais existem. E por que o DAT vem mentindo para todos.

Abra a sua mente, Bridger.

Relaxo os músculos e esvazio a mente. A pressão cresce em meu crânio enquanto o professor March tenta acessar minhas lembranças. Meu instinto é erguer uma barreira mental. Afasto-a para permitir que ele leia meus pensamentos. A sensação me faz querer me retrair. Jamais tive informações extraídas de mim por um Manipulador de Mentes. É bizarro, como se estivesse sendo violado.

Não demora muito tempo, talvez 10 segundos, um pouco mais ou menos. Finalmente, o professor desfaz a conexão. O rosto trai um lampejo de perplexidade antes de voltar a vestir a máscara de indiferença.

— Então, não tem nada a dizer? — indaga.

— Não, senhor.

— Muito bem, então. — Ele aperta os lábios, transformando-os em uma linha fina.

Minha cabeça lateja. Não apenas por tê-lo deixado entrar em minhas lembranças, mas de nervosismo. O professor sabe exatamente o que estive fazendo, mas não tenho ideia do que acha de tudo. Tampouco se vai me ajudar a sair daqui, que dirá a voltar ao ano de 2013 para terminar o que comecei.

Não se preocupe, Bridger. Estou chocado, só isso.

Isso me deixa um pouco melhor. Não muito, mas já é algo. Juro, acho que jamais me acostumarei a este lado do professor March. Nunca lidei com Manipuladores de Mentes antes. São muito reservados.

Em seguida, penso em algo mais que me inquieta.

Professor, papai sabia que você é um Duplo Talento?

Não. Nunca contei a ninguém. Consegue imaginar o que aconteceria comigo se o DAT ficasse sabendo?

É um bom argumento. Não há como saber o que os cientistas fariam a ele. Há apenas uma certeza: jamais seria livre outra vez.

Quer dizer que você também não sabia o que papai estava fazendo?

Não. Ele nunca me disse nada, e eu jamais leria a mente de alguém sem seu consentimento.

OK. Já entendi. Mas me diga por que o general não mandou investigarem as ações do papai antes de ele morrer? Ou até investigarem o que eu fiz antes de saltar?

Ele desvia os olhos por um instante.

Não sei tudo que está acontecendo, Bridger. Mas sei que o general Anderson está tentando esconder alguma coisa de certas pessoas no DAT.

Tem a ver com os Duplos Talentos?

Acho que sim. E essa é uma das razões por que ele não sabe para que ano você fez o salto. Não pode pedir uma investigação formal sem alertar a todos.

Então ele está me acusando de quê?

Fugir enquanto está sob investigação, fazer um salto ilegal, resistir à prisão e atirar em oficiais superiores.

Fecho os olhos com força, a cabeça trabalhando a mil. O que está acontecendo? E como papai foi se meter no meio disto?

O professor invade meus pensamentos.

Olha, preciso ir agora. Me dê um tempo, e verei o que posso fazer para tirá-lo daqui.

Como você vai fazer isso? O general disse que o julgamento começa daqui a dois dias.

Talvez tenha que recorrer a outros métodos.

O que você quer dizer com isso?

Apenas confie em mim, Bridger.

Ele fica subitamente de pé e coloca as palmas das mãos sobre a mesa.

— Acho que você não entendeu o impacto das suas ações. Se não mudar de ideia, o general Anderson vai trazer um Extrator.

Meu sangue vira gelo. Extratores são Manipuladores de Mentes usados pelo DAT para obter informações à força de indivíduos capazes de erguer barreiras mentais. É um doloroso processo quando alguém não quer que sua mente seja lida. Ouvi histórias de pessoas que gritavam em agonia antes de perderem a consciência ou sofrerem hemorragias cerebrais. Sempre acabam morrendo.

O professor March me encara como se tentasse me intimidar. Não sei o que dizer. Entendo que vai tentar me ajudar, mas e se não puder? E se o Consulado declarar que sou culpado no julgamento e me forçar a um Extrator antes de executarem a sentença? De qualquer forma, poderia morrer.

Bridger, confie em mim. Farei tudo o que puder para ajudá-lo. Deixe que continuem pensando que você vai resistir. Assim ganho algum tempo para tomar providências.

Engulo em seco com força. Em seguida, volto a me recostar no assento e cruzo os braços sobre o peito. Posso fazer o papel de prisioneiro não cooperativo.

— Vá em frente, professor. Pode falar para eles virem com tudo. Não vou dizer nada.

40

ALORA
4 DE JULHO, 2013

— Não tenho tanta certeza disso — diz tia Grace ao pegar uma caixinha de biscoitos Oreo fritos de um vendedor.

— Pode confiar, é bom — garanto a ela entre mordidas. É a segunda vez que os como hoje. Penso em como Sela teria me repreendido se estivesse aqui. É outra coisa boa de não estar mais saindo com ela. Posso comer o que quiser sem precisar ouvir os discursos anti-junk-food. Dou outra mordida enorme, saboreando a explosão de açúcar de confeiteiro, chocolate e massa de pão frita. Paraíso em forma de gordura.

— Senhor, isto deveria ser pecado — comenta tia Grace depois de engolir. — Odeio pensar em quantos quilos provavelmente ganharei hoje.

— Ah, para. É seu aniversário. Você merece.

— É, você está certa. — Ela olha de canto de olho para mim, sorrindo.

Sinto um calor se espalhar por mim. Apesar de não ter querido vir hoje, me diverti. Não vi Trevor, o que é um grande bônus. Depois ajudei tia Grace a vender churrasco, e lucramos cerca de duzentos dólares. Definitivamente, vencedoras. Mas estou ficando cansada. Titia quer ficar para o show de fogos de artifício. Estou pronta para voltar para casa.

Acho que, no fundo, esperava que papai viesse de surpresa novamente para o aniversário da irmã. É idiota de minha parte pensar assim, mas enfim. Sempre posso sonhar.

Abrimos caminho entre a multidão e seguimos para os degraus na frente do tribunal, onde os jurados devem anunciar os vencedores das competições de culinária. Vários alunos da escola passam por nós, lançando olhares repugnantes a mim. Tia Grace não nota. Ela avistou a Sra. Randolph limpando seu quiosque.

— Oi — cumprimenta a senhora. — Queria mesmo falar com vocês, mas sabem como é. Trabalho, trabalho, trabalho.

Mais pessoas se reúnem ao redor enquanto as duas conversam. Tento escutá-las, mas estão fofocando sobre algo para que não dou a mínima. Além disso, realmente preciso ir ao banheiro, cortesia do refrigerante que bebi à tarde.

— Vou ali no Java Jive.

Tia Grace arqueia a sobrancelha.

— Por quê?

— Preciso desenhar para você?

A Sra. Randolph solta um risinho quando a lâmpada se acende acima da cabeça de titia.

— Ah, desculpa. Certo, mas não fique muito tempo, está bem?

— Pode ser que eu fique um pouco lá. Tem gente demais aqui. — Não é piada. Estou começando a me sentir claustrofóbica, mesmo ao ar livre.

— Está bem. Encontro você lá daqui a meia hora.

Corro em direção ao restaurante. Claro, está apinhando de pessoas de quem não quero estar perto. Sela. As Gêmeas Descerebradas. Kate. Levi. Trevor. Por um segundo, considero a ideia de ir a um daqueles banheiros químicos nojentos ao redor do tribunal. Em seguida, penso: *não mesmo*. Não vou fugir deles. Não mais. Endireito os ombros e marcho para o banheiro. Parece que os olhos de todos queimam minha pele ao passar.

Quando termino, paro na frente da porta, tentando juntar forças para voltar lá para fora. Posso fazer isto. É só mover uma perna, depois a outra e sair. Simples assim.

Mas quando me aproximo da mesa em que todos os idiotas estão reunidos, Trevor diz:

— Ah, oi, Alora. Está com tempo para bater um papo?

Com sua deixa, os lacaios de Trevor riem. Nada espantoso. Olho feio para eles, notando que apenas Sela continua quieta. Algo muito importante despertou seu interesse no celular.

Não preciso disso. Continuo a andar, mas ele se levanta de um pulo e me segue.

Já podem me matar.

— O que você quer? — pergunto em voz baixa.

— Achei que a gente podia levantar a bandeira branca, digamos assim. — Ele abre o sorriso que reserva apenas aos momentos em que está tentando enfeitiçar garotas.

— Me poupe — rosno. — Não pense que esqueci o que você fez comigo.

O sorriso bonito desaparece e é substituído por uma expressão horrorosa, muito similar a que tinha quando veio psicótico para cima de mim.

— E você não pense que esqueci o que fez comigo, garotinha. As suas mentiras vão me custar uma bolsa de estudos.

— Ah, por favor — digo, revirando os olhos. — Como se você tivesse que depender disso.

— Bem, também não é como se você fosse conseguir uma — comenta com um sorriso malicioso.

Não perco tempo.

— Da mesma forma como você nunca vai conseguir nada comigo. — Empurro-o, decidindo que não sou obrigada a ouvir o tipo especial de babaquice que sai de sua boca.

Antes de chegar na porta de vidro, ele grita:

— Isso a gente vai ver depois.

Sinto arrepios rolarem por meu corpo, mas não olho para trás. Não lhe darei a satisfação de saber que me deixou balançada.

Mal atravesso o estacionamento quando avisto o Sr. Palmer parado do outro lado da rua, apontando a câmera a um grupo de garotas que reconheço da escola. Estão todas de shorts muito curtos e camisetas justas demais. O tipo que tia Grace jamais me deixaria usar em público.

Observo enquanto o homem tira diversas fotografias delas. OK, sei que deve fotografar todos, mas aquilo parece um pouco bizarro. Ainda assim, não é da minha conta. Seu contratante provavelmente pediu que tirasse uma variedade de fotos.

Há tanta gente na rua ainda. Os vendedores de arte e trabalhos manuais estão recolhendo suas coisas e muitas pessoas seguem em direção aos carros, a maioria provavelmente dirigindo-se ao centro de recreação para assistir ao espetáculo de fogos de artifício. Quero apenas encontrar tia Grace e ver se pode me levar para casa. Já socializei mais do que o suficiente por hoje.

Começo a atravessar a rua, mas alguém a cerca de três metros de mim chama minha atenção.

Ela parece comigo.

Por um momento, me pergunto se estou tendo outra alucinação, como aquela da Gingerbread House.

A menina corre para longe. Forço minhas pernas a segui-la. Tenho de alcançá-la, ver se vai falar comigo. Se é real.

Quase a perco na multidão, mas a avisto virando em um beco. Não devia segui-la até lá, especialmente por estar escurecendo, mas continuo. Não posso deixá-la escapar.

Passo pelos fundos de um restaurante e paro quando chego na caçamba de lixo. A garota se foi. É impossível. Giro a cabeça de um lado a outro e olho ao redor da caçamba. Não está lá. Não poderia ter entrado por nenhuma das portas de fundos das lojas neste quarteirão. Estão todas trancadas.

Começo a me virar para voltar, mas uma dor aguda perfura a carne em meu pescoço.

Depois, não há nada.

41

ALORA
4 DE JULHO, 2013

Minha cabeça lateja como se fosse uma frequência cardíaca quando acordo. Há algo enfiado em minha boca. Engasgo e tento cuspi-lo.

— Ah, a Bela Adormecida desperta — diz uma voz masculina.

A semiescuridão me engole. A única luz vem de uma vela que descansa sobre uma mesinha ao lado da cama onde estou deitada — ou, melhor, amarrada. Meus braços estão estendidos acima de minha cabeça, presos por uma corda áspera. Ela belisca minha pele quando tento puxar os braços. Bato a cabeça de um lado a outro, observando o amontoado de mobília antiga, poeira e sujeira em todos os cantos. Reconheço o lugar onde estou. É a casa abandonada na floresta.

— Não precisa fazer isso — diz a voz. É suave e ameaçadora ao mesmo tempo. — Você não vai a lugar nenhum.

Uma figura sai das sombras na extremidade da cama. Fito-o em horror e tento gritar, mas não consigo. O que ele está fazendo?

O Sr. Palmer deixa uma risadinha baixa escapar e arrasta uma cadeira pelo chão até estacioná-la ao lado da cama. Senta e me observa como se pudesse me devorar, um brilho de loucura em seus olhos.

— Esperei muito tempo por isso, minha querida Jane.

Jane? Quem é Jane?

Ele acaricia a lateral de meu rosto, mas puxo a cabeça para longe e tento gritar novamente. Inútil, mas tento ainda assim. Tudo em que consigo pensar é *eu confiei nele*. Tia Grace confiou nele. E está fazendo isso?

A luz da vela se reflete em seus óculos quando os tira, deixando-os sobre a mesinha.

— Ah, sim, vou me divertir hoje.

Sinto como se alguém tivesse sugado todo o ar quando a realidade me atinge.

Tento berrar.

Palmer sorri e se curva para mim, tão perto que sinto o cheiro de podre em seu hálito.

— Vá em frente. Ninguém vai ouvir. Ninguém vai vir para salvar você — sussurra ele ao pé de meu ouvido.

Em seguida, o maldito lambe minha bochecha. Sinto a bile subir até a garganta e engasgo novamente.

— Melhor ir se acostumando. — O sorriso é sinistro, expondo os dentes tortos. — Agora vou tirar essa mordaça, mas só se prometer que vai ficar quietinha.

Forço-me a assentir.

Ele tira o trapo de minha boca, e inspiro várias vezes enquanto penso. Poderia encontrar alguma maneira de convencê-lo a me libertar? Ele parecia ter criado uma relação com tia Grace.

— Você não precisa fazer isso. — Minha voz não passa de um sussurro rouco, e me obrigo a falar mais alto. — Não vou contar para ninguém. Nem para a minha tia. Juro.

— Não, não vai mesmo. Não vai contar nada a ninguém. Não depois que eu tiver terminado. Vou fazê-la pagar pelo que fez comigo. Exatamente como fiz a outra pagar.

Outra? Poderia estar falando de Naomi?

Ele fica de pé e apoia as mãos dos dois lados da cama enquanto lambe o lábio inferior. Fico inerte, assustada demais para me mover. Assustada demais para respirar. Mas me obrigo a continuar falando.

— Por que está fazendo isso? O que fiz para você?

Palmer para e olha para algum lugar além de mim, como se realmente estivesse vendo algo, ou lembrando.

— Vocês são todas iguais. Você e Fran. Não passam de vagabundas mentirosas.

— Não sei quem é Jane nem Fran, mas você está enganado. Meu nome é Alora.

— Não minta para mim! — grita. — Você e Fran destruíram a minha vida com as suas mentiras. Nunca toquei em vocês, mas perdi tudo graças às duas! Minha mulher. Meus filhos. Minha carreira como professor. Tudo na minha vida!

O Sr. Palmer estende a mão e pega algo da mesa. Quero me encolher: é uma faca. Fita a arma quase carinhosamente ao dizer:

— Ah, sim, vou tirar de você o que tirou de mim. Uma vida pela outra. Da mesma forma que cuidei de Fran alguns meses atrás.

A esta altura, estou tremendo. Lembro a primeira vez em que vi Palmer, quando ele disse que eu parecia alguém que conhecia. Aparentemente, ele perdera completamente o contato com a realidade. Fez algo a duas garotas e pagou por isso. Agora está descontando em mim — e possivelmente matou Naomi.

Não é apenas um pervertido, é um *assassino*.

E sou a próxima vítima.

Ele coloca a faca de volta na mesa e pousa as mãos em meu rosto, acariciando as bochechas. Depois as mãos descem por meu pescoço.

Por favor, pare.

Mas ele não vai parar. Ninguém pode me ajudar. Ninguém, a não ser eu mesma. Uma chama se acende dentro de mim e arde por todo meu corpo. Não vou ficar aqui deitada como se já estivesse morta e deixá-lo sair impune. Não sem fazê-lo passar por um inferno antes.

Dobro as pernas e viro os quadris em direção ao homem, chutando. Meu pé atinge seu peito. Ele tropeça para trás, os braços se debatendo. A mão golpeia a mesa e derruba a vela, que vai rolando até as cortinas velhas, incendiando-as. O fogo se espalha rapidamente.

Enquanto Palmer agarra um cobertor e tenta abafar as labaredas, puxo forte as amarras. Não cedem. Não sei o que fazer. Preciso sair daqui.

Fumaça preenche o cômodo, e começo a tossir. Aperto os olhos com força, visualizando o quintal lá fora, desejando com todas as minhas forças estar lá.

De repente, a fumaça desaparece.

Olho para cima e encontro as estrelas. Estou estirada no chão fora da casa. Pisco diversas vezes. O que está havendo?

Pela janela, as chamas tremeluzentes deixam a casa parecida com uma lanterna de Halloween. Levanto-me rapidamente.

Antes que consiga entender o que aconteceu, a porta se abre com violência e Palmer corre para fora. Seus olhos se fixam nos meus.

Não penso.

Viro e corro.

42

BRIDGER
29 DE ABRIL, 2146

Meus passos socam o piso enquanto ando de uma ponta a outra da cela. Não sei que horas são. O sol não entra mais pela janelinha digna de pena. Só pode ser fim de tarde.

Mais próximo do momento em que minha sentença será executada.

Não fui julgado. E marcaram para hoje a extração de minhas lembranças. Serei anulado.

Todos que pedi que viessem a minha visita final compareceram, exceto o professor March.

Mamãe foi a mais difícil de lidar. Alternava entre reclamar de papai e de como ele tinha arruinado tudo e jurar que ia apelar da sentença. Depois, fez algo inédito.

Colocou a culpa em mim.

Suas palavras ainda reverberam em meus ouvidos.

— Você é igualzinho a seu pai, Bridger. Podia ter sido alguém, mas tinha que estragar tudo, não tinha?

Respondi algumas coisas não tão amáveis. Não tenho certeza do que exatamente, mas me recordo de ter usado a palavra "vadia". Sinto-me horrível por isso agora. Especialmente porque Shan estava com ela.

Elijah e Zed entraram em seguida. Achei que estariam deprimidos, até irados, mas não. Estavam cheios de uma energia nervosa, andando de um lado a outro da cela. Tentaram iniciar uma conversa fiada, mas eu não conseguia me concentrar. Pouco antes de irem embora, finalmente perguntei:

— Vocês falaram com o professor March?

Eles se entreolharam. Elijah balançou a cabeça.

— Só na aula.

— Ele falou alguma coisa sobre vir me visitar? — Estava, na verdade, tentando descobrir se tinha dito algo a respeito de me ajudar, mas não podia dizê-lo em voz alta.

Zed olhou de relance para uma das câmeras.

— Não, nem uma palavra. Nada.

Agora estou sentado no catre, esfregando o punho. Meus pensamentos estão fixos no professor March. Talvez ainda esteja resolvendo como me tirar daqui.

Ou talvez tenha mentido.

A porta se abre, e minhas entranhas se contorcem. É isso. Estou pronto para agir, mas e se nada acontecer? E se o professor March não me ajudar? Detesto não saber com certeza.

Esperava que guardas entrassem. Em vez disso, o general Anderson desfila para dentro do cômodo como se estivesse dando um passeio noturno. Veste um uniforme preto ornado com broches e medalhas. Exibido de merda.

— É hora de ir, Creed.

— Você veio aqui tripudiar?

Ele finge refletir, esfregando o queixo.

— De jeito algum. Estou aqui apenas para me certificar de que a sentença seja executada. — Ele marcha pelo cômodo e algema minhas mãos atrás das costas. Abaixa o tom de voz ao dizer: — Nada vai impedi-la.

Juro que, se sair desta confusão, um dia me vingarei dele. Posso imaginar como será bom o gostinho de apagar aquele maldito sorriso de seu rosto.

Sigo o general até pátio externo enquanto dois guardas marcham atrás de nós. Tudo é banhado pelo brilho difuso da luz do dia que se esvai. Agora que estou prestes a me tornar um Nulo, uma pontada de arrependimento me perfura. Jamais poderei voltar às montanhas. Ou, se o fizer, será como um servo inconsciente.

Jamais voltarei a ser eu mesmo.

Depois de uma pequena viagem na nave de transporte, chegamos a um prédio baixo. As luzes do transporte reluzem nas paredes de vidro.

Desce para uma pista de pouso circular cercada por um gramado. Dois Nulos trabalham nos canteiros.

O general sai primeiro. Os guardas me escoltam a seguir. Fico chocado ao encontrar o professor March parado do lado de fora. Está ao lado de uma mulher baixa de cabelos em um tom vivo de azul, vestindo um uniforme branco.

Ela cumprimenta o general Anderson com uma pequena mesura.

— Sou a Dra. Santos. Vou conduzir os procedimentos que se seguem à sessão de extração.

Engulo com dificuldade e olho para o professor March. Ele permanece calado. Olho fixamente para ele, que continua a me ignorar.

Um suor frio cobre meu corpo ao entrarmos no edifício. Ainda assim, sondo os arredores, procurando uma rota de fuga. O saguão é amplo. Um monitor de TeleNet gigante ocupa a maior parte da parede à esquerda. Uma mulher sorridente surge na tela assim que entramos e diz como chegar aos vários escritórios na construção. Três elevadores estão enfileirados na parede mais distante, enquanto várias cadeiras estão distribuídas a nossa direita. Um corredor se estende dos dois lados dos elevadores. Pergunto-me o que terá ao fim dele.

— Nem se dê ao trabalho de procurar uma saída — avisa o general Anderson.

Minha cabeça se volta para ele e rosno:

— Nem sonharia com isso.

Quando chegamos a um dos elevadores, o professor March finalmente entra em meus pensamentos. *Bridger, está na hora. Boa sorte.*

A adrenalina inunda meu corpo. Antes que possa lhe perguntar o que quis dizer, no entanto, vejo um movimento através da porta de vidro externa. Os dois Nulos vêm em nossa direção. Não é normal — Nulos não vão a lugar algum sem terem sido direcionados pelo supervisor.

Começam a correr e irrompem pela entrada, disparando Estuporadores. Acertam todos, menos a mim. Começo a correr em direção ao corredor, mas um deles me alcança antes. Agarra meu braço e grita:

— Seu idiota! Venha com a gente.

Afasto a confusão que turva meus pensamentos e os sigo. Atravessamos correndo o pátio e embarcamos na nave de transporte. Atrás de nós, diversos guardas surgem em torno do complexo médico. Disparam suas armas em nossa direção.

Uma vez no ar, olho para o chão. Sem dúvida, alguém virá atrás de nós. Mas ninguém vem.

Viro para os Nulos e sorrio. Tiraram os capacetes.

São Elijah e Zed.

43

ALORA
4 DE JULHO, 2013

Quando saio da mata, estou tão ofegante que mal consigo respirar. Tenho que chegar à pousada. Tenho que chegar a um telefone fixo, já que não sei onde está meu celular.

Corro para a varanda dos fundos e tento abrir a porta, mas está trancada. Tia Grace nunca deixa a casa aberta quando sai. Fecho os olhos por um segundo. *Pense. Pense.* Abro-os quando me recordo da chave reserva sob os degraus da varanda. Um ruído me sobressalta, e giro nos calcanhares.

Palmer dispara pelo quintal, aproximando-se rápido.

Meu coração martela ao contornar a frente da pousada. Sei que é inútil, mas tenho que tentar a porta principal. Trancada. Pulo a lateral da varanda e me escondo atrás dos arbustos. Talvez Palmer ache que corri para a entrada do terreno e siga para lá. Assim poderia voltar e pegar a chave.

Mas não posso me mover até saber onde ele está.

Os segundos se estendem em uma eternidade. O suor escorre por minhas costas e começo a tremer. Seus passos ficam cada vez mais altos enquanto me procura. A respiração pesada se aproxima mais e mais.

— Saia, Jane. É inútil se esconder.

Ah, não é.

Aguardo até o som dos passos começar a se distanciar. Queria poder ver para onde ele foi.

Minha mente volta para o chalé e a maneira como saí. Desejei estar do lado de fora e, de repente, estava. Bridger tinha razão — tenho alguma espécie de habilidade. Mas ele disse que eu podia viajar no tempo. Não fiz isso. Simplesmente me desloquei de um lugar a outro, como fiz em todas as vezes que apaguei. Aperto os olhos e desejo estar com tia Grace.

Nada acontece.

Droga! Por que não funciona justo agora? Tento uma e outra vez, mas não dá em nada. Quero gritar. Quero sair daqui.

Depois do que parece um século, me obrigo a rastejar para fora dos arbustos. Sinto-me nua e exposta. Afasto o impulso de rastejar de volta ao esconderijo e permanecer lá. Em segurança. O que é estupidez, pois jamais estarei segura enquanto Palmer estiver por perto.

Tento fingir que sou tão leve quanto uma pena enquanto circulo a casa novamente. Agacho-me ao lado do último degrau e tateio. Não consigo encontrar a chave.

Passo a mão de um lado a outro, a cabeça virando em todas as direções. Cada pequeno ruído que ouço pode significar que Palmer está vindo me pegar.

Por favor, não deixe que venha.

Finalmente, os dedos encostam em algo pequeno e liso na terra. Pego-o e quase engasgo de alívio. É a chave.

Voo escada acima, com cuidado para evitar o segundo degrau, que sempre range. Estou quase na porta, quase dentro de casa, quando o homem surge na lateral da pousada, respirando com dificuldade.

Congelo. Talvez não me veja.

Mas ele vê.

Palmer vem como um raio pelo quintal. Mal tenho tempo de registrar que está segurando algo.

Uma arma.

Minhas mãos tremem, quase deixo a chave cair. É tão difícil enxergar o buraco da fechadura. As sombras deixaram de ser minhas aliadas. Com movimentos desajeitados, finalmente encaixo a chave. Giro a maçaneta, abro a porta e a fecho com violência no momento em que Palmer chega ao último degrau.

Ele bate na porta e grita:

— É melhor me deixar entrar. Juro que as coisas vão ficar muito piores para você se não deixar.

Recuo, horrorizada. Como as coisas poderiam ficar piores?

Minhas pernas quase desmoronam enquanto corro para o escritório de tia Grace. É lá que fica o telefone. As batidas na porta trovejam pela casa. Tento ignorar e abrir a porta do cômodo. Mas a maçaneta não se move. Isto não pode estar acontecendo.

Os barulhos vindos da frente da casa ficam mais altos, mais violentos. De repente, ela se abre e Palmer cambaleia para dentro.

Eu recuo, mas ele está apontando a arma para mim.

— Peguei você.

Duas palavrinhas, e ainda assim me estilhaçam em mil pedaços.

— Agora venha aqui — diz. Não me movo. Não consigo. Ele avança em minha direção: — Eu disse *venha aqui*.

Logo depois, o homem está bem diante de mim. Antes que eu possa processar o que acontecendo, ele me dá um tapa. Caio ao chão, sentindo gosto de sangue nos lábios. Isso me acorda, traz à tona uma parte selvagem que não sabia que existia. Ele vai me matar, mas não sem luta.

Fico de pé em um pulo e invisto contra ele. Meus punhos acertam peito e rosto.

Sinto o corpo eletrificado. Talvez consiga impedi-lo. Talvez consiga tomar a arma dele.

Devia saber que não. Basta outro tapa vigoroso do homem e volto ao chão. Desta vez, bato com a cabeça em algo. Fico deitada, atordoada, e o fito. Ele se avulta sobre mim com uma expressão arrogante no rosto.

Quero me encolher e chorar. Acabou. É assim que vou morrer. No entanto, algo atrás do homem se move.

Viro a cabeça para o lado e prendo a respiração quando alguém entra no corredor.

É a mesma garota que vi mais cedo, a que se parece tanto comigo.

44

BRIDGER
13 DE ABRIL, 2146

— Não posso acreditar que vocês dois fizeram aquilo — digo.

— Não faça essa cara de choque, cara — diz Elijah. Tira uma chave magnética do bolso e a passa pelas algemas que prendem minhas mãos. A tranca cede com um clique. Livro-me delas e depois ele faz o mesmo com o Inibidor em torno do meu pescoço. Quando o removo, sinto-me mais leve.

Livre.

— É, até parece que viu fantasmas de verdade. — Zed olha para nós do banco do piloto e ri. — Queria ter tirado um digigráfico.

— O que... Como conseguiram? — indago, afundando no assento mais próximo. Recordo a mensagem do professor March pouco antes de irromperem pelo complexo médico. — Quer dizer que o professor March ajudou, não é?

— Eu ia gostar de levar o crédito por esse plano engenhoso, mas não posso mentir. Foi realmente ele o mentor. Fomos meramente instrumentos para criar o caos. — Zed estufa o peito e balança as sobrancelhas. — Mas não vou recusar nenhuma oferta de gratidão eterna sua.

— Ei, que tal ficar só na pilotagem? — Elijah balança a cabeça e se senta a minha frente, do outro lado do corredor. — Então, você está bem, cara? Sei que tudo isso deve ter sido um baita choque.

Não falo durante alguns segundos. Algo está errado. Pergunto a Zed:

— Eles já começaram a seguir a gente?

— Não. A barra está limpa.

— Tem certeza? Eles conseguem rastrear a nave.

— É tudo parte do plano — interrompe Elijah. — O professor se assegurou de que não fossem conseguir rastrear a gente. Estamos seguros.

Estão empolgados com o plano, mas não consigo relaxar. A história toda fede. Sei o quanto o general Anderson queria extrair minhas lembranças. Mal podia esperar para que eu virasse um Nulo. Vai mover céus e terra para me capturar novamente.

A menos que *quisesse* que eu escapasse. E, se for o caso, então o professor está a serviço dele. Contra mim. Dobro o tronco como se tivessem me acertado um soco no estômago.

— Você está passando mal? — indaga Elijah.

— Não da maneira como você está pensando. — Não posso crer que o professor March me trairia assim. As suspeitas jorram como se fosse vômito.

Elijah assovia baixo.

— Então o professor March não contou nada para você? Isso é mesmo estranho, mas não acho que queira dizer que está trabalhando com Anderson.

— Mas você não acha que está sendo fácil demais?

— Não se o professor March estiver atrasando o pessoal — argumenta. — Foi o que disse que ia fazer.

Quero acreditar. O professor era o melhor amigo de papai. Não faz sentido que esteja me usando para conseguir descobrir onde papai tinha ido.

Repasso tudo que sei a respeito de Alora. As peças do quebra-cabeça começam a se encaixar. Se ao menos encontrasse as últimas que faltam. Adalyn mencionou que Nate achava que tinha sido clonado. Por que o DAT faria isso se a clonagem foi proibida há tantos anos? E quando papai fez o salto para o assassinato da presidente Foster para me dizer que salvasse Alora? Antes de sua morte?

Estará de fato morto?

Sei que Adalyn pedira a papai para voltar e salvar a filha, mas me pergunto se haveria outro motivo para estar lá. Quer dizer, ele arriscou jogar sua carreira inteira no lixo.

E reflito sobre a data da morte de Alora. Meu coração acelera — é lá que encontrarei papai. Alora não pertence ao passado, mas e se eu não puder salvá-la? Papai obviamente não pôde. E se ele não pôde, como poderei? Perder papai e Vika em um espaço de tempo tão curto foi a pior coisa que já me aconteceu. Não sei ao certo o que sinto por Alora, mas a ideia de perdê-la para sempre faz meu estômago se revirar.

— Ei, o professor por acaso deixou um Cronoband por aqui? — indago, lembrando os problemas que tive com os saltos livres.

Zed levanta a voz:

— Deixou, está aqui comigo. São e salvo. E deixou um comm-set também.

O garoto joga os objetos para mim, um de cada vez. Fixo o Cronoband no pulso e deixo o comm-set no assento a meu lado.

O professor March pensou em tudo. Deveria estar agradecido. Em vez disso, uma sensação de medo recai sobre mim. Tenho que me forçar a dizer:

— OK. Vamos para a Geórgia.

Duas horas depois, aterrissamos atrás da pousada-museu. Não há ninguém do DAT. Acho que foram realocados após minha captura. Entramos na floresta. Não tenho um manto, portanto preciso me materializar onde não serei visto.

— A gente espera aqui — diz Elijah. — Boa sorte.

— É, idem — concorda Zed. Então dá um soco de brincadeira em meu braço e depois fica sério. — Só garanta que vai *mesmo* voltar.

Começo a fazer um comentário espertinho sobre o sentimentalismo de Zed, mas, de repente, me dou conta de algo: posso morrer. Como papai.

Mas tenho que tentar. Ajusto o comm-set na cabeça e forço um sorriso ao me despedir. Em seguida, ativo o Cronoband e salto.

45

ALORA
4 DE JULHO, 2013

Palmer nota que estou olhando para algum lugar atrás dele. Vira o rosto e sibila:

— Quem é você?

A menina sorri — um sorriso frio, que não alcança os olhos — e levanta o braço. Um objeto pequeno e prateado brilha em sua mão.

— Larga isso ou eu atiro — ameaça Palmer.

— Acho que não — retruca ela com a voz hostil e traços de um sotaque estranho. Fecha os olhos e desaparece.

— Que diabos — grita ele. Então gira sem sair do lugar, mantendo a arma diante de si. Tento me encolher como uma bola no chão.

— Quem é ela? — indaga Palmer, agora apontando o revólver para mim. Não consigo falar. Tudo o que vejo é a ponta do cano. Imagino a bala acelerando e me atingindo. — É a sua irmã? Responda! — Ele me puxa para cima e me arrasta para o saguão, a cabeça virando de um lado a outro.

Ela reaparece sem aviso ao lado dele. O homem não tem tempo de reagir. Ela soca o punho em sua face e tira sua arma enquanto ele cambaleia.

Palmer rapidamente recupera o equilíbrio e investe contra ela. Um lampejo forte se acende entre os dois, e ele cai no chão, contorcendo-se.

— Isso foi ousado. — Ela o chuta nas costelas. Ele geme, mas não diz coisa alguma. — Não se preocupe — diz, olhando para mim. — Ele não vai a lugar nenhum por um tempo. Maníaco de merda. — Volta a chutá-lo, depois me fita. — Sabia que ele assassinou 15 garotas nos últimos cinco anos? Você seria a número **16**. Tudo porque saiu com duas ex-alunas e elas o entregaram.

Eu me encolho toda enquanto observo a cena. A menina que acaba de me salvar. Quem é? Como sabe tudo isso sobre Palmer?

Olho com atenção para ela. Está vestindo minhas roupas. Não tinha notado até agora, mas está usando o vestido com que fui à festa de Levi em abril. Eu o havia escondido no fundo do armário.

— Até que me cai bem, não é? — indaga enquanto dá uma volta. — É bonito para uma coisa tão arcaica.

— Por que você está vestindo isso?

Ela dá de ombros de maneira irreverente.

— Vai ver tive vontade de saber como é ser a filha favorita.

OK, agora ela está começando a me assustar. Dou alguns passos para trás, mas ela me prende em um olhar gelado, os olhos apertando até não passarem de rasgos finos.

— Fique onde está.

As palavras são como um tapa.

— O quê? Não entendo.

— Claro que não. Você está oca.

— Estou o quê?

— Oca. Significa que não tem nada aqui dentro — explica, batendo na lateral da testa com o objeto prateado. — Não sabe de nada.

Detesto me sentir como um animal encurralado pela segunda vez na mesma noite, sem conseguir entendê-la.

— Como assim?

Ela revira os olhos.

— Isso é tão entediante. Vou dizer de uma maneira que até um Nulo conseguiria entender. Você não é dessa época. É do futuro. — Diz cada palavra bem devagar, como se eu fosse burra demais para compreender. — O nosso pai infringiu a lei. Trouxe você para cá e a abandonou com a irmã dele. Nossa querida tia.

Se alguém me dissesse algo assim antes de eu ter conhecido Bridger, teria gargalhado alto. Não mais. Lembrando o que me disse sobre viajar no tempo e tendo acordado em lugares diferentes depois dos apagões... É, não soa tão estranho agora.

— Se é esse o caso, por que você está com tanta raiva de mim? Nem conheço você — pondero.

Ela crava um olhar desdenhoso em mim.

— Isso é porque a gente nunca se viu antes.

46

BRIDGER
4 DE JULHO, 2013

Está escuro quando surjo em 2013. O luar se infiltra por entre as árvores, oferecendo luz o bastante para enxergar. Queria chegar por volta das 20 horas. O artigo que detalhava a morte de Alora alegava que teria ocorrido entre as 21 e 22 horas.

O cheiro de fumaça e madeira queimada me envolve enquanto abro caminho por entre galhos e sarças. Um brilho alaranjado bruxuleia pela floresta. Vem da direção da antiga casa abandonada. Minha boca fica seca. É onde o corpo de Alora deveria ser encontrado.

Começo a seguir naquele sentido, mas sinto a pele se arrepiar com a sensação de que não estou sozinho. Ativo o comm-set e faço uma varredura do perímetro. Há um Manipulador do Tempo aqui. E está vindo em minha direção.

É papai.

E parece irado.

Jamais fiquei tão feliz em vê-lo em toda a minha vida. Minhas pernas voam enquanto corro para ele e praticamente o ataco. Quero rir e chorar. É real. Está aqui. Continua vivo.

Papai fica rígido em um primeiro momento, mas depois me abraça. Sinto-me seguro, como me sentia quando criança. Ele se afasta rápido demais.

— O que está acontecendo, filho? O que está fazendo aqui?

— Onde está Alora? Ela está segura?

— Opa, espera um minuto. — Ele massageia a nuca da maneira que sempre faz quando está refletindo. — Primeiro, eu mesmo acabei de chegar aqui, saindo do dia 3 de julho. Eu tenho seguido Alora para ver se consigo imaginar uma forma de evitar sua morte. E, segundo, como *sabe* sobre Alora?

Conto-lhe a versão resumida de como fui arrastado para dentro desta confusão.

O rosto dele vai de choque a raiva e incredulidade. Quando termino, papai corre as mãos pelas laterais do rosto.

— Bridger, não entendo. Nunca saltei para o assassinato de Foster. Acabei de ficar sabendo sobre Alora há uma semana, pela mãe dela. Ela me deu isso. — Papai tira um DataDisk do bolso.

— Eu sei. Eu o achei na escrivaninha do seu apartamento.

— Nunca deixei nada lá. — Fecha os olhos. — Não sei o que está acontecendo, mas você tem que voltar para nossa época. Agora.

Balanço a cabeça.

— Não. Não vou a lugar nenhum. Tenho que ter certeza de que a Alora está bem.

— É para isso que estou aqui, filho.

Trocamos um olhar. Quero lhe dizer que não está. Não se estiver sozinho. Como, porém, lhe digo que, de meu ponto de vista, estou falando com um fantasma? Que está morto há dois meses?

Um grito rasga o silêncio. Nossas cabeças se voltam para a pousada. Papai murmura:

— Alora.

47

ALORA
4 DE JULHO, 2013

Sinto como se estivesse fora de meu corpo, observando a cena diante de mim. A garota dá três passos para a frente e agarra meu braço. Tento me desvencilhar, mas não consigo. É mais forte do que parece.

— Por que você está fazendo isso? — indago, tentando atrasá-la. — Por que ia querer me matar se somos irmãs?

— Não tenho ligação nenhuma com você. Nem sabia que existia até um mês atrás.

— O quê?

— Digamos que tive acesso a algumas informações interessantes recentemente. Foi assim que encontrei você. Que fiquei sabendo que o nosso pai sempre a levava para brincar nas Zonas Verdes e lhe dava presentes quando era pequena. Sabe o que ele fez por mim? Nada.

Observo sua expressão enlouquecida e a arma de Palmer tremendo em sua mão. Se não soubesse que é impossível, diria que está com ciúmes.

— Sabe, fiz um salto para cá uma vez antes de hoje. Queria conhecer você antes da hora em que devia morrer, mas aí a vi dando em cima do *meu* Bridger. Então não espere que eu sinta qualquer tipo de amor por você.

Pisco algumas vezes. *Seu* Bridger?

— Do que você está falando? Nunca tentei dar em cima dele.

— Não minta. Vi vocês dois juntinhos no rio aquele dia, quando fiz um salto livre.

Imagino se estará se referindo ao dia em que ele me beijou ou a uma das outras vezes em que estivemos no rio. É então que me dou conta. Bridger deve ser seu namorado. Disse que queria me ajudar a recuperar a memória, mas eu sabia que gostava de mim. E se tiver me beijado porque me pareço com ela?

Sinto-me enjoada. Queria que fosse um pesadelo do qual iria acordar e encontrar tia Grace preparando chocolate quente e panquecas de mirtilo para mim. Eu lhe contaria a respeito do pesadelo e tudo voltaria a ser arco-íris e dias de sol. Acontece que não é um pesadelo.

Deveria estar com medo. Deveria implorar por minha vida. Não é minha culpa que nosso pai tenha estado presente em minha vida. E sequer consigo me lembrar disso. Foi tudo há tanto tempo.

Mas não é possível argumentar com alguém que é louco. Sei disso pela experiência com Trevor. O que posso fazer? Ela tem uma arma. Não tenho coisa alguma.

Algo faz um bipe. A garota olha para uma faixa em seu pulso, que parece com aquela que Bridger usa, e grunhe:

— Temos visita.

Agarro possivelmente a única chance que terei. Estendo a mão para trás e pego o jarro de flores na mesa do saguão. Ela se vira no instante em que invisto contra ela com o vaso e atira. Caio no chão, desejando estar lá fora. Visualizo-o perfeitamente em minha cabeça: eu no jardim da frente.

E, logo depois, estou de fato lá, ainda apoiada nas mãos e nos joelhos.

Fico de pé um tanto trôpega, atordoada ao perceber que posso realmente ir aonde quiser, basta pensar no lugar.

A menina tem as mesmas habilidades que eu, mas sabe como controlá-las. Sem dúvida irá me matar se conseguir me capturar novamente. Tenho que procurar ajuda. Agora.

Um som retumbante como o de um disparo de canhão ecoa atrás da pousada, me fazendo pular. O céu acima da copa das árvores explode em um caleidoscópio de faíscas vermelhas. O espetáculo de fogos de artifício acabou de começar. Todos estão no centro de recreação.

É essa a resposta.

O centro fica na outra margem do rio. Tudo o que preciso fazer é chegar até lá.

Se a garota — minha suposta irmã — não me encontrar primeiro.

Fecho os olhos e me concentro em desejar estar lá.

Desta vez, porém, não funciona.

48

BRIDGER
4 DE JULHO, 2013

Papai me lança um olhar severo e ordena:

— Fique aqui. — Em seguida, dispara para a casa.

Encaro suas costas alguns segundos antes de segui-lo. Como se eu fosse ficar parado esperando. Meus pés fazem barulho ao baterem no gramado. Arquejo para recuperar o fôlego, tentando ignorar o aperto no peito.

Alcanço papai na varanda dos fundos. Ele me olha feio.

— Achei que tivesse mandado você ficar lá.

— Não deu.

Entramos na casa e encontramos um homem estuporado no chão do saguão, rodeado por estilhaços de vidro. É o hóspede que estivera aqui em abril, o Sr. Palmer. Ele nos fita com medo nos olhos. Pergunto-me por que estará aqui. O que viu.

Papai ativa o rastreador no DataLink.

— Alora está na floresta atrás da pousada. Está se movendo depressa em direção ao rio.

Parece sombrio.

— O que foi? — indago.

— Não está sozinha. Alguém acaba de aparecer à frente dela. Tenho a sensação de que, seja quem for, não veio para ajudar.

— Vamos — exclamo, dando um passo para o corredor.

— Não quero que você vá. Não sabe como isso é sério.

Sinto o rosto começar a arder.

— Sei, sim. Mais do que você.

— Não sei o que quer dizer com isso, mas você *não* vai me seguir. Preciso conseguir me concentrar. Não tenho tempo para me preocupar com a sua segurança. — Começo a discutir, mas ele ergue a mão. — Basta. Fique aqui, volto daqui a pouco. Com Alora.

— Bem, mas e ele? — indago, apontando para o Sr. Palmer.

Papai tira um Apreensor de Lembranças do bolso.

— Apague as últimas três horas dele.

49

ALORA
4 DE JULHO, 2013

Tudo é um borrão enquanto corro pela trilha na floresta. Não sei por que não consegui desejar estar no centro de recreação. Talvez haja um macete nisso, algo que ainda não descobri.

Estou quase no píer, pronta para mergulhar no rio, quando uma voz chama:

— Já estava na hora de você chegar.

Freio, derrapando, e me viro lentamente. A menina louca sai das sombras, sorrindo de uma maneira que me faz querer socá-la. Ainda está com o revólver.

— O que você quer de mim?

— Já falei — responde, desfilando mais para perto de onde estou. — Estou aqui para ter certeza de que você vai morrer. É o seu destino.

Se eu fosse esperta, tentaria ganhar tempo. Mas estou irada. Fecho os olhos e inspiro fundo por entre os dentes trincados.

— Nem pense em saltar. Vou colocar uma bala nessa sua cabeça antes que você descubra o que tem que fazer.

— Qual é a diferença? Se você vai me matar de qualquer jeito. Por droga de razão nenhuma. — Minha voz se transforma em um rosnado.

— Ah, mas tem uma razão. Você *deve* morrer hoje. Mas quer saber? Estou me sentindo generosa. Acho que foi crueldade de nosso pai abandonar você aqui nesse buraco dos infernos, completamente sozinha. A pobrezinha da Alora teve que crescer em um lugar estranho longe da mamãe e do papai. — Solta uma risadinha sinistra. — É, vou ser legal. Você devia mesmo me agradecer. — A menina avança mais para perto e tira um pequeno objeto circular preto do bolso.

Recuo.

— Fique parada — ordena. A arma está agora apontada para meu coração. — Não vai doer. Prometo.

— O que é essa coisa?

— Isto aqui vai ajudar essas células velhas no seu cérebro a funcionarem. Vai fazer você se lembrar de *tudo* que está prestes a perder.

Um medo de arrepiar se arrasta por cada centímetro de meu corpo. Tudo o que posso fazer é observar impotente enquanto ela estende a outra mão e segura o objeto diante de minha testa. Uma luz verde forte me cega, e uma dor intensa irrompe por trás de meus olhos, queimando o crânio por dentro. Tento gritar, mas não consigo.

Tão rapidamente quanto começou, a dor evapora, e as lembranças esquecidas começam a emergir.

Em um primeiro momento, são apenas imagens fragmentadas. Eu pequena, gritando de alegria enquanto meu pai corre atrás de mim por uma Zona Verde. Minha mãe — a mulher de cabelos escuros em meus sonhos — me ajudando com um desenho. Os dois me colocando na cama à noite. Festas de aniversário. Tantas memórias me consomem.

Começo a sorrir, mas o sorriso se desfaz quando as últimas lembranças dos dois vêm à tona. Mamãe e papai discutindo. Papai dizendo que precisamos partir com ele. Mamãe o mandando embora.

Mais tarde naquela noite, as pessoas do DAT apareceram. Mamãe me mandou ficar no quarto. Eu chorava. Depois, a ouvi gritar:

— Não, por favor! — Tinha me ordenado que não saísse, mas eu tinha que saber qual era o problema. Corri para a sala e vi uma mulher loura e dois homens. Mamãe estava caída em uma poça de sangue.

Berrei ao mesmo tempo em que papai se materializou atrás de mim. Ele me puxou de volta para o quarto e nos trancou lá dentro.

— Você está com a Joilu? — indagou.

Levei a mão ao pescoço, tocando o colar sob a camiseta. Ele o tinha me dado havia poucos dias. Disse para não contar a mamãe.

Ajoelhou-se e me fitou diretamente nos olhos.

— Alora, isso é muito importante. Temos que ir embora.

— Mas a mamãe...

— *Feche os olhos.* — *Papai tomou minhas mãos nas suas.* — *E não importa o que aconteça, não largue. Entendeu?*

Não conseguia parar de tremer, mas assenti.

No instante seguinte, estávamos na beira de um rio durante a noite. O calor era sufocante. Papai disse que me amava muito e que precisava buscar mamãe, mas que tinha que me deixar ali por um tempo. Eu iria ficar com sua irmã — uma irmã que eu não sabia que ele tinha.

Sacudo a cabeça, entendendo por completo o que aconteceu. Embora minhas habilidades não tivessem se manifestado ainda, papai foi capaz de me levar ao ano de 2003 porque nasci com o gene manipulador do tempo. Mas ele não ia me deixar com tia Grace por tanto tempo. Estava voltando para salvar mamãe e trazê-la para este tempo. A maneira perfeita de escapar do DAT.

— O que aconteceu com meu pai? — indago.

A boca da menina se retorce em um sorriso cruel.

— Minha mãe o fez pagar pelos crimes dele.

Quero arrancar seus olhos com as unhas. Daria tudo para poder machucá-la, mostrar-lhe o que é ter a vida extirpada.

Mas saída de lugar nenhum, uma voz grave ordena:

— Abaixe a arma.

50

BRIDGER
4 DE JULHO, 2013

Depois de apagar as lembranças mais recentes do Sr. Palmer, deixando-o inconsciente, corro para fora da casa. Luzes se acendem atrás de mim. Viro a tempo de ver faróis movendo-se enquanto um veículo branco acelera pela entrada da pousada.

Grace está aqui.

O nó em meu estômago se aperta. Vai encontrar o Sr. Palmer no saguão e surtar. Depois, vai chamar as autoridades.

Não posso cuidar disso. Alora vai morrer em pouco tempo. Como posso mantê-la viva sem alterar o curso da história? Sua morte está documentada. A única forma de salvá-la sem destruir a linha do tempo é fazer com que, de algum modo, todos pensem que realmente morreu esta noite. Mas como posso fazer isso se não haverá um corpo?

O cheiro de fumaça enche a floresta. Minhas unhas fincam nas palmas das mãos. É apenas outro lembrete da morte iminente de Alora.

Vozes me recebem perto do rio. Uma voz feminina conhecida e a de papai. Parecem discutir. Uma nova onda de adrenalina explode em mim. Corro mais rápido.

Paro antes de chegar à clareira perto do rio. Papai me ensinou a jamais me lançar às cegas em qualquer coisa. Espio por entre as árvores. Três figuras são iluminadas pelos fogos. Papai está a poucos centímetros de duas meninas. Ambas de cabelos louros. Uma parece aterrorizada, abraçando o próprio corpo. A outra grita com meu pai, apontando um revólver para a primeira.

Sinto como se tivessem me acertado com um Estuporador.

A menina com a arma é Vika.

Ela está viva.

Vacilo um pouco. Como é possível? A menos que tenha saltado para cá antes de sua morte. Mas por que não me contou?

Atrás de mim, passos chegam mais perto.

— Alora! — grita Grace. — Onde você está?

Droga. Deve ter visto nossas pegadas no caminho de terra batida que conduz à floresta. Tenho que impedi-la antes que estrague tudo. Antes que passe por mim, desativo o manto e pulo em sua frente.

Ela começa a gritar. Cubro sua boca com a mão e sussurro:

— Fica quieta. Alora está em perigo.

Os olhos dela estão arregalados. Quando tiro a mão, diz:

— O que está acontecendo? Estou procurando por ela há horas.

Queria que houvesse um meio de fazê-la voltar. Penso em pegar o Apreensor e apagar suas lembranças das últimas horas. Antes que possa fazê-lo, as vozes atrás de mim se elevam novamente. Os olhos de Grace deixam meu rosto para encarar o espaço atrás de mim. Sua boca forma um "O".

— Santa Mãe de Deus. Elas se parecem.

Viro. Enquanto estava ocupado tentando fazer Grace parar, papai se aproximou de Vika e Alora.

Vika aponta a arma para papai.

— Não quero machucar você. Só vim aqui para garantir que Alora morra.

O medo em seu estado mais puro perfura meu coração. Por que Vika iria querer fazer isso?

— Você não tem que fazer isso — argumenta papai com voz apaziguadora. — Ela não devia estar aqui. Tem que voltar para o nosso tempo.

Grace tenta se desvencilhar de mim, mas a seguro.

— Espere — sibilo. — É o meu pai quem está lá.

— E a minha sobrinha. Tenho que ajudá-la.

Novos fogos de artifício explodem neste mesmo momento. Envolvem todos em um fraco brilho esverdeado. Vika finge pensar, batendo com o dedo no queixo.

— Você não devia ser tão romântico. Há um obituário para Alora. Ela *tem* que morrer.

— O que ela quer dizer? — indaga Grace com voz esganiçada.

— Ninguém vai morrer. — Olho para ela com expressão severa. — É para isso que estou aqui.

Mas aparentemente ela não acredita em mim. Grace me dá um chute. A dor sobe por minha perna e me dobro, soltando-a.

O que jamais deveria ter feito, pois a mulher passa por mim e irrompe para fora da floresta.

Imediatamente, um disparo soa.

Grace desaba no chão.

51

ALORA
4 DE JULHO, 2013

Minhas pernas quase cedem e se dobram. Grito e tento correr para tia Grace, mas a menina louca, Vika, diz:

— Não se mexa, ou você será a próxima.

Quero arrancar seu coração, como fez comigo. Tudo o que posso fazer é assistir, enquanto tia Grace traz as pernas mais para perto do tronco.

— Viu? — grita Vika para o homem. — Foi você quem me obrigou a fazer isso! Ela não devia se machucar!

— Se você abaixasse a arma, ninguém se machucaria — argumenta.

Não consigo desviar os olhos de minha tia.

— Por favor, me deixe ver como ela está.

Vika parece em dúvida. Arqueja.

— Certo. Mas não tente nada, ou mato você agora mesmo.

Corro até tia Grace e me ajoelho a seu lado. Ela aperta o ombro direito com força.

— Você está me ouvindo?

As pálpebras tremulam. Ela abre os olhos.

— Estou. Meu Deus, como dói. — geme ela.

— Deixa eu ver.

Seus dedos tremem ao deixar o ombro. O cheiro metálico de sangue fresco me atinge em cheio. Tento não engasgar ao inspecionar o ferimento. Não parece oferecer risco à sua vida.

— Como ela está? — indaga Vika.

— Ela precisa de um médico.

Quero estapeá-la quando responde:

— Vai ter que esperar.

A garota volta sua atenção ao homem.

— Agora, a melhor coisa que você pode fazer é ir embora. Nada disso é assunto seu.

— Não posso fazer isso — retruca ele.

— Interessante. Minha mãe me deu acesso a muitas informações, mas tem uma coisa que ainda não sei.

— O quê?

— Você também deve morrer, Sr. Creed. O que não sei é *como* vai acontecer. — Ela inclina a cabeça para o lado. — Será que sou eu quem deve cuidar disso?

O terror se alastra por meu estômago. Ela o chamou de Sr. Creed, como o pai de Bridger? Como poderia ser tão fria?

Ela endireita a postura, como se estivesse se preparando para atirar.

— Você não tem que fazer isso — diz o homem com tom de incredulidade.

— Ah, mas eu acho que tenho — responde ela.

Outra voz invade a atmosfera tensa.

— Abaixe a arma. Agora.

Viro a cabeça, procurando a fonte do som. Imediatamente, solto a respiração, aliviada.

É Bridger.

52

BRIDGER
4 DE JULHO, 2013

Meu corpo treme quando saio das sombras. Esta não é a Vika que conheço. Sempre foi teimosa, mas racional. Ela era amável. Era gentil. Jamais ameaçaria matar alguém, especialmente meu pai. Sempre o admirou.

Esta garota não é nada disso. Não é a minha Vika.

Papai vira o tronco, parecendo chocado.

— Volte, Bridger!

Vika parece igualmente em choque.

— O que está fazendo aqui?

Não consigo encarar Alora e sua tia ao passar por elas. Tenho que me concentrar em convencer Vika a largar o revólver. Quando chego até meu pai, luto contra o impulso de empurrá-lo para trás de mim.

— Por favor — começo, olhando de papai para Vika. — Deixe todo mundo ir embora. Não sei o que está acontecendo, mas a gente pode saltar para o nosso tempo e resolver tudo isso lá.

— Não posso fazer isso — responde ela.

— Por que não? Quem disse que alguém tem que morrer?

— Você não entende. Só estou tentando garantir que tudo aconteça como deve acontecer. Você não pode sair ferrando com o passado, Bridger.

— Não é o que você está fazendo? Quem falou que Alora tem que morrer? Na verdade, o que parece é que isso só vai acontecer *por causa* da sua interferência.

Por um instante, acho que consegui convencê-la. Ela se retrai como se minhas palavras fossem golpes físicos. Depois, balança a cabeça.

— Não é verdade. A morte dela é parte da história. Se eu não tivesse interferido, aquele homem na pousada teria cuidado disso. Foi ele quem a sequestrou hoje à tarde, não eu.

Penso no Sr. Palmer, inconsciente na casa. Filho da mãe, então *foi* ele. Mas por que Vika teria poupado Alora para depois se virar contra ela e a matar? Está agindo de maneira instável. Louca.

Como um clone.

O ar deixa meus pulmões quando a peça final do quebra-cabeça se encaixa. Vika *realmente* morreu. Da mesma forma que Nate Walker, que reapareceu misteriosamente, vivo e mais de um século depois de sua morte.

Alguém está clonando Manipuladores do Tempo ilegalmente.

A imagem de Vika caída no chão no assassinato da presidente Foster se acende em minha mente. Lembro-me do Manipulador do Tempo encoberto a seu lado. Aquela pessoa deve ter recolhido uma amostra de seu DNA e extraído sua consciência.

E agora tudo o que resta é uma casca dela.

De repente, quero socar algo. Sei que a coronel Fairbanks e o general Anderson têm que estar por trás disso. Mas por quê?

— Bridger — chama papai. Ele encara Vika fixamente, como se estivesse se preparando para fazer algo. Meu sangue se transforma em gelo nas veias quando ele continua. — Tire Alora daqui.

53

ALORA
4 DE JULHO, 2013

O Sr. Creed sussurra algo para Bridger. Ele balança a cabeça como se dissesse *não*.

A arma oscila entre pai e filho, e percebo que esta é minha chance. Se conseguir ressurgir atrás de Vika, talvez possa tirar o revólver dela.

Fecho os olhos e desejo com mais intensidade do que nunca, concentrando-me na área atrás da menina.

Por favor, funcione.

Quando abro os olhos outra vez, estou ali, atrás dela.

Mas é tarde demais.

54

BRIDGER
4 DE JULHO, 2013

A atenção de Vika é atraída de nós para o lugar onde Alora e Grace estão.

— Cadê ela?

Alora não está mais lá.

— Aonde ela foi? — grita Vika, olhando em volta.

Alora materializa-se alguns centímetros atrás da garota. Quase me permito sentir alívio. Até papai investir contra o clone.

E ela o vê atacando.

Naquele exato momento, me dou conta de que Alora é razão pela qual meu pai vai morrer. Deveria pará-lo. Tentar empurrá-lo ou algo assim. Mas não. Algo que me disse certa vez reverbera em meus ouvidos.

Tudo acontece por um motivo.

Aquelas poucas palavras me fazem ficar parado. Parte de mim morre quando Vika dispara.

Dessa vez, acertando meu pai.

55

ALORA
4 DE JULHO, 2013

É tarde demais. O Sr. Creed voa para trás e cai. Bridger fita a cena, paralisado.

Aproveito a chance para dominar a psicopata. Avanço e me jogo contra suas costas. Rolamos para o chão, e enterro os dedos em seus braços.

Ela se vira e me chuta, me atingindo no estômago. Uma explosão de dor se espalha por meu corpo, mas continuo lutando. Meus punhos voam e a golpeiam no rosto e no peito.

Seu peso desaparece de súbito. Evaporou. Sento rapidamente e pergunto:

— Onde ela está?

Bridger sai de seu estupor por tempo o suficiente para pegar o revólver caído a poucos centímetros de mim.

— Você consegue vê-la? — pergunta, a voz oca.

— Não — respondo, girando a cabeça em todas as direções.

De repente, vejo o queixo de Bridger cair e seu braço se levantar. Está apontando a arma em minha direção. Antes que eu possa me mexer, ele atira.

O ruído é ensurdecedor, ainda mais alto que os fogos de artifício no céu.

E viro. Vika está estirada no chão com um círculo perfeito na testa, os olhos sem vida fixos em mim.

56

BRIDGER
4 DE JULHO, 2013

le está morto. Ele está morto. Ele está morto.

Essas palavras ecoam em minha mente ao observar a figura imóvel de meu pai. Não consigo acreditar que não fiz coisa alguma para impedir. Sou um idiota.

Parece que tudo se move em câmera lenta enquanto caminho até ele. Como se eu estivesse e não estivesse aqui. Estou anestesiado. Podia muito bem ser um Nulo.

Antes que possa alcançá-lo, um brilho surge a seu lado. Meu comm-set pesquisa diferentes frequências de manto. Esta não está registrada.

Tem que ser um Manipulador do Tempo de meu futuro. Aqueles de quem devemos ficar longe.

A cintilação paira acima de papai.

— O que foi? — indaga Alora. Ainda está sentada no ponto em que lutou com Vika, como se não conseguisse se mover.

— Tem alguém aqui com a gente — respondo, os olhos cravados no corpo de papai. Quero me aproximar, mas algo me diz para ficar parado.

Alora fica de pé em um pulo e recua.

— O que eles querem?

— Não sei.

Tudo o que sei é que deixei meu pai morrer. Poderia fazer um salto e tentar salvá-lo, mas não faço. Poderia criar um paradoxo. Não posso alterar o que já faz parte de minha história. Pela lógica, Alora deveria estar morta também. Mas papai queria salvá-la. Ela precisa retornar a seu tempo. Tenho que honrar esse compromisso mesmo que esteja morrendo por dentro.

O brilho segue para o corpo de Vika e permanece lá por um tempo antes de desaparecer.

— Seja quem for, já foi embora — anuncio.

Alora corre para Grace e verifica seu estado.

— Como ela está?

— Está viva, mas inconsciente. A gente precisa levá-la a um médico.

Alora se levanta abraçando o tronco com força.

— Por que isso tudo aconteceu, Bridger? Por que aquela garota ficava dizendo que eu tinha que morrer?

Não quero lhe contar, mas cansei de mentir. Isso causou tanto sofrimento.

— Porque você *devia* ter morrido hoje. Foi por isso que fiz o salto para este tempo. A sua mãe encontrou o seu obituário e pediu para o meu pai voltar e salvar você. — Paro, sentindo um nó na garganta. — Mas ele apareceu para mim em uma de minhas viagens no tempo e disse que era para eu fazer isso por ele. E aqui estou.

— Ah, não, Bridger. Eu sinto muito. É tudo culpa minha. — Seu rosto se contorce.

Sinto-me um babaca. Atravesso o espaço entre nós e a puxo para mim. Sei como se sente. Parece que é tudo minha culpa. Abraço-a com força, como se fosse a única coisa me ancorando ao aqui e ao agora.

— Ora, ora, mas que bonitinho.

Nós nos afastamos sobressaltados. Giro o corpo, mais chocado do que jamais pensei que pudesse ficar.

É meu pai. Vivo.

57

BRIDGER
4 DE JULHO, 2013

Não sei quem está mais estupefato — eu ou Alora. Imagino se está achando que tem um fantasma diante dela. Conheço a sensação. Há duas versões de papai aqui conosco.

Papai Vivo parece diferente. Não tem rugas. Não tem faixas grisalhas nos cabelos. E usa um macacão cinza.

Ele ri.

— Vocês deviam ver os olhares em seus rostos.

Alora seca as bochechas molhadas de lágrimas.

— Depois do que vi hoje, acreditaria em qualquer coisa.

— Bem, definitivamente não sou um fantasma. — Papai dá um passo para a frente e estende o braço. — Anda, pode tocar.

Não me movo. Não posso acreditar. Meus olhos dançam entre o corpo do homem caído no chão e a versão de pé diante de mim. Não sei quantas vezes desejei tê-lo de volta comigo. Mas não sei se queria algo assim.

— Você é um clone — ouço-me dizer.

Não entendo. Por que alguém faria isso?

Ele abaixa o braço, o sorriso desaparecendo.

— Sei o que está pensando, filho. Não vou surtar aqui na sua frente.

— Você diz isso, mas como posso ter certeza? — Agito o braço na direção do corpo de Vika. — Ela tentou matar Alora. E *matou* você!

Ele suspira.

— Queria poder lhe contar tudo. Queria mesmo. Mas o que posso dizer é que não sou de 2146. — Ele faz uma pausa para deixar a revelação ser digerida.

Penso no Manipulador do Tempo encoberto pairando acima dos corpos de papai e Vika. Obviamente fazendo o upload de suas consciências. O que significa que Papai Clonado e Vika Clonada vêm do *meu* futuro. Puta merda.

— De que ano vocês são?

— Desculpa. Não posso contar tudo. Há coisas que você simplesmente não pode saber ainda. Tenho que deixar tudo acontecer da forma como deveria ser.

— Isso não faz sentido! — grito. — Você está aqui agora. É óbvio que não deveria estar.

— É verdade. Não deveria estar aqui, mas posso dizer que há providências que preciso tomar para colocar certos eventos em ação.

A compreensão recai sobre mim com violência.

— Foi *você* quem me seguiu até o assassinato de Foster?

— Sim. E também fui eu quem deixou o DataDisk e o dinheiro na escrivaninha. Tudo porque você me disse onde os encontrou. — O clone sorri como se tivesse me feito cair em uma pegadinha. — Agora você precisa me escutar com atenção. Tem que levar o meu corpo de volta para a data em que foi descoberto em 2146, OK? Não usei um Cronoband regularizado, então o corpo não vai saltar automaticamente sozinho. Peça a Alora para levá-lo até os limites de Nova Denver. Mostre a ela como mandar um sinal de socorro do meu DataLink a Telfair. Ele vai cuidar do resto. Só não o deixe descobrir quem mandou a mensagem.

Relaxo. O professor March realmente estava tentando ajudar. Deve ter atrasado Anderson para não deixá-los nos seguir até a Geórgia depois de termos roubado a nave.

— E ela? — indaga Alora, olhando para o corpo de Vika.

— Jogue o corpo dentro da casa incendiada — responde. Olho feio para ele. — O quê? O corpo da Alora devia ser encontrado lá. Ninguém vai questionar se era mesmo ela.

— Vou ver você de novo? — Tenho medo da resposta. Embora seja um clone, ainda é meu pai. E também não é mais do meu tempo.

A boca dele se retesa.

— Não em um futuro próximo.

Minha garganta se fecha.

— Pelo menos sei que está vivo.

— Eu sei, filho. Você está seguro, e isso é tudo o que importa. Agora vai. Você tem trabalho a fazer antes de as autoridades chegarem.

— Sei que você disse que não pode nos contar nada, mas preciso saber. O que vai acontecer comigo quando a gente voltar? — indaga Alora.

Ele não diz nada por longos segundos.

— Realmente não tenho permissão para dizer nada que possa mudar o que deve acontecer. Mas posso avisar para terem cuidado ao confiar no DAT.

Assinto. Faz sentido, especialmente sabendo que o general Anderson tampouco foi honesto com eles.

Alora joga as mãos para o alto.

— Mas por quê? E o meu pai, o que aconteceu com ele?

— Posso apenas dizer que o DAT não está preocupado em fazer o melhor para os Duplo Talentos. — Antes que Alora volte a abrir a boca, ele sorri e continua com firmeza: — Essa é toda a informação que posso lhes dar. Digam a Adalyn que mandei um oi quando chegarem em casa.

Ele recua e mantém o dedo sobre o Cronoband.

— Mais uma coisa — diz antes de ativá-lo. — Mesmo tendo que mandar o sinal a Telfair, *nunca* mais confiem nele.

58

ALORA
4 DE JULHO, 2013

Observamos a casa em chamas por alguns minutos antes de jogarmos o corpo de Vika lá dentro. O fogo devorou completamente a construção, abocanhando a estrutura como um inferno canceroso. Estamos tão perto que o calor é desconfortavelmente quente na pele, e, no entanto, me sinto morta por dentro.

Como deveria estar.

É estranho saber que, quando o incêndio tiver se extinguido, todos pensarão que sou eu lá dentro. Olho para tia Grace. Ela está a meu lado, a mão apertando a ferida no ombro, respirando com dificuldade. Ela perdeu muito sangue, mas insistiu em vir conosco para nos desfazermos do cadáver. Explicar isso foi bastante difícil. Inteirá-la a respeito de todo o resto foi ainda pior. Não acreditou em nós a princípio, de modo que fiz alguns saltos diante dela para comprovar.

Agora acredita em tudo.

— Temos que ir — anuncia Bridger, fitando as labaredas. Ele esteve muito quieto. O que descobriu a respeito do pai e de Telfair, seja ele quem for, foi um golpe doloroso.

— A gente precisa ter certeza de que tia Grace chegue em casa primeiro. Não quero que Palmer a machuque — afirmo. Sei que Bridger disse que o homem estava inconsciente quando saiu da pousada, mas não quero correr riscos. Especialmente sabendo que é um assassino.

— Não, tudo bem. Consigo voltar sozinha — responde Grace. Ela está se balançando um pouco.

— Não, não consegue — digo. — Você pode desmaiar.

Ela não protesta quando Bridger envolve sua cintura com o braço e a ajuda a andar. Sinto meu coração se partir. Foi uma mãe para mim ao longo de quase toda a minha vida. Dói saber que terei que deixá-la. Queria que houvesse algum meio de levá-la ao meu tempo.

Na pousada, ficamos chocados ao descobrir que Palmer sumiu. Tia Grace fica atordoada, mas Bridger revela que apagou suas lembranças das últimas horas. Palmer provavelmente acordou, sequer se lembrando do que fez a mim, e fugiu. Ainda assim, lembraria do que planejava fazer. Já não estou mais preocupada com minha própria segurança. Apenas espero que seja pego antes de voltar a matar.

Bridger leva tia Grace ao sofá da sala da frente. Pego uma toalha para apertar contra a sua ferida.

— Você está com o celular? Preciso ligar para a emergência. — É aí que me lembro de que estou supostamente morta. — Espera, não posso. Você terá que ligar.

Sinto-me péssima enquanto a observo pegar o telefone do bolso. A testa se enruga com o esforço.

— O que eu digo? — indaga. — Não posso exatamente falar a verdade.

Bridger estivera em silêncio até agora.

— Fale a verdade até a hora em que chegou aqui. Você percebeu que Alora tinha desaparecido e veio para casa. Alguém atirou em você do lado de fora, mas não conseguiu ver quem. De acordo com a notícia, o corpo da Alora só vai ser encontrado amanhã de manhã.

— Por que não posso dizer a eles que foi Dave quem atirou em mim? — pergunta tia Grace.

Bridger hesita antes de explicar:

— Porque Palmer não deve ser capturado agora. No meu tempo, a notícia dizia que o assassinato não foi solucionado. Tem que continuar assim.

Tia Grace franze a testa, e não a culpo. Mas entendo. A linha do tempo tem que ser preservada.

Depois de alguns momentos, tia Grace balança a cabeça.

— Não sei se consigo fazer isso. Como vou fingir que estou desesperada se sei que não é você quem está lá?

Os olhos de Bridger encontram os meus por uma fração de segundo. Sei o que ele está pensando. Seria melhor apagar suas lembranças. Mas não posso fazer isso a ela. Não posso deixá-la sozinha aqui, achando que todos em sua família estão mortos. Ainda que papai e eu não possamos mais viver com ela, seria ao menos um alento saber que estamos vivos no futuro.

— Sei que vai ficar triste — sussurro. — Sabe que não estou morta de verdade, mas também sabe que não posso mais ficar aqui com você.

Seus olhos brilham com lágrimas não derramadas.

— Isso tudo é tão difícil, querida.

Sento-me a seu lado e a abraço com amor.

— Eu sei. Se puder, vou voltar para visitá-la. OK?

Ela funga.

— OK. E se você encontrar Nate, diga a ele que é melhor vir me visitar também. Sinto falta dele.

Afasto-me e pisco para fazer minhas próprias lágrimas recuarem.

— Sim, senhora. É a primeira coisa que vou dizer para ele.

Ela expira um pouco trêmula.

— Melhor fazer aquela ligação. Estou começando a ficar um pouco tonta.

— É, você precisa mesmo fazer isso. Tem que ficar bem.

Quando ela termina, fico de pé e fito Bridger.

— Acho que a gente tem que ir.

— Ei, Bridger — chama tia Grace ao nos dirigirmos para a porta.

Ele se vira.

— Sim?

— Se fizer qualquer coisa para magoar a minha menina, vou encontrar uma maneira de pegar você. Mesmo que seja como uma assombração.

Bridger lhe dá um meio sorriso.

— Vou me lembrar disso.

Engraçado. Enquanto seguimos para o rio, o sentimento pesado que sentia lá na casa começa a se desfazer. Tento entender o porquê. Poderia voltar uma hora no tempo e tentar mudar tudo, mas, como Bridger falou, o passado tem que permanecer intacto. Preciso aceitá-lo.

— Tudo bem? — pergunta ele.

— Acho que sim. E com você?

— Não sei. Vou ter que dar muitas explicações quando voltar. E não sei mais em quem posso confiar.

Quando emergimos da floresta na clareira perto do rio, onde Bridger tem que resgatar o corpo do pai, finalmente compreendo. Não pertenço a este lugar. Faço parte deste tempo porque tia Grace está aqui, mas não é o *meu* tempo. É por isso que sempre senti como se não me adequasse totalmente.

Não terei mais que ouvir Trevor reclamar que nunca poderá voltar a jogar futebol, o que tenho bastante certeza de que irá, nem me perguntar se continuará me incomodando. E é um alívio saber que o psicopata do Palmer jamais poderá me machucar novamente. Talvez até consiga esquecer que foi ele quem matou Naomi, ou ao menos deixar isso para trás. O tempo dirá.

Vou morrer de saudades de tia Grace, mas estou pronta para ver minha mãe outra vez. É o que eu quero há tanto tempo. E tenho que descobrir o que aconteceu com meu pai. Tenho que entender o que significa ser um Duplo Talento. O que o DAT quer comigo.

Tenho meu futuro inteiro à frente.

É hora de ir para casa.

Fim

AGRADECIMENTOS

Gostaria de agradecer primeiramente a minha agente maravilhosa, Suzie Townsend. Obrigada por ter encontrado aquele rascunho da minha carta-consulta no WriteOnCon e por acreditar em mim e em meus livros. Quero agradecer também a todos da equipe da New Leaf Literary & Media. É uma honra fazer parte da família New Leaf — estou ansiosa por muitos outros anos trabalhando com vocês.

Sou eternamente grata a minha editora, Kelsie Besaw, por ter amado *À beira da eternidade* desde o começo. E, claro, não posso me esquecer de Julie Matysik e de Adrienne Szpyrka. Obrigada por toda a paciência ao responder minhas perguntas e por me ajudarem a fazer este livro brilhar.

À beira da eternidade não existiria sem a ajuda dos meus fabulosos críticos. A Christina Ferko, obrigada por estar presente desde o comecinho desta história. Obrigada por não ter corrido ao ler aquele primeiro rascunho horroroso e por ter me ajudado a moldar este livro. Não poderia fazer isso sem você! A Kimberly Chase, muito obrigada por ter me ajudado a deixar este livro ainda melhor e por todo o encorajamento. Um obrigada a Melissa Blanco e a Melissa King por terem lido as primeiras versões de *À beira da eternidade* e pelos valiosos feedbacks. Vocês são demais! Também quero mandar um alô para as meninas do The WrAHM (amo vocês!) e do Fearless Fifteeners. *acena*

Finalmente, minha família. Obrigada pelo apoio durante todos esses anos. Significou tudo para mim. Amo vocês!

Este livro foi composto na tipografia Sabon
LT Std, em corpo 11/16, e impresso em
papel off-white no Sistema Cameron da
Divisão Gráfica da Distribuidora Record.